上
海
文
学
名
家
文
库
·
40
后
卷

彭瑞高

上海市作家协会致敬文学　彭瑞高　著

彭瑞高自选集　**逃匿者**

百花洲文艺出版社

图书在版编目（CIP）数据

彭瑞高自选集：逃匿者／彭瑞高著. —— 南昌：
百花洲文艺出版社，2020.1
（上海文学名家文库.40后卷）
ISBN 978-7-5500-3559-1

Ⅰ．①彭… Ⅱ．①彭… Ⅲ．①中篇小说 – 小说集 – 中国 – 当代
②短篇小说 – 小说集 – 中国 – 当代 Ⅳ.①I247.7

中国版本图书馆CIP数据核字（2019）第284743号

彭瑞高自选集：逃匿者

PENG RUIGAO ZIXUANJI：TAONIZHE

彭瑞高　著

出 版 人　章华荣
责任编辑　郝玮刚
书籍设计　方　方
制　　作　何　丹
出版发行　百花洲文艺出版社
社　　址　南昌市红谷滩新区世贸路898号博能中心一期A座20楼
邮　　编　330038
经　　销　全国新华书店
印　　刷　江西华奥印务有限责任公司
开　　本　720mm×1000mm　1/16　印张 15.75
版　　次　2020年1月第1版第1次印刷
字　　数　210千字
书　　号　ISBN 978-7-5500-3559-1
定　　价　45.00元

赣版权登字　05-2019-412
邮购联系　0791-86895108
网址　http://www.bhzwy.com
图书若有印装错误，影响阅读，可向承印厂联系调换。

目 录

逃匿者

1

庞雨生放下电话，第一个想到的还是舒秋燕。他想，能够代替他照顾老人的，毕竟是她，而不是杨可伊。

他的心怦怦乱跳，早搏也乘虚而入，身子甚至在早搏中被震得发颤。

同在一个厅里工作，可穆亚龙从来不跟他通电话。在这个电话里，穆亚龙说得也很随意，他就说中午"有事要商量一下"，让他去小餐厅"吃个便饭"。他听着就知道坏事了。就像香港廉署的"喝咖啡"一样，穆亚龙"吃个便饭"也是个要命的信号，财务处骆处长被"双规"，就是穆亚龙请去小餐厅"吃便饭"时宣布的。

他们这个厅没有纪委，只有"省纪委纪检组"，穆亚龙是这个组的组长。这是省纪检工作的一记狠招。其实，穆亚龙过去就是厅纪委书记。改成"省纪委纪检组"后，即刻就有了质的变化，即纪检组现在"不再隶属于厅党委"，而是"代表省纪委驻厅工作"。这样，连庞雨生这样的厅领导，也都纳入了纪检组的监管范围。这个变化，被省内外媒体称为"换汤又换药"，是一项充满了新意的改革。也是，过去穆亚龙在厅里当纪委书记，跟庞雨生他们平起平坐，那个监管怎么管得起来呢？

穆亚龙的人事关系现在也转入了省纪委，每月工资也都由通讯员去省纪委大院帮他取。尽管他坐的还是原来的纪委书记办公室，也还出席厅里的班子会，但庞雨生心里清楚，穆亚龙现在身份不一样了，这个纪检组长，有"钦差大臣"的意思了。

前一阵，庞雨生就听人说，纪检组收到了一封举报信，举报的就是他做下的那件事。一起同事那么多年，他了解穆亚龙，这个老穆，不见兔子不撒鹰，口气越随和，手里的案子就越是有戏。

庞雨生知道这一天迟早会来到，甚至在干下那件事的当晚，就想过会有今天；但他又有一种梦幻感：怎么会败露得这么快呢？

他重新拿起电话，旋又放下。他想，穆亚龙既已准备找他谈话，那总机房一定开始监听了。他于是拿出手机，在屏幕上按下了"舒秋燕"这一格。虽说手机也会被监听，但他知道，把移动公司纳入监听系统，报批手续要复杂些，他还有时间跟妻子交代几句。

铃响了好几下舒秋燕才接电话。她一开口就没有好声气："你还给我打什么电话？"

他轻声说："穆亚龙找我了。"

舒秋燕愣了一下，说："他找你关我什么事？你找那女人去商量啊。"

庞雨生啧了一下，悄声说："事情坏了。"

舒秋燕这才没了话。这些天他们在冷战。庞雨生跟杨可伊的事，刚被舒秋燕发觉。庞雨生对此追悔莫及。这事他战战兢兢保密了大半年，到头来还是穿帮了。他只怪自己一着不慎，那夜洗澡时把手机扔在了沙发上，正好杨可伊发来一个短信，说的又是妇检方面的事，舒秋燕一看就摸着了情况，当夜就跟他吵翻了。

舒秋燕知道庞雨生电话里说的"事情"，指的是什么。当初她就竭力反对过，但庞雨生说，要不是你妈的病，我才不会干这事，舒秋燕于是就没了声息。舒秋燕母亲被尿毒症折腾了好几年，简直死去活来，今年总算动了换肾手术，医生说还要长期服用抗排异药。夫妻俩在医院花的钱，就像流水一样。

舒秋燕终于问："穆亚龙找你干什么？"

庞雨生说："还能干什么？他们收到举报信了。"

舒秋燕问："谁写的举报信？"

庞雨生说："可能是侯志刚……"

舒秋燕说："不会吧？你待他那么好。"

庞雨生说："也可能是盛光辉。"

舒秋燕问："盛光辉？你得罪他了吧？"

庞雨生说："不就是河滨路的项目吗？厅里没让他中标……"

舒秋燕追着问："那你让谁中标了？是给了那女人了吧？"

庞雨生没回答。他越发意识到，自己跟杨可伊的交往，代价付得太大了。

他说："谁想得到呢？一次不中标，就翻脸了。"

舒秋燕冷笑一声。庞雨生不知她这冷笑，是冲盛光辉和杨可伊呢，还是冲他来的。

她恨恨地说："你引狼入室，活该！"

庞雨生说："你骂吧。你再骂也骂不了几句了。我打这电话，就想跟你说一声，今晚如果我回不来了，老人就交给你了。"

舒秋燕那一头陷入了沉默。

"那你准备怎样呢？"过了半晌，舒秋燕幽幽地问。

"我也不知道。"庞雨生说着挂了电话。

其实就在这一瞬间，他脑子里突然浮起了一个念头——逃！

这"逃"字一出现，便攫住了他的全部心思，又像一阵紧似一阵的鞭子，啪啪地抽打他的神经。

逃！一幕幕男子撒腿狂奔的画面，涌上他脑际……

他看看手表，刚过九点。他拉开抽屉，把一只只凌乱的信封收起塞进包里。信封里都是现金，少则几千，多则上万。这些钱，有的是机关奖金，有的是报销的出差费，更多的是人家送的"零用钱"。他还快速翻了下皮夹：身份证在，信用卡也在。他想，论钱，出省没问题，出国也没问题；可要命的是，护照不在身边。上次去欧洲考察，回来第二天，纪检组小唐就来把护照要去了，说是省里刚下的通知，县处以上干部的出国护照，以后一律由纪检组集中管理。他二话没说就把护照给了小唐，省委新规么，他懂的。

他拉上皮包拉链，闭上眼，盘算着怎么出门。司机小翁肯定不能叫了，说不定，传达室老汤也会拦住他的去路……这使他想起穆亚龙的眼睛。那双眼睛不大，也算不上灵敏，有时甚至有些呆滞，但是，它看住你时，你就会觉得那瞳仁深处有一束极细的光，锐利、内敛、执着，就像黑洞里一只兽的眼睛，在对视的一瞬间，你会觉得自己已经被它捕住，再也逃脱不了。庞雨生后来才明白，纪检组布下的网，其实就像穆亚龙的眼睛，你平时看不到它的存在，一到关键时刻，它却无所不在。他想，如果穆亚龙已决定对他下手，近至总机门卫，远至机场海关，肯定都不会放他过门。

一想到机场海关，庞雨生的脑子豁亮了一下。他想，可以试一试反向思维——如果机场海关那里没什么动向，那就意味着还很太平，穆亚龙那里还没有动他的意图。

他决定试探一下。

他拿起电话拨了出入境管理局的号码，有个姓郭的同学在那里当副处长。他对郭说："老同学帮帮忙，我刚发现自己护照上少盖了一个章……"郭问："什么时候少盖的？"庞雨生说："就是上次欧洲回国时少盖的。"郭说："不会吧？"庞雨生说："确实少盖了。等会儿要是边检找茬，不让我出境怎么办？"郭问："你现在人在哪儿？"庞雨生说："我就在机场候机厅，快安检了。你能不能跟值班的打个招呼？"电话那边不再有声音。庞雨生想，郭这时肯定已经在电脑上查他的资料了，紧接着，他会视情况做出决定，要么答应，要么拒绝。如果他答应下来，那就说明边检放行还没问题；如果不答应，情况就复杂了……

庞雨生听着电话里的嘶嘶声，心跳又一次加快。

一会儿，郭回说："对不起老同学，我实在不能为你做什么了。"

话很短，但从一个"了"字看，这句"完成式"的话，内涵隐秘而复杂，姓郭的同学显然不便对他再说什么。庞雨生的心一下子凉了下来。他得出结论：情况不妙。

他说声"谢谢"放下电话。他的估计是：边检方面得到了协防通知，他已被控制了。

他目光四处乱转，心情变得更加烦乱。墙角有双运动鞋跳入眼帘，那是机关党委当初号召大家冬季长跑时送的。男子撒步狂奔的画面又一次浮上眼前。

他走过去把鞋塞进包里，想，这回逃出去少不了要赶路，这双鞋会派上大用场。

他还想，既然过不了机场关，那就乘火车汽车出了省再说。

火车汽车毕竟层次低，上车也不用身份证，不会留下任何痕迹；一出省，就往南边赶，听说那边比较松，出境方便一些；只要一出国，事情就好办了，他在外面有很多亲友，即使每个亲友只管他一个礼拜，那他在国外混上半年一年也不成问题。

何况他外语也可以，身体除血压高些外，其他都还不错，他完全可以卖苦力自力更生啊。

他站在窗下看了看传达室，老汤正好拿起一叠报纸走进大楼去分发。他知道这是个难得的空隙，遂提起包，一溜小步出了大门。

2

郊外显出隐隐的青山，梁水江上传来声声汽笛。山高水长，大路朝天，庞雨生却站在十字街口呆住了。他一下子发觉心里空落落的，不知第一个落脚点该是什么地方。

他走过省第一医院门口，望了望病房大楼，突然改变主意，快步走了进去。他在病房大楼乘电梯上了7楼，轻轻推开716病房，来到岳母祁老师床前。

祁老师睡着了，脸色苍白，头发凌乱。庞雨生的心痛了一下。他想，这就是祁老师吗？这就是他当年心目中的偶像女教师吗？

几十年前，祁老师多年轻多漂亮啊。她在学校走廊上快走时，裙子飘飘的，两条小腿匀称结实，线条真好看；那马尾巴式的发型，使她的额头显得格外白亮。她常在报刊上发表散文，是庞雨生他们这帮学生的偶像。她教庞雨生语文，兼做他们班主任。庞雨生出身农家，却有文学细胞：喜欢古文，唐诗背得特别溜，作文也写得流畅。他被选为语文科代表后，跟祁老师接触就多了起来。祁老师三天两头当着全班面念他作文，说他的作文写得有灵气，一帮同学就说，庞雨生是祁老师的干儿子。

初中毕业那年，庞雨生家出了件大事：生产队一头牛发了疯，用牛角把他父亲的肚子顶穿了，结果，父亲死于破伤风。母亲哭到学校，庞雨生第二天就辍了学。

是祁老师把庞雨生劝回学校。她把情况报告校长，校长免去了庞雨生的学杂费；她还跑教育局，为庞雨生争取到了"人民奖学金"。那每月5元钱，为庞雨生一家带来了多大希望啊！

复学后，庞雨生连周末也不回家了，为的就是省下那笔车钱。祁老师让庞雨生星期天上她家复习功课，还在她家吃饭。就这样，他认识了舒秋燕——祁老师的女儿……

庞雨生想，无论自己逃到哪个角落，祁老师是永远不能忘记的。

他搬了把椅子，轻轻放在病床一侧。他坐下，呆呆地看祁老师的白发。他想，自己父亲早殁了，母亲也殁了，祁老师就是他的母亲……从那学校毕业后，他上高中、上大学，一路顺风进了机关、当了领导，好好的一个副厅级干部，现在竟要逃亡了，如果祁老师醒过来问，他该怎么回答呢？说自己是为了救她性命才拿下那笔脏钱的？按祁老师的脾气，她会当着他的面一头撞墙，连老命都扔给他看！

祁老师睡得很熟，甚至有一两声鼾声。庞雨生觉得她这样睡着正好：他可以少说许多，她也可以少问许多。但他觉得既然来了，就必须做一个正式的告别。这是一个学生应该做的，也是一个女婿必须做的。他不知此去会有多久，也不知未来是个什么样的结局，有了一个正式的告别，他会安心一些。

他小心拉开提包拉链，拿出了笔和笔记本。他从笔记本里小心撕下一页纸，刚写下"祁老师，我的母亲"，泪水就模糊了视线。

这字迹，是祁老师多少年看着他变化过来的。他想起初中时的作文本子。那时他文章写得不错，但字写得很差，是祁老师把他叫到办公室，专门训了他一次。他记得她这样说："古人说'文如其人'，可你不要忘还有一句——'字如其人'。看你的作文，还以为你是个清爽孩子；可一看你的字，就知道你是个邋遢男生。去！这字帖送给你，每天给我临三页。"庞雨生一看，那是一本欧阳询的《九成宫》。

这以后，庞雨生的字就有了明显进步。一手好字和一手好文章，使他在同龄人中脱颖而出。一定程度上可以说，祁老师给了他的，是人生道路上的两块滑板。

这就是祁老师，他的第二个母亲！庞雨生那年亲娘故去，弥留时拉着他的手，说：孩子，娘走得放心，娘走了，祁老师就是你亲娘，你待她，要像待我一样……

庞雨生的泪默默长流，不知写什么才好。他透过泪水看祁老师，往昔生活一幕幕飘过眼前。他心里说，祁老师，对不起了，对不起你这半辈子的信任了，这一走，不知什么时候才能再见……

他的心很痛。他后悔刚才选择了这个方向。就是因为走过省第一医院，进了这病房，他坚定的信心有了些变化。

病房门拉开了。庞雨生以为是护士，没想到，是舒秋燕。

两人同时向病人投去一瞥。还好，祁老师还在熟睡。庞雨生心里很虚。他很怕舒秋燕跟他吵架，尤其是当着祁老师的面吵杨可伊的事；不过他也觉得，舒秋燕不至于丧失理智到这个程度……

他怀疑自己是不是真的犯浑了。这些年官当得太顺，就想搞点刺激。杨可伊就是在这种情况下进入他生活的。他觉得跟杨可伊在一起，才体味到什么叫年轻，什么叫快活。当年跟舒秋燕结婚，没有蜜月的概念；可认识杨可伊以后，他觉得自己天天在度蜜月……

庞雨生的目光在这对母女间滑来滑去。他不明白，为什么在厅里，在那么多强势男人面前，自己心高气壮、无所畏忌；而在这两个手无缚鸡之力的女人面前，却有一种无法言说的怯懦。尤其是杨可伊的事败露后，他根本不敢跟舒秋燕对视；而在祁老师面前，不要说提起杨可伊，就是脑子里出现这女人的影子，他都觉得是一种罪过……

他擦了下泪，站起来轻声问："你怎么来了？"

舒秋燕板着脸反问："你呢？"

两人又看了一眼祁老师，轻声走出病房。他们都意识到自己不会有好话，撕唇破嘴，会吵醒老人，让老人为他们心碎。

他俩在走廊尽头站住。庞雨生掠了一眼舒秋燕，一种奇怪的感觉浮上心头：认识了这么多年的妻子，在他眼里一下子陌生了。

他把视线移向窗外，心里在寻找这陌生的原因。他想，也许是这些天的冷战，使他跟舒秋燕迅速疏远了；也有一种可能，是自己对出逃想得太多，早已在心境上把舒秋燕放到了一个遥远的位置；还有一种可能，就是这段时间跟杨可伊接触得太多了，看惯了另一张漂亮的脸……

"穆亚龙找你谈过了？"舒秋燕问。

"还没有。"庞雨生说。

"你准备怎么办？"

"出去避一避。"

"避得了吗？"

"不知道。"

"去哪里呢？"

"还没决定。"

"不带那女人一块走吗？"

庞雨生听到这里，突然光起火来，大声说："你怎么还说这个？我早跟她一刀两断了！"

舒秋燕毫不示弱，指着病房门说："你喊什么啊？有种你就到我妈面前去说说这事！"

庞雨生狠狠地剜了舒秋燕一眼，这一刻，他觉得处境实在太坏了，是该离开这个城市、这个家的时候了，先不说纪检组要找他算账，就是眼前这女人，他也受不了……

舒秋燕"哼"了声，那种目光和冷笑，是一种发自心底的鄙视。

一位医生带着两名护士走进716病房。舒秋燕赶紧跟了进去。她在母亲身边看他们忙了一阵，又提了几个关于护理上的问题。当她把医生护士送出病房时，她往走廊尽头看了一眼。

那里早已空无一人。

3

庞雨生走前本来不准备再跟杨可伊见面，可舒秋燕在医院里刺激了他一下，他倒想跟她见上一面了。

　　杨可伊就住在火车站附近。庞雨生买了一张去昆明的特快车票后，在怡和咖啡馆给杨可伊打了电话。

　　"你在哪儿？"杨可伊问。

　　"老地方。"庞雨生说。

　　5分钟后，杨可伊出现了。一个三十多岁的女子，服饰朴素而得体，有一种掩不住的清雅漂亮。庞雨生见了她，挥手笑了笑。

　　她在他对面坐下，问："前两天你去哪儿了？"

　　庞雨生说："没去哪儿，就在厅里。"

　　"怎么打你电话一直不通？"

　　"我一直开会，手机关了。"

　　"找你呢，急死人了！"

　　"什么事？"

　　"等会儿再说。"

　　她看了看周围，向侍者招招手，要了一杯咖啡。

　　她又问："你怎么来了？"

　　庞雨生说："要乘趟火车。"

　　"出差去？"

　　"是。"

　　"怎么不坐飞机呢？"

　　"换换口味。"

　　"几天回来？"

　　"还说不准。这次可能会很长。"

　　杨可伊突然从他对面站起来，坐到他身旁，紧紧拉住他的手，说："你不要走。"

　　庞雨生的心一紧，很近地看着她，强颜笑道："工作啊，我这是工作啊，可不是开玩笑的。"

杨可伊又说："那你过两天再走……"

庞雨生发现她目光忧郁，还有隐隐的泪水，便问："什么事？"

杨可伊沉默了一会儿，才说："我怀孕了。"

庞雨生说："是吗？"

杨可伊说："不过我已经处理了。"

庞雨生脸一黑，说："接着你该问我要钱了，是不是？"

杨可伊用惊异的目光看着庞雨生，说："你是这样看我的吗？"

庞雨生不说话，拉开皮包掏出一把信封拍在桌上，说："给你。"

杨可伊的眼泪顿时下来了，说："你把我看成什么人了？我是要敲诈你的那种人吗？"

她说着，从包里拿出一叠病历，也拍在桌子上，说："你不信吗？那你可以看看这些！"

庞雨生用眼一扫，看到了一大片化验单、医生的潦草字迹，和各式杂乱的图章。他的心口堵了一下，问："那你为什么不事先跟我说一声呢？"

杨可伊说："我不是给你发短信了吗？我就想要你给我拿个主意。可你给我回音了吗？"

庞雨生想起那天舒秋燕拿着他手机跟他大吵大闹的场景，默默叹了一口气。

杨可伊一言不发，把那些病历放进包里，赌气地站起身，走了。

庞雨生一把拉住她，轻声说："对不起……"

杨可伊哭出声来。压抑的抽泣声在优雅的背景音乐中，显得凄凉而粗粝。庞雨生想，要是在私密场合，她会一头撞进他怀里号啕大哭。

远处有侍者悄悄看着。庞雨生拍着杨可伊的肩膀，轻声说："好了，把眼泪擦干，我有些情况要跟你说。"

杨可伊坐正身子，取过纸巾按了一下眼眶。

"我最近有些麻烦。"庞雨生说。

杨可伊有些紧张地问："什么麻烦？"

"有人写了我的举报信。"

"谁？"

"有可能是侯志刚，也有可能是盛光辉。"

"为了什么？"

"为了河滨路项目的事。"

杨可伊目光凝重起来。她知道这事跟自己有关。庞雨生为了照顾她，撞上枪口了。

她说："这些人真是垃圾！"

庞雨生说："先不说他们了。我准备出去避一避。"

杨可伊说："就是你刚才说的'出差'？"

庞雨生点点头。

杨可伊说："那我跟你一道去。"

庞雨生说："开玩笑。"

杨可伊说："不开玩笑。你是为我才出的事，我陪你。"

庞雨生说："行了，不要耍小孩子脾气了。你不能离开这里。你父母找不到你会发疯的。"

杨可伊说："我想干脆跟他们把事挑明了。"

庞雨生问："怎么挑明？"

杨可伊说："我就说，我要跟你结婚。"

庞雨生笑笑，带着苦涩。

杨可伊说："怎么？我这样说不对吗？"

庞雨生说："实际情况怎么样，你知道的。"

杨可伊说："我不管，我要跟你走。"

庞雨生说："不要再闹了。别的不说，刚动手术，你身体恢复就是第一要紧；还有，河滨路项目摊子铺开了，你也走不开。"

杨可伊说："我可以交给别人，交给我信得过的人。"

庞雨生说："好了，不要再说了。我花了这么大代价，才给拿下这项目，你好好把它做完，做成个优质工程，那我就是有事，话也好说些。"

杨可伊说："我又不是第一次做这样的工程。"

庞雨生说："我知道你了不起，你做过国家重点工程，你硕博连读，你是全省学历最高的女工程师，这行了吧？"

杨可伊笑了。看见她的明眸皓齿，庞雨生心里荡起一阵暖流。这是他今天第一次感到轻松愉悦，哪怕只有短短一瞬。

他说："我有些后悔，当初不该同意你离开设计院，还去搞什么公司。你看现在我要丢官了，看你以后怎么弄。"

杨可伊说："你不要小看我。你们厅给不给项目，我无所谓。我不会死在那帮人手里。我可以凭自己本事在市场上打拼。你看着吧，今后你要是有什么三长两短，我挣钱养活你。"

庞雨生笑起来，把杨可伊的手握在手里，轻轻摩挲，内心涌起一股透入骨子的怜爱。他想，不管她说的能不能做到，有这心已经足够了。

他说："不要说胡话。也许几天我就回来了。你在家好好养着。工程上的事，遥控指挥指挥就可以了。这些零钱你拿着。"

杨可伊像被火烫着了似的，急急推回那些信封，说："我不要，真的不要。"

庞雨生说："你嫌少？"

杨可伊说："不是。"

庞雨生说："我刚才说了错话，向你道歉好不好？现在我正式请你收下这些钱。"

杨可伊说："我不缺钱。倒是你自己，出去正是用钱的时候。"

说着她掏出一张维萨卡，不由分说塞进庞雨生皮包里，说："这钱你带着，卡里应该有二十万。我妈常说，穷家富路。你一人在外面，吃得好些住得好些。卡的密码是我生日。"

庞雨生哪里肯要，两人就在那里相持起来。

杨可伊急了，说："我的钱都是干净的，你收下。"

这话把庞雨生重重刺了一下。他想起那笔要命的大钱，还有杨可伊一次次把桌上信封推开，心想，她会不会嫌他钱脏。

他觉得自己满身污秽，手脚都脏得不行，当着一个比自己年轻十几岁的女子，突然有种想哭的感觉。

杨可伊说："这卡你要是不拿，今后就不要再来找我了。"

庞雨生想了想，终于把卡放进了贴身衣袋。他见杨可伊脸上浮起笑意，心里又涌上一阵暖流。

这一逃对不住她了，他想，这么好的女子，为什么偏要跟着自己呢？依她的条件，当年在大学里就会有无数男生追求；现在在这城里，也会有许多男人为她痴迷，他不明白，她要的是什么……

杨可伊的脸也在突然间显出陌生来。这使庞雨生感到惊异。他想起刚才在医院看到舒秋燕的感觉，不能不在心里把两个女人迅速做了一个对比。他想，她俩都不是那种狭隘势利、惹人讨厌的女人，但比较而言，杨可伊确实要比舒秋燕可爱得多。他想起那次带杨可伊去郊区看房，她非但拒绝给她买房，还嘲笑了他，说他怎么俗得跟暴发户一样。她说，她不是"金丝鸟"，也不需要他的笼子；她还说，她父母都是教授，她自己有体面的工作和收入，房子对她没有什么吸引力，家里本来就有好几套。庞雨生想，如果换了舒秋燕，情况就不会这样，她会对着楼盘指指戳戳，两眼放光……

庞雨生不明白：杨可伊粘上他，究竟图的是什么？是项目吗？项目的最终目的，无非也是"钱"字，可她早已表明志不在此。是他手中的权力吗？可一旦离开项目，权又有何用？这权跟她又有什么关系？

　　跟杨可伊在一起，从来没有什么压力，这也许是庞雨生喜欢她的最大理由。尽管这女子一直把"我要跟你结婚"挂在嘴上，可她从没较真过。庞雨生跟她细细说过自己的家，说过祁老师，说过舒秋燕，也说过绝不可能因她而跟舒秋燕离婚的话，可杨可伊从没往后退一步。庞雨生想，答案只剩下一个，那就是这女子也犯浑了，遇上了她"梦中的那个人"……

　　侍者过来续杯。庞雨生警觉地看了他一眼。他神经已有点过敏，怀疑各处都有穆亚龙的眼线。杨可伊要了一份"怡和名点"栗子蛋糕，一边小口吃着，一边问："你还没回答我呢，为什么我在医院发给你那个短信，你始终不回？"

　　庞雨生说："那件事很不愉快。"

　　杨可伊追问："怎么不愉快呢？"

　　庞雨生说："一定要说吗？"

　　杨可伊说："一定要说。"

　　庞雨生沉默一会儿，说："这短信，给舒秋燕看到了。"

　　杨可伊怔了一下。

　　"你们吵了？"她问

　　庞雨生点头。

　　杨可伊眼神黯淡下来，视线离开庞雨生的脸，轻声说："对不起……"

　　庞雨生没吱声。他眼光停留在杨可伊脸上，伤感而又灼热。

　　他说："要说对不起，应该是我对不起你。在你最无助时，我没在你身边。"

　　杨可伊拉住庞雨生的手，泪水扑簌簌地滚落下来。

　　手机响了。庞雨生一看来电显示，是纪检组的直线电话，说声"有要紧事"，立即起身进了洗手间。

　　穆亚龙在电话里问："庞厅，你在哪儿？"

庞雨生舌尖一滚，说："我在省一院。"

穆亚龙问："老人家怎么样？"

庞雨生说："情况不好，排异反应很厉害。"

穆亚龙说："要不，我跟徐院长打个招呼，让他照顾得周到一些？他是我党校的同学。"

庞雨生说："谢谢了，医生护士其实都很尽力……怎么？你还在等我吗？"

穆亚龙说："是啊，我们说好的。"

庞雨生哦了一声。他不知自己是怎么结束这次通话的。当他合上机盖、把手机放进裤袋时，不经意间触到了那张特快车票，手指猛一缩，像被毒虫咬了一口。

4

登上火车，庞雨生走进了7号软卧车厢。

他一坐下就觉得胸闷、头晕，赶紧从包里取出一只瓶子，倒出一粒"硝苯地平"来用矿泉水服了。用不着测，他就知道血压偏高。这么紧张，血压不高才怪呢。平时他的药都放在办公室抽屉里，出来时全忘了，这瓶"硝苯地平"还是杨可伊回家拿的。她父亲也有高血压。杨可伊在门口递给他的，还有一大包水果和几本杂志。

连个旅行箱都没有，大包小包、慌慌张张的，庞雨生越发觉得自己是个逃犯了。这感觉很坏。他平时干什么事都有条不紊，每次出行也都慢条斯理的。在他看来，人的尊严跟一个"慢"字大有关系。一仓促，一慌张，人的尊严就失去了大半，"惶惶如丧家之犬"，说的不就是这个理么？

关上包厢门，耳根清净了许多。庞雨生靠窗坐下，看着窗外行色匆匆的旅人，却发觉自己心里并没有找到着落。他想，这是怎么了？堂堂副厅级干部，就这么落魂了？就这么逃离故土了？到了昆明又怎么办？是住一段时间，还是直接再往南走？再往下走，那就要把脑袋挂在腰里了……想到这里，他心里越发恓惶起来。

手机响了一下，是杨可伊来的短信——

雨生哥：告诉你一件惊人之事，你妻子突然来电，下午要来我家"聊聊"。我真有点怕她。我想出门避开她，又怕她上门大吵大闹，吓着了我的父母。你能给我点办法吗？

就像舒秋燕站在眼前一样，庞雨生拍了一下小桌，大声斥问："舒秋燕，你想干什么？"

他站起来，在狭小的包厢里来回走动，活像一头被激怒了的野狼。他想，就是逃也逃不安生啊，这两个女人要是见了面，还能有什么好事？按舒秋燕的性格，把杨家坛坛罐罐砸烂了都有可能！

离开车还有十分钟，庞雨生的脑子乱成一锅粥。他想马上给舒秋燕打个电话，叫她不要乱来，却不想手机响了，舒秋燕先把电话打了进来。

"我正要找你。"庞雨生说。

"什么事？"舒秋燕问。

"你是不是要去杨家闹啊？"

"你们信息通得很快啊，怎么了？"

"你不要去。"

"为什么？"

"我跟她一刀两断了，你还去找她干什么？"

"你骗谁？"

"不骗谁，事实就是这样。"

"你以为我是白痴？一个男人和一个女人好到那步田地，会这么轻易一刀两断吗？"

"你不信，我也没办法。"

"我一发现她的短信，你就宣布一刀两断，你这表演也太不专业了吧？"

"唉，你要我跟你怎么说才好！我都远走高飞了，你还不信！"

"你现在在哪？"

"在火车上。马上开。"

"庞雨生，你给我下车！"

"为什么？"

"你下车，我有话对你说。你若不下车，我立马就去杨可伊家砸东西！你信不信？"

庞雨生握着手机想了想，飞快把东西整理一下，急急忙忙下了车。他下车没多久，火车就开了。这时他才想起，还有个不锈钢茶杯忘在包厢里。

舒秋燕还在手机里说话。她应该听到了火车站的广播声。

"你下车了？"她问。

"下车了。"庞雨生答。

"你那么怕我去杨家砸东西啊？"她又问。

庞雨生无话可说。舒秋燕的大笑声，却在手机里清晰地传来。他咬着牙，在心里狠狠咒骂了一句。

"还是回厅里去吧。"舒秋燕突然降低声音，说，"不管怎么着，总比你在外面东躲西藏好吧？"

庞雨生心有所动，手机紧贴着耳朵，全是汗水。

"见了穆亚龙，你好好跟他谈一谈，"舒秋燕说着，那口气竟然有点像她的母亲祁老师，让庞雨生有判若两人之感，"你是为我妈出事的，我会等你，因为我也有很大责任。"

庞雨生喉头咽了一下，想说什么，却没说出来。

5

走近小餐厅，庞雨生脚步迟疑了一下。

他听得穆亚龙在里面打电话。有两句话他在门外就听见了，一句是

"他平时常去的地方，你们再去摸摸情况"，另一句是"问问机场，有没有新的动向"。

庞雨生的心猛一沉。他想，穆亚龙无疑在遥控指挥捉拿自己。

他一狠心跨进门，按以前的称呼叫了声："穆书记。"

穆亚龙赶紧放下电话，神情显得有些意外。这使庞雨生更加确信，穆亚龙刚才就是在指挥追捕自己。

"来来来，快坐快坐！"

穆亚龙说着把庞雨生让上座位，自己又走出小餐厅去张罗什么。桌上的凉菜早已放好。庞雨生看见，那是机关小餐厅的"招牌凉菜"——醋熘木耳、海苔花生、蜜汁红枣、白切羊肉片。

庞雨生这才觉得肚子饿了。他嗅了嗅餐厅的气味，又看看头顶的灯光和桌上的餐具，第一次感觉到这里的空气竟是如此温暖。他想，真不该干下那件事，把自己好好的一辈子糟蹋了！自己当的这官虽不显赫，但毕竟是个体面的、令人羡慕的官，别的不说，能在这餐厅放开享受就是一个标志。这里没有山珍海味，也没有名果奇酒，只有比小饭铺稍好点的"厅级名菜"，但它干净、简朴，有一种隔世般的宁静；在这儿吃饭，享受的不是商业化服务，而是厅里一贯的下级对上级的尊敬；更重要的是，在这里吃完了，他可以抹着嘴随手签单，精神上没任何负担。

穆亚龙在走廊里跟人交代着什么，声音压得很低。庞雨生想，纪检组长在布置"双规"宣布时的注意事项，以及"双规"后的种种事宜。"双规"是件严肃的大事，宣布时需要相应的程序。庞雨生意识到这是自己在这儿吃的最后一顿饭了，也许席间，穆亚龙就会向自己宣布"双规"的决定；随后，纪检组的干事就会出现在门厅里，把自己带往"双规点"进行审讯。"双规点"设在党校东北角一幢三层小楼里，以前是教员宿舍，因为近年"双规"对象有增多的趋势，厅党委决定在那里专设一个点作办案之用。党校本来就地处郊区，双规点更显得偏僻冷落。庞雨生去过那里，还为改建出过许多主意。他绝想不到自己也将被送去那里"双规"……人啊，许多时候，做事做得挺起劲，事后才知道，那是自掘坟墓……

就这样了，认命吧。庞雨生想。

他不由得又想起祁老师和舒秋燕来。不知老人家醒来了吗？舒秋燕离开医院了吗？自己"双规"的事，三五天之内也许能瞒过祁老师，但接着就要移送检察院，就要接受法院审判，而自己这一级干部犯下事，少不了媒体要报道，电视台说不定还要播片子，祁老师又是关心时事的，不管在医院住多久，总有一天她会知道这事……

一想起这些，庞雨生就心痛如绞：祁老师这把岁数了，还得为他受折磨。她过去一直以他为骄傲，可现在事情走向了反面，这事一旦传开了，老人家不知会气成什么样子！她会不会在失控之下，做出一些让街坊邻居感到吃惊的事情呢？

对舒秋燕，他怀的是另一种歉疚。她虚荣，这不假；但她对自己一片真心，这也是事实。周围人都知道她是厅官之妻，他若锒铛入狱，她将如何面对过去的荣耀呢？也许过一小时，最迟明天，纪检组就会给她打电话，要她给丈夫送换洗的衣物，那一刻，她将蒙受何等的耻辱与打击？她说她愿意等自己，这是真话还是假话？也许她眼前确实这样想，可一旦他被判了重刑，她能耐得了那么多年的寂寞，一天天地独守空房吗？即使她改变初衷，有朝一日成了别人的妻子，也怨不了她……

穆亚龙在外面把事交代完，神情严肃地走进门，庞雨生立即屏住呼吸。

"老人家怎么样了？"纪检组长坐下，第一句话却是寒暄。

"情况不好。"庞雨生说。

"看来舒秋燕要更辛苦了。"穆亚龙说。

这是什么意思？庞雨生想。是不是指自己"双规"以后，加上老人的疾病，将会使舒秋燕更加焦头烂额？庞雨生咂摸着话味，觉得纪检组长的话，句句含有深意，字字令人惊心。

"她也没办法。"庞雨生说。

穆亚龙站起来，右手伸向衣袋。庞雨生看着他的手，心脏几乎停止了跳动。他估计穆亚龙要掏出文件来向他宣布什么了。他直一直腰背，迎住了穆亚龙的眼光。他提醒自己在这一刻千万不能过于猥琐。据说骆处长在穆书记宣布"双规"时，止不住尿了裤子，厅里人说起这事，可怜、同情、鄙夷、轻蔑……各种各样的反应都有。他想自己可千万要挺住，即使接受惩罚，也要尽量保持最后的一点尊严。

然而他万没想到的是，纪检组长从口袋里掏出的却是一只打火机。他在揿亮火苗的同时，左手拈起一支烟，递到庞雨生嘴下，说："来一支？"

庞雨生不抽烟，此刻却没有拒绝。他笨拙地吐着烟，想，老穆的习惯动作又来了，"双规"前的最后一顿饭，他总是显得比平时更大方、更客气。大概他觉得，越是这样，就越能显出自己对同事的温情，对堕落干部的宽容，还有，自己的政策水平。这种情形，他已经见过多次。

庞雨生的内心，像暴风中的海洋翻腾得越来越激烈。他在想自己要不要主动开口说那件事。不管怎么样，只要先开口，哪怕只早半分钟，也应该算是自首。这一点他懂。可是，他怎么也下不了那个决心。他想自己干那件事应该属于初犯和偶犯，考虑到他十几年来的政绩，组织上也许还会给他机会……

穆亚龙斟满两小杯"梁江特曲"，把其中一杯递给了庞雨生。这杯子很小，比牛眼杯还小，男人的大手捏上去，甚至会担心在指间漏下去。穆亚龙举起杯，跟庞雨生手里的碰了一下，说："庞厅，今天饭后有事，我们只干这一杯，你看怎么样？"

庞雨生看着对方眼睛，冷冷地说："好。"

穆亚龙又说："干完这一杯，我们就说事。"

庞雨生原想仰起脖，一下子把那杯"梁江特曲"干下去的。听了穆亚龙的话，他犹豫了一下。不知怎么的，这几分钟里他总是想起以前听说过的"死囚大餐"。因为生命很快就要结束,最冷峻的专政机器也会在这一刻显出温暖的一面。那一餐有鱼有酒有肉,甚至还有烟;丰盛是丰盛,但那死亡的气息,想必怎么也掩不住⋯⋯

庞雨生抽抽鼻子,似乎闻到了这股气息。他再一次细细打量了一下酒杯,并透过酒杯看了看穆亚龙那双深不可测的眼睛,随后深深吸一口气,放慢速度喝完了那杯酒。

穆亚龙看着庞雨生放下杯子,突然面朝门外,大叫一声:"小唐,你们来一下!"

一注冷汗顿时在腋下涌出,庞雨生知道,自己的最后时刻到了。穆亚龙要对他宣布"双规"了。"双规"后,他的案情将很快搞清楚,接着的程序,就是"双开"——开除党籍、开除公职。他追求了几十年、奋斗了几十年才获得的一切,很快将丧失干净。毫不夸张地说,现在是他政治生命的最后几分钟。他的手颤抖着触到了衣袋里的手机。这时他才突然想起,自己还有一件很重要的事没有处理⋯⋯

他脑子异常混乱:眼睛看着门口,余光注意着穆亚龙,耳朵听着门外响声,心里在预测小唐他们进来后要干什么,内心还在后悔怎么没有把那件重要事情处理干净⋯⋯他想,两个年轻人不会冲进来对自己实行强硬措施吧?一刻前他们还"庞厅庞厅"地尊称着,一刻后就要对他实行"贴身保护",变化未免太快、也没那个必要吧?他想对他们说:既然来了这儿,他就不会再逃了,请纪检组不要把场面搞得那样难看⋯⋯这一刻,他再次感受到了穆亚龙的权威,穆亚龙坐这儿只是主持局面,那些具体程序,是手下的年轻人在做⋯⋯

小唐他们大概跑远了,外面并没有什么反应。穆亚龙离座走到门口,探身朝着走廊深处,又提高声调叫了两声。

庞雨生脸如土灰。他看着穆亚龙的背脊,觉得穆亚龙今天一切都显得反常。身为纪检组长,穆亚龙平时从不这样紧张,更不会这样忙碌。庞雨生想，这一定是纪检组对自己这案件格外重视的缘故。这两年，穆亚龙处理了一个又一个大案，但像自己这样的"厅级大鱼"，纪检组还是第一次捕获，这是穆亚龙作为纪检组长的重大业绩，不能不使他兴奋和忙乱。他每一次呼叫，都让庞雨生心跳如鼓，血管几乎爆裂……

在这最后时刻，庞雨生还是决定再冒一次险。他要在"虎口"里把那件没来得及处理完的事情处理掉。他在穆亚龙的背后悄悄摸出手机、打开机盖。他知道等一会儿宣布"双规"后，他的手机将在第一时间被收缴。他要抓住这几十秒钟，以最快的动作，把手机上的信息全部删除。那些信息遗患无穷，像杨可伊发来的大量短信，尤其是她在医院里妇检的情况，绝不能让纪检组看到。否则，案情会越来越复杂，罪名会越来越大，杨可伊也会被牵连进去，这是他绝对不愿看到的……

可是老天作祟，庞雨生的手在不听话地发抖。穆亚龙留给他的时间越少，他就越是出错：平时能把手机玩得那么溜的，这时却连"删除"两个字都找不到，他觉得自己的心脏快窜出喉咙了！

年轻人的脚步声越来越近。才几秒钟，小唐他们就出现在门口。纪检组三名人员全部到齐，且都站在了庞雨生面前。他再也没有时间找"删除"了。他在鼻孔里哼了一声，对自己的无能鄙视之至。他把手机放回口袋，嘴里嘀咕了两个字："天数！"

穆亚龙坐下，用公筷搛了一块白切羊肉，细细蘸上大酱，递到庞雨生面前的碟子里，突然说："庞厅，你脸色怎么了？"

两个年轻人也把眼光转向庞雨生。

庞雨生强自镇定，说："没事，有点小感冒。"

餐厅里静如墓地。只有厨房方向传来炒菜的锅铲声。庞雨生心里浮出一句话——"出来混，总是要还的"。他索性把手机摸出放在桌上，平静地说："穆书记，有什么事，请说吧。"

穆亚龙重新坐下，神色凝重地说："告诉你一件事——"

“什么事？”

“侯志刚跑了。”

“是吗——”

庞雨生像虚脱一样，闭上了眼睛。

6

侯志刚是厅办公室副主任。厅里行政领导一正三副，厅长配一个秘书，三个副厅长则合用一个秘书。侯志刚就是副厅长们合用的秘书。他还兼着厅办副主任，不过那只是明确一个级别罢了，没有具体工作的。

穆亚龙的目光一直没离开庞雨生的脸。他发现，庞雨生的脸色好久才恢复过来。

“侯志刚跑哪去了？”庞雨生问。

“不知道。”穆亚龙说。

“什么时候发现的？”

“今天上午。”

“怎么发现的？”

“他家属来厅里，说侯志刚已经两夜没回家，手机也打不通。”

“厅里派人去找了吗？”

“找了，小唐小李就忙了一上午。”

穆亚龙说着，朝两个年轻人看看，说：“你们把上午情况向庞厅汇报一下。”

小唐就开始报告他们一上午找人的经过，唠唠叨叨又琐琐屑屑的。穆亚龙听得不耐烦，几次啧嘴，还朝小唐白眼睛。

庞雨生却侧过身子，看着两个年轻人，听得十分专注。

其实他没听进几句话，他只是享受着一种特别的感觉。由于大脑一下子松弛下来，有一种腾云驾雾的虚幻感随即飘忽过来，令他觉得这世界变得很不真实。他现在才理解，什么叫"如释重负"。听着小唐他们絮絮的汇报，他觉得血液又重新回流到心脏来，手脚也暖和了许多。仅仅几秒钟，不安与惶恐已经消失，而当副厅长的那种感觉又一下子返回来了。因为反差太大，他感觉突兀、恍惚、模糊；在小唐的汇报和略显惶恐的目光中，他的意识才渐渐清晰起来。他珍惜重新获得的这种感觉，提醒自己要细细享受这种感觉……

不过，庞雨生的头脑还是冷静的，他没有抛却所有的警惕。一听穆亚龙说出"侯志刚"三个字，他就跟自己那件事联系了起来。那事虽然是他和盛光辉两人做下的，但在中间传递那笔钱的，正是侯志刚。侯志刚跟他私交甚好。在与一些企业老总的来往中，侯志刚一直是个桥梁式的人物。许多事如果没有侯志刚牵线，根本就无法办成。直到现在，许多重要东西还都捏在侯志刚手里。这些天，庞雨生一直在怀疑，侯志刚和那封举报信之间有没有什么联系。这个知情的秘书，一直是他的心病……

"侯志刚为什么要跑呢？"庞雨生问。

"我们正在查他的问题。"穆亚龙说。

"哦？"庞雨生看住穆亚龙，投去一束疑惑的眼光。仅几分钟前，他还不敢正眼看一下纪检组长，而现在，他明白自己已经越过沼泽，可以用同级指挥员身份来过问这一突发事件了。

"省公安厅给我们通报，说他们破获了一个赌博集团，侯志刚是主要成员。"

"他被公安抓住了？"

"抓住就好了，可惜没抓住！"

"是同伙把他交代的？"

"对。"

"具体是个什么情况？"

"他参与赌球，赌中超，赌英超，还赌意甲西甲，一出手就是几万几十万的。"

"好家伙,他哪来那么多钱?"

"有受贿嫌疑。"

"证据充分吗?"

"我们正在查。"

庞雨生的心又紧了一下。他喉咙有些发干,哦了一声,还想问些什么,正好服务员送来一盆炒菜,他便闭口不言,视线投在了服务员手上,那是一盆辣子鸡,颜色和香味都很诱人。

穆亚龙把最好的鸡块给庞雨生搛上,看着服务员走出门口。

庞雨生说:"我要问一个问题,是公安厅通报在前,还是侯志刚家属上门在前?"

小唐插嘴说:"公安通报在前,家属上门在后。这两件事都是我接待的。"

穆亚龙又白了小唐一眼,说:"这事你倒说得清楚。"

庞雨生看看小唐,宽容一笑,又问穆亚龙:"这事跟厅里汇报了吗?"

穆亚龙说:"汇报了。这些天你们都下了县,我跟顾厅做了电话汇报,他说,让我跟你先商量一下。"

庞雨生说:"跟我商量?我对侯志刚的事又不摸底。"

穆亚龙说:"你是党委委员么。"

庞雨生想了想,说:"那现在需要我做什么,穆书记你说话。"

穆亚龙说:"还能做什么?先得找人。"

庞雨生说:"不叫公安找,我们自己找?"

穆亚龙说:"他们也在找。实际上,他们是追捕。"

庞雨生说:"侯志刚成逃犯了?"

穆亚龙说:"差不多。"

"逃犯"两字一说出口,庞雨生心头就霍地一沉。他想,侯志刚现在做的，正是他原先准备做的。这小子，不知道现在正在哪里奔命，是躲在省城某个角落呢，还是像他上午做的那样，上了飞机或火车？

穆亚龙说："他家属哭哭啼啼，一天不知要来多少个电话。"

庞雨生说："公安那边的情况，家属大概还不知道吧？"

穆亚龙说："应该不会知道。要是知道了，她一个通风报信，公安不是白白蹲守了吗？"

庞雨生问："公安还蹲守着？在他家附近？"

穆亚龙点点头。

庞雨生想了想，说："这事让我们厅里为难了。公安都抓不到他，我们怎么找得到他？"

穆亚龙说："老实说，主要是他家属这里，我感到压力特别大。"

庞雨生问："怎么了？"

穆亚龙摇摇头，说："一个女人，天天拖着个孩子来找你，哭哭啼啼的，你烦不烦？不过设身处地想一想吧，你又不能怪人家。侯志刚案发前，工作还是不错的。你们厅长下县，他也下县；你们厅长在办公室熬夜，他也熬夜。当秘书的，反正你们厅领导不下班，他也不能下班。他干得也确实可以，厅里几次去他家慰问，都给他的家属说好话、发奖金。现在，侯志刚突然不见了，你叫他老婆孩子怎么办？她不来找你组织上，又去找谁？你说是不是这个理？"

庞雨生连连点头，想，穆书记办案手硬，心到底还是软的。

穆亚龙说："厅领导都出去了，目前只剩下我们两个。我想跟你商量一下，分一分工，坚持到顾厅回来，我们再做安排。"

庞雨生说："我听穆书记的。"

穆亚龙说："你不要光说'听穆书记的''听穆书记的'，我也等着你来拿主意呢。"

庞雨生笑笑，想起自己一刻前在火车上的那种恓惶，心头不由得再次快乐地跃动了一下。

穆亚龙说："公安说了，赌球案还没侦破，所以不要扩散，知道的人不能多。我设想，我们就搞两个小组，一个主内一个主外。"

庞雨生说："主内干什么？主外干什么？"

穆亚龙说："主内的守机关，与几个厅领导保持联系，与公安保持联系，并且做好侯志刚家属的工作。"

庞雨生问："主外呢？"

穆亚龙说："那就是满世界找人了。"

庞雨生哦了声。

穆亚龙问："你看你是主内还是主外？"

庞雨生说："我哪有本事满世界找人去？就主内吧。"

穆亚龙点头说："你守机关好，大家放心。但我要提醒你一声，侯志刚家属不好缠，天天找你要人，你要做好烦心的准备。"

庞雨生说："工么么，总有烦心的时候，我会想办法。"

穆亚龙说："我还以为你愿意出外找人呢，还把小唐他们叫了来，准备让你当面交代任务，跟着你跑腿哩。"

庞雨生朝小唐他们一笑，说："纪检组同志本事大，你们还是跟着穆书记跑吧。希望能很快找到侯志刚。"

7

回到办公室，庞雨生关了门，飞快脱了外衣，摩一下拳、擦一下掌，就在沙发前那块巴掌大的空地上，呼呼地打了两套长拳！

像取下枷锁，像走出噩梦，庞雨生狂喜不禁。

打拳是他的健身法，也是他的宣泄手段。他其实很想吼几下，或开嗓子唱一段，但厅里的环境不允许。打拳没响声，在劈掌踢腿、旋转腾挪之间，他充血的肉体同样可以得到爆炸一般的释放。

上午离开怡和咖啡馆时他曾想过，以后再也不要见杨可伊了。可打完这两套长拳后，他又情不自禁摸出手机，拨通了她的号码。

他听到她轻轻地、惊喜地叫了一声："雨生哥！"

他说："没想到吧？"

"你在哪儿？"

"在厅里。"

"怎么没走啊？"

"没走。"

"怎么回事？"

"情况清楚了，没事。"

"真的？"

"真的。"

"那你把情况说说！"

"现在不方便，以后再说。"

"你吓死我了！"

庞雨生呵呵地笑起来。他把目光投向窗外，阳光格外明亮，桂花树异香飘逸，正是一年中最好的秋高气爽时节。

他说："有空吗，我们见见。"

杨可伊笑一笑，故意问："什么事？

"没什么事，就想见你。"

"我也想。"

"那就老地方见。"

"现在不行。"

"为什么？"

"我正陪老爸在梁江饭店见客呢。他有几个老同学，刚从美国回来。"

"那张维萨卡，我要还给你。"

"这是干什么呢？我又不缺钱用。就放你那儿吧。"

"那怎么行？"

"那怎么不行？"

庞雨生一时无语，脸颊觉得很烫，说不出是打拳后热血上涌呢，还是因为重新听到了杨可伊的声音。

杨可伊说："好了，我挂了，老爸在招手呢。千好万好，你没事就好。拜拜！"

下班前一刻，庞雨生给司机小翁打电话，要他准时等在机关门口。上车后，他把皮包扔在后座上，也把自己扔上后座，难得地摊开四肢，对小翁说："回家。放点音乐。"

小翁从后视镜里看看副厅长，把新闻节目关了，放起了一张碟片，是庞雨生喜欢的莎拉·布莱曼。

庞家离开机关不算近，加上等红灯的时间，车程足有半个多小时。到了目的地，小翁把车稳稳地停在路旁，等着庞雨生下车，没想到后座上副厅长没反应，却响起了匀称的鼾声。小翁没敢熄火，也没敢关上音乐，只把空调调小些，不无紧张地坐等着领导醒来。直到莎拉·布莱曼把歌全唱完，庞雨生才醒来，恍恍惚惚地问："到了？"

小翁说："到了。"

庞雨生说："这一觉睡得真舒服啊。"

小翁说："庞厅累了，睡了足有半小时呢。"

庞雨生说："是吗？"

他开门走下汽车，眼睛被夕光刺了一下。他刚想往家走，忽又返身敲敲车窗，让小翁摇下，说："后箱里有两件T恤，你穿了吧；还有水果，也拿回家吃了，别放坏了。"

小翁说："那你呢？"

庞雨生说："我有。"

小翁说声"谢谢庞厅"，但庞雨生没听到。他看见舒秋燕已经把门打开，正站在门口。

这场景久违了。舒秋燕已经很长时间没站在门口来迎接他了。庞雨生眼底一热，紧走了几步，几乎是扑着进了家门。一进门，他就把门关上，紧紧地抱住了妻子。

"情况怎么样？"

"搞清楚了，没我的事。"

"真的没事？"

"真的没事。"

"那穆亚龙找你干什么？"

"侯志刚跑了，厅里正配合公安在找他。"

"我以为你回不来了。"

"我也这样想……"

舒秋燕说着哭了起来，两手把庞雨生抱得越发紧，还拼命吻他，泪水糊了他一脸。庞雨生舌尖一舔，那泪又咸又苦，心里就想，到底是自己的妻子。

家里没吃的。舒秋燕根本没想到庞雨生能回家。他俩一起上了附近的小馆子——"小康人家"，要了好多菜，还叫了啤酒。两人边吃边望着对方，恍然有隔世之感。

走出馆子，迎面拂来秋风，还有浓郁的桂花香。月亮不圆，但很亮。路上的车子行人都已十分稀少。

舒秋燕挽着庞雨生，走出很长一段路，才说："省一院又来催命了。"

庞雨生停住步，问："怎么，5万元又用完了？"

舒秋燕说："怎么不是！那药一用就是几千元，贵得死人啊。"

庞雨生说："那怎么办？"

舒秋燕说："怎么办？我都不好意思再问人家开口了。"

庞雨生问："你一共借了多少？"

舒秋燕说："10万多了。"

庞雨生问："那笔定期储蓄……"

舒秋燕说："早取出花了。现在就剩下妈自己卡上4万元，我不敢动，怕万一……"

庞雨生的左手，就捏着那张维萨卡。他的手指摩挲着卡面，花纹和数字在他指尖上留下细微的感觉。

他说："再想想办法。"

舒秋燕说："真金白银，没人再肯伸手啊。"

庞雨生想了很久，终于拿出那张卡，说："这卡里有20万。"

舒秋燕一惊，问："你哪来的钱？"

庞雨生说："你不要问了。"

舒秋燕说："不，你一定得告诉我。我不能再过那种担惊受怕的日子了。"

庞雨生问："你非知道不可吗？"

舒秋燕说："非知道不可。"

庞雨生说："那就告诉你，这是杨可伊的。"

舒秋燕怔了一下，想说什么，却没有说出来。

路上开过一辆奔驰轿车，留下一阵沙沙的轮胎擦地声，还有一抹轻盈的车影。

庞雨生用余光看妻子，发现她紧咬着嘴唇，在月亮和路灯照耀下，两眼泛着泪光。

8

侯志刚的家属第二天又来了，这回不仅带来了孩子，还带来了老人。

这样子就很难看。厅里人议论纷纷。

庞雨生却胸有成竹。他一早就跟机关党委书记商量了，从业务处室借了两名女干部，代替他接待侯志刚家属。他还把她们叫进小会议室，向她们介绍了有关情况，对如何接待、如何解释，也做了政策上的交代。他还说服厅办公室拿出一笔钱来，做侯志刚家属的慰问金。虽说对逃犯的家属不存在抚恤问题，但公安的追捕眼下还保着密，他这样处理就无可厚非。这样做，还在单位里造成了一种正面效应——无论干部遭遇什么事，组织上都会体现关心。

虽说女干部们把家属安抚得不错，但庞雨生心里，却一直想着侯志刚。他想，这小子为什么要选择逃跑呢？他到底逃哪儿去了呢？一个赌球集团的成员又能有多少罪呢？这点他难道掂量不出吗？

侯志刚昔日在厅里忙进忙出的样子，一直在庞雨生眼前晃动。他想，这小子工作量虽大，却是架压不垮挤不烂的千斤顶，有时还乐呵呵的，跟同事们开个小玩笑、请个小酒什么的……他突然想见见这小子了。他知道穆亚龙他们找不到侯志刚，而自己也许能找到。这小子鬼点子不少，但他从来不避着自己，这也是他喜欢这年轻人的原因之一。

他让小翁出车，目的地：东郊设计院。到了设计院门口，他让小翁回去，交代说不用再来接他，他自己回去。小翁走后，他没进设计院，却换了一辆公交，乘到了终点站十八里桥。那儿有一大片新建住宅区。庞雨生知道侯志刚在那里有一套三室房。

半年前，侯志刚请他到这儿来喝过一次茶。他对这套三室房高雅简洁的装潢印象深刻。庞雨生当时就问："你小子怎么回事？财产登记表上没见你登记过这套房么。"侯志刚倒也坦率，嬉笑着对庞雨生说："庞厅您不要把我盯得太紧好不好？让我个人有点隐私行不行？"他还特别叮嘱，"这套房是我瞒着老婆弄来的，庞厅您可千万不要跟我家里人说起。"

也就在那天，侯志刚把杨可伊介绍给了庞雨生。侯志刚说，杨可伊是他的大学同学，但人家贵为校花，在校园里睬都不睬他。那天离开时，侯志刚还悄悄给了庞雨生一套钥匙，说"如果需要，庞厅您随时可以来这儿"。庞雨生至今没忘记，侯志刚说这话时还挤了挤眼，那意思不言自明……

庞雨生走到5号楼，从皮包角里取出那套钥匙。正要踏进门洞时，手机突然响了起来。庞雨生一看来电显示，是舒秋燕，便接通电话问什么事。舒秋燕告诉他：在省一院病房里，不知谁在老太太枕头下放了一包现金，数了一下，竟有10万元！

庞雨生问："谁来看过老太太了？"

舒秋燕说："她睡一阵醒一阵的，说不清楚；问医生护士，他们也说不清楚。"

庞雨生说："这就怪了。"

舒秋燕说："你说会不会是杨可伊？"

庞雨生一惊，说："有这可能……"

舒秋燕说："她是不是想讨好我，怕我上她家砸东西？"

庞雨生啧了声，说："你怎么这样……那维萨卡你用了吗？"

舒秋燕说："用了，付了医院8万。"

庞雨生说："你看看，你用了人家的钱，又要损人家！"

舒秋燕说："可她用了我老公，你怎么不说！"

庞雨生撳灭手机，骂了声"泼妇"。

这突然出现的10万元现金，使庞雨生的思绪又一次出现了混乱。他想，怎么会有这种事呢？到底是谁在暗中照顾他呢？真的会是杨可伊吗？她为什么不跟他说一声就这样做呢？……这事如果搁以前，他也许不会想得太多，但经历过逃亡的这一天，他再也不敢那么马虎了。他想给杨可伊通个电话问问情由，又觉得事情没那么急；他决定回去后，把这事弄个水落石出……

他掂掂手中的钥匙，踏上楼梯。他突然想到，老太太枕下的现金，会不会是侯志刚放的呢？这家伙平时鉴貌辨色，也肯帮助人，还常常有些惊人之举。他想，如果在这里碰见侯志刚，得跟这小子好好谈谈，以副厅长的身份也好，以朋友的身份也好；他要跟他说，如果那10万元是你放的，就请你拿回去，老太太不缺这点钱。侯志刚这小子的钱，他觉得沾不得手⋯⋯

他上了三楼，把钥匙塞进301室锁孔。这时，他隐隐闻到有一股异样的气味。他的心猛跳起来。他把门打开，果然一屋子浓烈的、类似煤气的气体扑鼻而来，几乎把他熏倒。他经过厨房门口，听见咝咝的声响，一下子什么都明白了。他扑进厨房，一边把燃气开关拧紧，一边自言自语道：出事了，出事了！

果然，庞雨生看到了一个令人毛骨悚然的场面：侯志刚直挺挺地躺在卧室床上，脸如纸灰⋯⋯

庞雨生手脚顿时软了，包也掉在地上。他迟疑一下，捡起包夹在腋下，大着胆子走到床边，伸手摸了摸侯志刚的额头。一阵蛙皮似的细腻冰凉透过他掌心，直窜他的心底。他断定，侯志刚死去很久了。

庞雨生手足无措，大脑一片空白。他退出卧室来到厅堂，在煤气包围中捂着嘴，进退维谷。他想打开窗门，也想大声喊叫，却一样也没敢做。他心里清楚：事情变复杂了，侯志刚案本来只是一起赌球案、逃亡案，现在却成了一件命案，而自己闯入这是非之地，麻烦理不清了。

他退到门口，细听屋外的声音。这时他有一点很清楚：侯志刚的死，虽然不是一件好事，却也不是一件绝对的坏事。他想，有些事情，毕竟只有他和侯志刚两人知道，侯志刚一死，这些事就像天上的风筝断了线头，随风飘远，最后彻底消失⋯⋯他探过身，往卧室方向最后看了一眼，脑子一时转得飞快，决定马上离开这里。

他从包里取出墨镜戴上，然后锁上门，疾步走出小区大门。他脚步匆匆、气喘吁吁，低下头，尽量避开别人的目光。这一刻他有个强烈的感觉：自己又一次成了逃犯。

　　一个钟头后，他在怡和咖啡馆跟杨可伊见了面。杨可伊还没坐下，他就吐出三个冰凉的字："出事了。"

　　"又出什么事了？"

　　"侯志刚死了。"

　　"真的？"杨可伊惊恐得捂上了嘴巴。

　　"绝对想不到！"庞雨生说。

　　"他怎么死的？"

　　"自杀。"

　　"自杀？"

　　"开煤气自杀。"

　　杨可伊眼圈红起来，说："侯志刚是我俩的介绍人。"

　　庞雨生没有接话。他觉得"介绍人"在男女关系上有其特定的意义。但是，他理解杨可伊为什么要用这个词。

　　"没有他，我们不会认识。"杨可伊又强调。

　　"是的。"庞雨生说。

　　杨可伊看着墙上一幅油画，凝神想着什么。庞雨生去了趟卫生间，回来时，见杨可伊已泪流满面。

　　"他为什么要死啊？"杨可伊问庞雨生，又像问自己。

　　"不知道。"庞雨生说。

　　"他心里肯定有许多不能说的事情。"

　　"我想是的。"

　　"他脸上是什么表情？痛苦吗？"

　　"没什么表情，睡着了一样。"

　　"有遗书吗？"

"我没看到。"

"你把情况再细细说说好吗？"

"你不怕吗？"

"我不怕。"

庞雨生打量了一下杨可伊，双眼流露出一束很特别的目光，很柔和，又很慈祥，就像父亲在灯下打量女儿。他定了定神，用小汤匙轻轻搅拌着咖啡，回叙了一遍去十八里桥的经历。

还没说完，杨可伊就插问："你报案了没有？"

庞雨生说："就想跟你商量一下呢。"

杨可伊说："还商量什么啊，快报啊！"

庞雨生说："你听我说。我一报案，事情就复杂了。警方肯定要问'侯志刚在这儿你是怎么知道的？你为什么要来这里？你跟侯志刚到底是什么关系？'说不定还要牵出其他什么事情来，那可不是没完没了了？"

杨可伊想了想，说："可这是一件命案，警方要全力侦破，你躲不了啊。"

庞雨生说："没什么躲不了的，我没干过什么啊。"

杨可伊说："可要是那里有监控录像，发现你去过，而且有案不报，事情不就复杂了吗？"

庞雨生看着杨可伊，一时无话。他最怕的就是这一招。他真后悔自己鬼使神差的，去十八里桥惹出这样一件麻烦事来。

杨可伊说："不过你也不要太紧张了。那小区在建时，我们公司也参与了。我去摸摸情况再说。"

两人商定晚上再联系。

庞雨生回到办公室，一时坐立不安。他想自己大概撞上了背时运，一不过二，二不过三，祸端肯定会找上门来，自己一定得做好最坏的打算。他把抽屉一个个拉开，把已经整理过的东西又整理一遍，又把所有的信件都扔进粉碎机，所有的手机短信都删除。做完这一切，他才长长地透了口气。

电话铃蓦地响起来，是门卫室打上来的，说："庞厅，有人要见你，说是你本家大哥。"

"大哥？"庞雨生想了想，说，"请他上来吧。"

他把门锁打开。一会儿就有人敲门。他拉开门一看，是盛光辉。

"你胆子不小啊，"庞雨生说，"敢闯到我机关来，还自称是大哥。"

盛光辉笑了，说："不这样见不到你人啊。"

庞雨生说："见不到人，你可以写信啊。你不是写信老手吗？"

盛光辉脸上笑容一下凝固了，问："你这话什么意思？"

庞雨生反问："什么意思你自己还不明白吗？"

盛光辉说："不明白。"

庞雨生厉声说："盛光辉，你不要装傻了。你给我们厅写过举报信，以为我不知道吗？"

盛光辉说："庞雨生，你血口喷人。我盛光辉明人不做暗事，谁给你们厅写过信了？"

"写过就写过了，也不是什么大不了的事情！我打不倒！"

"看你这话说的，我在你眼里就是个卑鄙小人了！"

"你敢说你没写过？"

"绝对没写过！"

"有人说，河滨路项目没中标，你隔手就给我们厅写了信……"

"庞雨生，我们是什么关系？小学到中学同学了十年，在工地上做苦力又一道干了十年。你看我盛光辉是这样的人吗？"

"知人知面不知心。"

"我向你发誓好不好：如果我给你们厅里写过信，天打五雷轰！"

"口蜜腹剑的人我见多了。"

"庞雨生，你不要太无情了！你也不想想：如果我给你们厅里写过信，我今天还会来见你吗？我还敢来见你吗？"

庞雨生被问住了。他也想不出什么理由来解释这个事情。他想，是不是有人在外面造谣？

他沉默片刻，问："你来干什么？"

盛光辉脸都气白了，说："我都不想跟你说话！"

庞雨生的目光软了下来，面对这个从小就滚在一道的朋友，他为自己的毛糙和无礼感到歉疚。

他说："坐吧。"

盛光辉瞥了一眼沙发，仍然站得笔直，说："庞雨生，你不要以为自己当了这官就稀罕。要不是为了祁老师，我唾你一口就离开！"

庞雨生说："我向你道个歉吧。"

盛光辉说："祁老师动了大手术，听说有点困难，我想帮她一下。"

庞雨生说："这不行……"

盛光辉说："你没资格说这个话。钱不是给你的。祁老师教了我这么多年书，良心教会我，今天应该帮她一把。"

庞雨生说："那你跟舒秋燕说去。"

盛光辉说："你这白眼狼，我都不知跟你说什么才好。我就告诉你，请你不要把生意人都想得那么坏。"

他说罢走向门口，又在门口转过身，说："钱我已经放在祁老师枕头下了，有空去处理一下，免得给人家拿走了说不清。"

听着盛光辉饱含火气的脚步声，庞雨生若有所失。他立即给舒秋燕发去短信——

"盛光辉来我厅，说枕头下的钱是他送的。"

9

杨可伊说是去十八里桥了解小区监视系统的情况，可一直没有来电话，庞雨生一夜没有睡好。

他担心自己进出侯志刚住宅时，被小区监控系统摄录了下来。万一侯志刚尸体将来被发现，警方肯定要调看监控录像，那么，他肯定就是最大的嫌疑人……

他越想越多，越想越后怕。他想，自己还把燃气开关关上了，这一来，是不是就在那儿留下指印了呢？燃气一关闭，房间里的煤气就会慢慢散尽，若干天后，那里就闻不到煤气味了，警察来查案子，侯志刚的死因就会从明明白白的开煤气自杀，变成另一些复杂的东西。这时再调看录像，里面那个戴墨镜的人，很容易认出就是他庞雨生。警方一定会问：庞雨生怎么来过这里？他跟侯志刚有什么关系？侯志刚是不是庞雨生害死的？是不是庞雨生在煤气开关上做了什么手脚……

他一边想一边埋怨自己：庞雨生啊庞雨生，你聪明一世糊涂一时，让你守在厅里好好的，偏偏鬼使神差去了十八里桥，这一下你不是跳进黄河也洗不清了吗？

侯志刚那张纸灰色的脸和一副深紫色的嘴唇，一刻不停地在庞雨生眼前浮动；那犹如蛙皮一样的尸冷，一直停留在他的掌心。他不知洗过多少次手，用的还都是热水，但那种印入骨髓的阴凉，却再也退不下去。他想，他目前是世界上第一个，也是唯一知道侯志刚死去的人，如果不报警，这事什么时候才会有人知道呢？是不是一直要等到尸体腐烂发臭，这事才会破头呢？

庞雨生又紧张又烦躁，回家后，却又不能在舒秋燕面前表现出来。他努力扯些其他的话题来转移思绪。他把盛光辉白天以大哥名义到他办公室来光火的事，跟舒秋燕学了一遍。舒秋燕对这事倒很感兴趣。她埋怨庞雨生不该对盛光辉产生误会。她说盛光辉毕竟是发小，对祁老师又是这么热爱，这人粗是粗点，俗也俗点，但侠肝义胆、心口如一，绝不会做那种见不得人的事情。

舒秋燕的话一下子变得多起来。她的心情总是跟祁老师医药费的松紧成正比。这两天，连续有两大笔钱成了她的后盾，她的眉头就松开了。她甚至还在床上抱紧庞雨生，主动表达了那种意思。但庞雨生没有响应。他想，眼下是个什么样的形势，还有心思做这个？

"你是不是想着杨可伊？"遭到庞雨生拒绝后，舒秋燕恼怒地问。

庞雨生瞪了她一眼，说："你真无聊。"

他想，自己确实想着杨可伊，但考虑的不是这事。

舒秋燕说："你告诉杨可伊，维萨卡里的钱我们会还给她的。"

庞雨生说："她没有提过这意思。"

舒秋燕说："她没提，但我们自己心里得有谱。眼下我们家只是一时困难。将来有了钱，我不会欠她一个子儿。"

庞雨生说："那就将来再说吧。"

舒秋燕说："还有一件事我要跟你说明——"

庞雨生说："你说吧。"

舒秋燕说："欠了她的钱，并不等于你可以跟她明来暗往。"

庞雨生说："你还是无聊。我再跟你说一次，我已经跟她一刀两断了！"

舒秋燕不理睬庞雨生的愤怒，看着吊灯，自言自语道："要说盛光辉给的那10万元，我们倒是可以放心的。一是他自己把钱放在了妈枕头底下；二是他说那是学生帮助老师的钱。在这件事上，我们没有任何干系。这在法理上和情理上，都是说得通的。"

庞雨生说："那盛光辉去年给的那笔钱呢？那时候，他没说是学生帮助老师的吧？"

舒秋燕没有马上回答，隔了一会儿才问："那笔钱，是他让侯志刚给你递来的是不是？"

庞雨生说是。

舒秋燕说："我一直没弄懂，他为什么要通过侯志刚来给你这笔钱呢？他不能亲手交给你吗？"

庞雨生说："他俩当夜一道喝酒，都喝高了。"

舒秋燕说："你说侯志刚这人靠不靠得住？"

庞雨生没把自己去十八里桥的事情告诉舒秋燕。一是心烦不想说；二是妻子迷信，遇上这事肯定会看作凶兆，弄得一惊一乍的；三是舒秋燕有洁癖，如果跟她说自己摸过死人，那就一辈子别再指望摸她身体了；最重要的是，他还担心说了这事，会把舒秋燕吓出病来，这女人神经衰弱，常常害梦魇，梦魇时叫声很恐怖，要是说了侯志刚的事，她天天半夜发出鬼叫样的声音，庞雨生宁可不要活了。

他说："还可以吧。"

舒秋燕说："什么叫'还可以'啊？"

庞雨生说："他是当秘书的，该保密的当然会保密。"

舒秋燕说："那就好。只要他口齿紧，不提那笔钱的事，就不会有什么麻烦；至于盛光辉这里，我想他绝对不会漏口风。"

庞雨生长长叹了一口气，说："我现在没有别的念想，就巴望祁老师硬硬朗朗的。她不知道，为了她老人家，我已经把命都搭上了。"

舒秋燕听着，一把紧抱住庞雨生的胳膊，把脸贴在他肩上，嘤嘤地哭了起来。

"对不起你……我们娘俩都对不起你。"她抽泣着说。

庞雨生想起自己逃亡的那天，也哭了。

夜很深了，庞雨生换小灯看书，用耳机听广播，直到舒秋燕睡着了，才蹑手蹑脚走出卧室，进了卫生间。

他先按了两次抽水马桶，又把洗澡水龙开得哗哗响，接着，他拿出手机，悄悄拨通了杨可伊。

杨可伊声音有点沙哑，但沙哑得很好听，庞雨生透过这声音，看到了杨可伊蒙眬的眼睛、红润的脸庞、浑圆的肩膀……一股健康的热力，通过电波直逼而来。他想，为什么同是女人，杨可伊像一个女神，而舒秋燕却到处都是毛病？

"对不起吵醒你了。"庞雨生说。

"没事。"杨可伊说。

"你怎么没打电话来呢？"

"你那里有母老虎，谁敢啊。"

"发短信也行啊。"

"上次不就是发短信出的事吗？"

"今天情况不同，我特别想知道十八里桥……"

"告诉你，那小区的监控系统还没启用。"

"你早该说了，害我担心一整天！"

"可我不想让你太乐观。"

"为什么？"

"我替你算过，这段时间是你的多事之秋。"

"你的意思是——"

"你得多想想'万一'。"

…………

庞雨生关了手机，进了淋浴房。他以为热水冲上几分钟，身心就会变得轻松些，却未想到，任凭雾气如何蒸腾，水流如何灼热，侯志刚的死相依然顽固地停留在他的眼前，那细腻阴湿的尸冷，仍游动在他的手里和心里……

10

半夜时分，一阵电话铃声又把庞雨生惊醒。他翻身去摸电话座机时，发觉自己的手抖得厉害。

"多事之秋。"他咕哝了一下杨可伊说过的这话。

舒秋燕在电话铃声中一挺身坐起来，满脸紧张。

"哪位？"庞雨生问。

"我是穆亚龙。"对方说。

"穆书记有事？"

"要辛苦你一下了，庞厅。"

"怎么了？"

"请你马上到厅里来。"

庞雨生看看钟，正是十二点三刻。

"有什么情况？"他问。

"侯志刚找到了。"穆亚龙说。

庞雨生随即听见自己的胸膛发出很响的一声爆裂声，在那声音中，心脏像一颗子弹撞上了钢板。他的头嗡的一下涨得很大，两耳发出了飞机起飞时才有的响亮耳鸣。

"是吗？！"他说，"在哪儿？"

"所有情况警方都会在会上介绍。"

"警方也来了？"

"来了。顾厅和其他几位厅领导也都赶回来了。这是省纪委的意思。"

"我马上赶过来。"

"你的司机已经在楼下。"

庞雨生放下电话，撩起窗帘，看到那辆黑色"奥迪"已在街角停着，红色尾灯在夜幕中显得格外醒目。

"又怎么了？"舒秋燕问。

"厅里开紧急会议。"庞雨生说。

"不会有什么麻烦吧？"舒秋燕说。

"你睡你的。没事。"庞雨生说着拉开房门。

夜幕下，省城的马路上空空荡荡。"奥迪"像箭一样直射市中心。音响没开，庞雨生不说话，司机小翁也不说话，车里的空气紧张而沉闷。

庞雨生走进小会议室，会议还没开始。因为坐着两个警官，会场气氛变得有点异样。

时值半夜，厅里没有值班的勤务员，穆亚龙招呼大家自己动手。会议室外的小桌上，放着茶叶、速溶咖啡、小点心，还有一大串香蕉和几包袋装牛奶。庞雨生什么也没有要，就倒了一杯白开水，跟顾厅和其他几位副厅长打着招呼，按平时坐惯的老位子坐了下去。

顾厅拿出一包中华烟，边发边说："平时禁烟，今天情况特殊，大家抽支烟提提神。"

庞雨生也要了一支，但是没点着，就在手里来回转着，还不时放到鼻子底下闻一闻。他不明白，为什么一闻到那股甜甜的烟草味，他心里就会感到稍微安宁些。

穆亚龙看看顾厅，轻声问："开始吧？"

顾厅点点头。

穆亚龙说了一段开场白："各位厅领导，前些天各位下县期间，厅里发生了一件事，办公室副主任侯志刚突然失踪了。我跟庞厅做了分工，他在厅里留守，我去外面寻找。今天得到警方通知，侯志刚找到了。下面请省公安厅三处于副处长把情况介绍一下。"

于副处长很年轻，思路很清晰，说的是一口标准的普通话，给人一种精明强干的感觉。

他说："我们是在4天前，破获'白金皇宫'特大赌博案时，接手追捕侯志刚的。侯志刚主要参与的是赌球案，中超、英超、西甲，他都赌，据同案犯交代，每次赌资都达十万以上。"

季副厅长说："这小子，钱很多啊。"

顾厅说："怎么平时没听说他说足球上的事呢？"

徐副厅长说："我听他说过一次看欧锦赛的事，在一个什么俱乐部，通宵，喝啤酒，没想到还赌球。"

于副处长浅浅一笑，继续说："侯志刚当夜逃离'白金皇宫'，没有回家。我们隔日发了协查通知。今天，我们接到十八里桥派出所的报告，说十八里桥新建住宅区5号楼301室发现一具尸体，我们派人到现场，证实死者就是侯志刚。"

顾厅说："侯志刚死在十八里桥？没听说他在那里有房子啊。庞厅，你听说过吗？"

"我也没听说。"

庞雨生说着，感到自身又出现了早搏前兆，并且发觉自己说的话像发自一个空洞。他想，这是怎么回事？顾厅为什么不问别人，单单冲着他问？

季副厅长问："侯志刚尸体是怎么发现的？"

于副处长说："纯粹是个偶然因素：侯志刚楼上的401室业主，白天在阳台上晒被子，结果被子被风吹落，落到了301室阳台上。这业主敲了半天门也没敲开。因为晚上要用被子，他决定冒险用绳子吊下去。就在301室的阳台上，他发现侯志刚躺在床上，情况异常，就报了警。"

徐副厅长问："侯志刚怎么死的？"

于副处长说："我们法医处做了鉴定，是自杀，煤气中毒自杀。已经死亡24小时以上了。"

厅长们很震惊，又纷纷摇头。庞雨生知道他们摇头的意思。他们一定不理解侯志刚为什么在厅里干得好好的，却会走上这条绝路。

于副处长说："说起开煤气自杀，这里有个细节我们正在研究。我们进现场后，确实能闻到一股煤气味。但是，当我们去厨房查看时，却发现，煤气开关是关着的。"

庞雨生的心一下子抽紧了，像有一根电线勒住了他的脖子。

顾厅问："这是怎么回事？"

徐副厅长说："是不是管道泄漏造成的煤气中毒？"

于副处长说："我们特地请来了燃气专家，检查后表明，没有管道泄漏问题。我们分析，这里有三种可能——"

警官说到这里，庞雨生手里的那支烟突然滑落在桌上，继而又滚到了地下。顾厅和穆亚龙同时掠了他一眼。庞雨生用余光看着那根纸烟滚远，屏住呼吸，没有去捡。

于副处长继续说："第一种可能，是侯志刚把煤气开到相当高的浓度，在神智还清楚时，关掉了开关，上床等待死亡；第二种可能，是有人谋害侯志刚，事后又关掉了煤气；第三种可能，是侯志刚死后，有人进来见过侯志刚，发现煤气开着，顺手关了。"

庞雨生听着，太阳穴这里的血管怦怦直跳，头很晕，耳边的声音飘飘忽忽，眼前的一切都变得有些虚幻。

于副处长说："关于第二个可能，即他杀的可能，综合各方面的情况，我们已经给予否定。最大的可能性是第三种，即有人进入过301室。但可惜的是，现场没有留下有价值的侦查线索，小区监视录像系统也没有启用，因而这一可能性无法确定。当然，即使查实了第三种可能性，也不影响目前的结论。这个结论就是——侯志刚以煤气中毒的手段自杀。"

小会议室里一片寂静。季副厅长起身为桌上几个茶杯续水。趁着气氛有些松动，庞雨生离开座椅，俯身捡起了那支香烟。为了表现出轻松，他还把烟叼在嘴上，探身拿起顾厅面前的打火机，啪啪地点燃了烟头。

顾厅和穆亚龙看着他，不说话。

季副厅长放下小水壶，自言自语地说道："这小子自杀，好像没有什么理由啊。"

徐副厅长问："现场没有遗书什么的？"

于副处长说："没有。"

庞雨生平时不抽烟，一根纸烟捏在他手里，无论别人还是他自己，都感到别扭。今天为了表示对顾厅发烟的尊重，他很认真地吸着烟，一边吸，一边还打量烟支的长短。他心跳如鼓、口干舌燥，却又不敢多喝水。他很怕别人发现他表现异常。他警告自己，一定要沉住气，无论如何不能在这样的场合露出什么破绽来，哪怕是最小的破绽。

徐副厅长起身朝外走去，庞雨生想，这老兄大概受了刺激，要上卫生间解手去了。庞雨生又朝季副厅长看，发现季副厅长的神态倒是格外沉静。他知道，侯志刚活着时，跟徐副厅长季副厅长关系最好，下县下基层时，常常跟着他俩中的一个，各种各样的"金点子"贡献得不少；私下里，侯志刚跟徐副厅长季副厅长也是活动最多、勾当最多的；侯志刚入党，就是他们两位当的介绍人。他想，对于侯志刚的死，内心最不平静的，应该是这两位……

徐副厅长擦着手推进门来。等他重新落座，纪检组长穆亚龙才说："关于侯志刚的情况，刚才于副处长已经做了介绍。省公安厅的意思，还想到我们厅来听听情况，以便为案件调查准备更多的材料。顾厅，接下去我们是否谈谈侯志刚在厅里的表现情况？"

顾厅说："可以，大家谈谈。季厅徐厅你们先说，你们是侯志刚的入党介绍人么。"

庞雨生想，顾厅这话说得很厉害。

季副厅长说："侯志刚在外面怎么样，我不清楚；但他在厅里，工作还是相当不错的。这一点，恐怕不是我一个人的看法。"

徐副厅长说："我同意季厅的说法。侯志刚在厅里的工作表现是属于比较好的，不然，我们厅也不会提他当办公室副主任。"

很简单的两句话，却有着定调的力度。顾厅换了支烟，又转向庞雨生，说："庞厅也说说？"

庞雨生此刻心情已平复下来；顾厅征求他发言，说得又比较客气，让他颇感安慰。他顺着前面两个副厅长的意思，说："侯志刚这个人，进厅的面试就是我主持的。我一直觉得这年轻人不错，有点子、有干劲，同志之间也相处得很好。有个例证我想举一下，也许对事情会有些说服力，省委组织部号召全省党员创先争优，侯志刚已经连续两年被厅办支部评为优秀党员。"

季厅和徐厅连连点头，连顾厅听了也微微颔首。

两个警官记录得很仔细。于副处长说："各位领导是否回忆一下，侯志刚个人性格上有没有什么特别之处？私生活方面有没有什么问题？还有，他赌球需要大量金钱，在经济上有没有可疑的往来？"

庞雨生看看穆亚龙，心想，只有他没有发言；不过又一想，纪检组长在这种场合不发言，也是可以理解的。

顾厅揿灭手里的烟，轻轻咳了一声。庞雨生知道，厅长要说话了。作为省厅主要领导、省委委员，顾厅的话一直是有分量有气势的。

果然，顾厅一开口就很不客气："省公安厅的两位同志，你们为了破案，总是希望我们说些负面的东西。可是我要跟你们坦率地说一句，侯志刚这个人，真的没有什么负面的东西，至少在我们厅里，他一直很正面。我这里要跟大家说一点心理学。其实这也不是什么深奥的理论。有一个名词叫'双重性格'，你们听说过没有？"

在座的纷纷点头，很虔诚地看着顾厅。

顾厅说："我认为，侯志刚就是属于典型的'双重性格'。对他的种种表现，用双重性格来解释，就比较解释得通。当然，双重性格有两种，一种是潜意识下的双重性格，另一种是意识支配下的双重性格。侯志刚是前一种还是后一种，现在还难下定论。如果是后一种，那就有些可怕。"

两个警官都停下笔，看住顾厅。他们没想到，半夜到这儿来，却被人家厅长上了一堂心理课。

顾厅说："对侯志刚，我们不说是'两面派'。这名词不科学，而'双重性格'比较科学。明白了什么是双重性格，就可以解释为什么侯志刚在我们厅里是个好干部，而到了另一个场合，却成了罪犯。"

穆亚龙说："顾厅把问题上升到了理论层面，这个很有说服力。"

于副处长见会上得不到自己想要的材料，就跟另一位警官耳语了一下，说："我们还有任务，想先走一步。"

顾厅说："老穆送送。我们继续谈。"

等两位警官出门，顾厅立即拉长脸，说："我没有跟他们公安厅要侯志刚的人，还算是客气的！什么东西！侯志刚是我们厅辛辛苦苦培养的年轻干部，就这样没了？为什么公安一查案，侯志刚就自杀了？为什么最近省城的自杀案件那么多发？为什么自杀者当中不少人恰恰是公安的追捕对象？难道公安方面就没有一点可以反省的地方了？"

三位副厅长看着顾厅勃然作色，都默不作声。

穆亚龙送警官回来，一进门就神秘地问："你们知道我遇见谁了？"

众人一齐问："谁？"

穆亚龙说："侯志刚妻子抱着孩子坐在门外，还有侯志刚的老母亲。"

顾厅眉头紧缩，又点起一支烟。

庞雨生看着顾厅脸色，小心翼翼地说："这两天，我跟穆书记分了工，接待了几次侯志刚家属，心里有些想法，想跟顾厅和各位汇报一下。我觉得，侯志刚的家属很可怜，眼下，他们已经到了走投无路的地步。侯志刚生前工作不错，不管他出于什么原因犯了罪，家属是无辜的，我建议，对家属还是应该妥善地加以安抚。"

顾厅说："庞厅说得对。侯志刚死了，倒了顶梁柱，这已经是他们家最大的不幸了，还要怎样？我们总得讲点人性吧？"

说到这儿，顾厅转过身，目光炯炯地看着庞雨生，说："庞厅，我听老穆汇报了，这两天你俩分工合作得很好。我的意见，送佛送到西天，侯志刚家属的事，还是拜托你。我在这儿明确一点，厅里不缺钱，只要符合政策，多给家属些无妨。大家看同不同意？"

众人点头。庞雨生听到，徐厅季厅的"同意"声，说得尤其响亮。

11

节后第一天上班，厅里召开全厅干部大会，通报了侯志刚自杀事件。

庞雨生在会场上发觉：穆亚龙一直在看自己；还有顾厅，好几次在暗处打量自己。他想，这是怎么回事？是不是他们跟公安又有了什么接触，怀疑侯志刚的死跟自己有什么瓜葛？

会议还没结束，纪检组小唐就走来轻声招呼："老穆要你会后留一下，他和顾厅要找你谈话。"

庞雨生非常敏感地发觉：小唐这话说得既突兀又生硬，不仅没一个"请"字，连那口吻都接近"命令式"！平时这小子对自己一直用"您"来称呼，而此刻，他却用了"你"，这是什么意思？他还发现，小唐说话时连"庞厅"也没叫一声，这是很少的；"要找你谈话"，这口气也很不寻常……

庞雨生又一次紧张起来。他想起了杨可伊说的"多事之秋"，心想，这女子说的话就是有哲理性、有预见性。因为有了这四个字的铺垫，现在无论发生什么突发事件，他都不会感到太突然了。

他设想，顾厅和穆亚龙找他谈话，无外乎这么几件事——

一是公安的侦查有了进展，发现他庞雨生曾经去过十八里桥，还接触过侯志刚的尸体；二是盛光辉出了事，把两笔巨款的去向都供了出来；三是有人揭发他跟杨可伊之间存在特殊关系……

趁上卫生间的机会，他在走廊里站了一会儿。

会场里的声音被隔开，机关大楼显得格外宁静；窗外风和日丽，省城躺在阳光的怀抱里，有一份难得的温顺；郊外连绵的山脉，梁江闪光的流水，因蒙着一层淡蓝色的雾霭，由不得叫人心生怜意……在这忙碌而温暖的日子里，庞雨生的心里却透过一阵又一阵的寒意。他发现这世界不是自己的，一条看不清的阴影，一直尾随着自己……他想，没时间想那么多了，是命注定的，逃也逃不了，即使有两条好消息来"冲喜"，终究也抵挡不了；是大祸是小祸，走一步看一步吧。

大会散后，他见穆亚龙在电梯口接手机，随即又见他进了顾厅办公室，半分钟不到，穆亚龙又匆忙出来下了楼。

他想他们一定是在商量怎么收拾自己。他从心底升起了一种任人宰割的绝望感。他想，随你们怎么去弄吧，我现在是一条躺在门板上的死猪，就等着你们手里这锅开水泼下来呢！

他进小会议室独自坐了一会儿，闭眼深呼吸，可心思怎么也安静不下来。

三五分钟后，顾厅才捧着一只茶杯走了进来，他边拉座椅边说："省纪委有急事，要老穆去一下。我们先谈吧。"

庞雨生冷冷地说："行。"

顾厅习惯性地掏出烟盒，示意庞雨生是否来一支，庞雨生摆摆手。

顾厅点了烟，说："有件事要慎重告诉你——"

庞雨生说："顾厅您说。"

顾厅说："老穆这两年干得不错，各方面对他评价很高，省纪委已经决定，要给他换一个厅局，继续压重担。"

庞雨生夸张地叫起来，说："好事啊，好事啊！"

顾厅说："省纪委说了，老穆走后，纪检组组长要我们厅自己解决，他们那里编制紧，派不出人来……"

庞雨生听到这儿，忽然听出一丝含意来。他沉住气，嘱咐自己不动声色，集中注意力看厅长怎么说下去。

顾厅继续说："我们征求了省纪委意见，省纪委也让老穆做了推荐，几方面慎重商量下来，决定由你接替……"

庞雨生霍一下从座椅上跳起来。

顾厅吃惊地看着庞雨生，问："你紧张什么？"

庞雨生这才意识到自己有些失态，脱口说道："这……不合适吧？"

顾厅问："什么叫'不合适'？"

庞雨生说："我一个搞业务的……"

顾厅说："你搞业务，这个谁不知道呢？我知道、老穆知道，连省纪委也知道。但是，对一个党员干部来说，'合适'有它特定的含义，服从分配就是合适，善于学习就是合适，勇挑重担就是合适！"

庞雨生脸色发白，呼吸也莫名其妙地急促起来。他又一次如获大赦，说："顾厅，这事让我回去考虑一下好吗？请厅里也再考虑一下……"

顾厅说："考虑是得考虑，但上任的准备你还得做好。我推心置腹跟你说一句，干部当到我们这份上，丢专业、换岗位、转角色……那是随时都可能发生的，不应该再是什么问题。我早说过，领导干部就是一张纸。现在组织上把一张纸发下来了，你说你不干？你说你跟组织上顶牛？这些都不是你庞厅的习惯么！你说是不是这样。"

庞雨生点点头。他血脉里又重新搏进新的血液，大脑又重新活跃起来。他看了一眼窗外的天空，觉得阳光又晒进了他的怀抱，胸间又变得明亮与温暖起来。

他故意用冷静的口吻说："我只是想……干了这些年业务，一下子又转行去干那个工作，感觉上总有点怪怪的。"

顾厅把脸一沉，说："不是我批评你庞厅，你们这些人，就是太看重自己那点小感觉了。组织上的需要，就是至高无上的么。你从业务工作转到党的工作，既是机遇，也是挑战，聪明人得明白这一点么。"

庞雨生微微一笑，默默享受着内心再一次涌现的快感。

顾厅说："省纪委交代了，如果你同意的话，下月就把编制转入省纪委，人事工资关系也一道过去。我算了一下，你还可以比现在多拿相当于一级工资的钱。"

庞雨生说："谢谢顾厅对我的关心。"

顾厅说："最后要交代的一件事是，如果你同意这个安排，省纪委和厅里准备请你率领一个联合考察团，去北欧三国进行一次考察，详细了解一下那里的廉政政策和工作机制……"

庞雨生想，这次是真的出国，真的要乘飞机出境了。

顾厅还在絮絮地交代什么，但庞雨生怎么也听不进去了。

他在想，得拿出壮士断腕的勇气来，中止跟杨可伊的往来。新的职务非同小可，在这个位子上，绝对不允许他跟别的女人再有什么瓜葛。不过，怎么中止这层关系，这是一门艺术……

写于2012年初夏

子非鱼

1

鱼心乐骑车去送稿子，路过超市，进去买了包烟；出来时，却发现车前网兜里那个大信封不在了。他脑袋轰地炸了一下，人顿时呆了。

里面装的是给大领导写的稿子。大领导喜欢看打印稿，三号字还要加黑，嫌电脑伤眼。这稿子本来可以走机要，可为了求快，顺便买包烟，鱼心乐偏要自己送，结果这么一篇重要稿子，偏偏弄丢了！

他扶着车把，看着空空的网兜，脸刷地白了，再骑上车时，脚下竟有点腾云驾雾。

"你×落魂了！"他毒毒咒了自己一句，狠狠拍了一下大腿。

回到机关，正碰上虞主任从卫生间出来。虞边扣裤门边问："稿子送到了？"

鱼心乐不敢抬头，只说："还要再看一下……"

虞三凯跟着他走进六处，说："怎么？不都审过几遍了吗？"

鱼心乐不言，揪下鼠标，一边看打印机一张张吐纸，一边支吾道："中间两个数据，我总觉得有点问题……"虞主任狐疑地看了他一眼，回过身，嘀咕着走出六处，进了自己的主任室。

稿子确实是大稿子，鱼心乐下基层调查了三个月，又辛辛苦苦写了两个星期；处里同事都争得红了脸，改了几遍才定稿；这稿子当然也事关机密，鱼心乐他们搞的，哪有不机密的。

鱼心乐嘴里苦涩起来。他心里一烦，舌下就会沁出苦来。这苦味常让他想起童年跟伙伴疯玩时，在村边采青果吃，嘴里留下的那种苦。只是几十年过去，这苦涩经过岁月发酵，酿成一种怪味，带上口臭，让他在人前不敢张口。他紧抿着嘴，把新打印出来的稿纸撤齐，又装作细看一番，才装进大信封，在封皮上写下了大领导秘书的名字。这时，虞主任又上卫生间（他有前列腺炎），走过六处门口，又往里探了一下头，目光有些诡异。鱼心乐赶紧出门，再次骑车把稿子送进了办公厅收发室。

正是黄梅季节，天闷得让人绝望。连续雨天夹着的这个晴日，尤其叫人生厌。街路半干半湿，云层若有若无，热气像蒸笼那样，罩死了上海每个角落。往日在街上款款而行的女人，这时也没了优雅，衣裳各处都沁出汗来。壅塞的汽车排成长队，不耐烦的喇叭声此起彼伏；助动车四处乱窜，像群没头苍蝇。整个城市，都在闷热中失却了章法。

鱼心乐骑车才几分钟，就出了一身臭汗，当然一大半，是心里急的。

他回到机关停车棚，坐在自行车后座上发了一阵呆。锁车后走进办公楼，只听见罗解难与马凝两人在高谈阔论。这两人都是鱼心乐六处的同事。要是往常，鱼心乐肯定加入进去，组成"三国杀"；这时却因丢了稿子，提不起一点精神。他没进办公室，却踅到走廊尽头吸烟处，默默吸起烟来。

看着"芙蓉王"的烟盒，他不能不为买这盒烟付出的代价跌足长叹。丢失稿子的后果，像一个黑洞，横陈在他眼前。他寻思拿走这个文件的会是哪些人。他想，如果是坏人取走，再把里面的调查报告弄上网，那他这个小官就算当到头了，机关最忌讳的，就是文件失密引起的舆论哗然；如果是附近居民或小孩手贱，随拿随丢，这倒还没什么；当然还有个可能，那就是附近的机关干部拿走了这信封，这个几率也不低。

鱼心乐这样想，是因为附近机关很多，不少干部都会去这超市买东西。大信封放在车兜里，信皮右下角的红色机关名称最是惹眼，对此最敏感的就数干部。鱼心乐想，自己要是碰到这种情况，也会探头扫上一眼，甚至拿起来看看；那些警惕性强的，或心理阴暗的，很可能就会把信封顺走，他们要是把东西交给组织上，那就真够他喝一壶的……

鱼心乐想多了，烟也抽多了，脑子昏昏沉沉的。

六处里的"罗马之争"，这时却还在兴头上——

罗解难说："没有当年的英国人法国人，这地方能发展起来吗？能成为国际大都市吗？"

马凝说："这个难说。"

罗说："不难说，一点也不难说。就是不可能。你知道这个'沪'是什么意思？繁体的'滬'，就是个捕鱼工具。如果没有近百年的殖民史，上海至今还是个小渔村，这是大概率的事情。"

马说："你这就说得绝对了。中国内地许多城市，并没有什么殖民经历，可现在发展得也很好。要不要我给你举几个例子？"

罗说："你不要扯开去，我们的中心议点就是上海。你再看香港，再看青岛……"

马说："你自己也扯开了。"

罗说："我是引申，不是扯开。你看啊，香港、青岛，都跟上海有相近的历史。没有英国人，会有今天的香港吗？没有德国人，会有今天的青岛吗？德国人在青岛搞的下水道，现在还在起作用，多大的雨，也不积水……"

马说："你的中心意思，就是殖民有功。"

罗说："我不是这个意思。我在说一个事实，殖民或半殖民统治，对一个地区的历史和现实，无疑有重大影响。"

马说："说了这个以后，你又想说什么呢？"

罗说："有些事情，须要重新做出评价。"

…………

虞主任从办公室出来，踱进六处，笑说："又斗起来了？"

罗解难和马凝都嘿嘿一笑。鱼心乐就在这时掐了烟，走进处里。

虞主任说："你们刚才争得有点意思。继续。我让大家都来听听。"

罗连连摆手说："不要不要！我只是随便说说，不值得惊动其他人。"

马说："虞主任，他缩了，缩了。"

三人都笑，鱼心乐也笑。这一笑，他骨子里就溜进了一丝儿轻松。

这机关有一点好：有思辨之风，上上下下的干部都能畅所欲言。这是虞三凯担任常务副主任后一直提倡的。这里的主任由一位副市长兼任，基本不来管事；事务一直由副主任虞三凯主持。虞说过：我们是机关，作风一定要严谨，但文风一定要活泼；我们又是领导的智囊，方向一定要把准，但思想一定不能僵化。机关党委就把这句话概括成"四个'一定'"，常在《机关通讯》上套用。虞不仅不阻止干部"斗嘴"，有时还火上浇油，让双方辩论得更起劲。他说，我们搞政策研究的，最重要的是脑子要好；而练脑最好的方法，就是辩论。他主张一切有争议的东西，都要先在机关里辩个透彻，这样才可以保证，最终拿出去的文件不出大错。

手机"叮当"响了一声，鱼心乐一看，是学妹莫可可来的短信——

"下周二晚上有空吗？我们区要搞个稿子，想请你来策划一下，愿不愿意先来见个面？"

鱼心乐回："还有什么人参加？"

莫可可回："分管副区长，政研室主任，加上你我两个。"

鱼心乐组织观念蛮强，马上向处长钟读花请示，得到同意后才回复莫可可："可以。已跟处里通了气。下周二下班见。"

2

这一晚鱼心乐没睡好，除了丢稿子这烂事闹心外，老婆乔丽君还跟他闹了别扭。

乔是罗解难给介绍的，一位小学老师，教音乐。罗解难进机关早，各区情况都比他熟。前些年调查郊区基础教育时，罗就推荐了乔所在的南郊小学，他自己老婆小宋也在这所学校教书。鱼心乐他们开座谈会时，乔作为辅课教师代表，做了一个精彩发言，还提供了若干调研组感兴趣的数据；会后，鱼心乐就找她聊了半天；正式撰写报告时，他又几次电话乔，问这问那的。罗是什么人，旁边一听就听出了名堂，就问鱼心乐是不是看上了乔。鱼心乐红着脸不说话。罗就捅他一拳，说小子你也学会假公济私了，隔手就给老婆小宋打电话，让她去细细了解一下乔的情况。小宋说，这要什么了解！乔是我的小姊妹淘，她什么情况我不晓得！罗就说了撮合乔跟鱼心乐的意思。也算是有缘，三日短五日长的，鱼心乐就跟乔好上了。

这天傍晚鱼心乐一进家门，就已显出了疲惫相。他虽不用挤公交，但从机关所在的市中心，到他家所在的南郊区，那一路堵的，也让他够呛。他开的是一辆"朗逸"，2.0排量，款式明显老了；加上挂的是外牌，不能上高架，20多公里路走走停停，下车时屁股也痛了。到家后正想喘口气，却听见乔丽君叫唤："回来啦鱼心乐？灶上的'腌笃鲜'看一下；五分钟后，把百叶结放下去！"

循声一听，乔在客厅里。因为心烦，他便没吱声。

同是上海女人，鱼心乐觉得，乔跟那些家住在市区弄堂里的女人，还是属于两个路数的。别的且不论，就是平时说话，乔的口音也跟城里人不一样。一个"风"字，城里人说"feng"，乔丽君一家却说"hong"；进了徐家汇港汇广场，城里人说"这购物中心大得不得了"，乔丽君他们却说"这卖场大起大来"。在上海待了这些年，鱼心乐也已能听出这里的差异来。他知道，乔毕竟不是在亭子间里给煎带鱼的油烟气熏大的，而是吃酱瓜、落苏（茄子）长大的；她父亲这一辈还是土生土长的农民，她自己小时也在自留地上采过黄瓜毛豆；要不是老宅基动迁，她家哪里会有几套房子，还住进这现代化小区，跟市里来的动迁户乘一个电梯上上下下……

"鱼心乐，听到没有啊？"乔又在客厅喊，声气还提高了八度。

鱼心乐皱了一下眉，勉强说："晓得了。"

一阵女人的笑声尾随而来，鱼心乐这才知道，乔又在家里集体备课了。

乔是师范毕业的大专生，课上得不错，还担任学区的音乐教研组长。她常把同行和小姊妹淘邀到家里来，说集体备课也好，说是聚会聊天，也无不可。反正家里没人，40多平方米的客厅足够大，她那架钢琴还是施坦威的。音乐不是主课，教学负担也不重，她有的是时间和精力。集体备课时，她是当然的主角，常大声纠正组员的指法或咬音，说些教学上的事，一边还招待众人细茶小食，展示自己的那一份厨艺。几年来，她人缘也有了，敬业的名声也有了，区里还评了她"示范教研组长"。不过在鱼心乐看来，她把教研活动弄到家里来，多少有点卖弄的意思。

女人嘴淡，鱼心乐一回来，她们就开始议论他。鱼心乐听到一个尖嗓子女教师说："你老公也真是，什么都可以姓，为啥偏偏姓'鱼'呢？还是一条鱼的'鱼'，真怪！"

乔笑笑，说："这算什么怪。小宋老公叫什么名字，你们也晓得的。"

女人们纷纷说："不晓得。"

乔说："告诉你们，小宋老公叫罗解难，这下晓得了吧。'解难'两个字当名字用，你们听到过没有？小宋你自己说。"

小宋就说："他们家取名是有点怪，四个兄弟，大哥叫'排忧'，他是老二，就叫'解难'，三弟叫'扶危'，四弟叫'济困'。"

尖嗓子女教师就说："怪，贼怪。"

小宋说："怪是有点怪，不过我倒觉得蛮有意思。四兄弟两句成语，比我们上海人有文化。"

乔丽君就说："外地人的怪事，你们不晓得的多着呢。"

又一阵笑，乔也笑。

尖嗓子就问："那你老公在床上跟你睡觉怪不怪？"

再发一阵笑，还夹着女人间捶打讨饶的声音。

鱼心乐厌恶地闭上眼睛。他讨厌这个话题，更讨厌人家说他是"外地人"。最令他恼火的是，别人说他"外地人"倒也罢了，可乔说起"外地人"来，也张口就来。奇怪的是，乔自己可随口说他是"外地人"，可要是别人说她丈夫是"外地人"，她会"操铲（骂人）"，还要记恨。

钢琴声渐渐稀落下来，备课像是告了一个段落。这时有一刻难得的寂静。尖嗓子又问乔："你和小鱼结婚多少年了？"

乔不答。小宋就说："该3年了吧。我们宝宝刚生那年，我抱他来喝的喜酒；今年宝宝3岁了，不3年了吗。"

尖嗓子又问乔："那你们怎么不要小孩呢？"

乔咯咯笑，不答。

小宋说："你不懂，现在两人世界最时髦，对吗？"

乔还是笑，只是笑得不那么响亮了。

尖嗓子说："这倒也是，丁克家庭最清爽。"

鱼心乐没听到乔的说话声。他知道妻子这时不高兴。刚结婚时，乔确实有过一段时间不想要孩子，她只要床第之欢；鱼心乐年轻，这方面是强项，两人基本上没落什么遗憾。但后来乔的同辈亲戚都有了孩子，她也想生一个了，这一下情况就起了变化……

"腌笃鲜"滚起来。锅盖的微响中，一股鲜肉竹笋的香气四处飘逸。在本帮菜里，鱼心乐最认可的就是这锅汤。虽说他过去是重口味，但这些年熏陶下来，他也从心底里喜欢上了上海菜。这"腌笃鲜"的营养价值自不必说，其鲜美程度，也远远超过了他老家那些麻的辣的。在鱼心乐看来，这一锅"腌笃鲜"最能体现上海人善料理的机巧，那融合在腾腾热气里的家常味，又实在又体贴，是哪一处菜水都比不上的。

鱼心乐把百叶结放进锅里，看着冒泡的白汤独自发呆。这时乔的大哥乔达丰回来了，在厨房门口探进头，说："今天我们小鱼做火头军？"

鱼心乐笑笑，说："大哥，给您一盒烟。"

他掏出一包"中华"，软壳的，递到乔达丰手里。

在乔家，乔达丰跟鱼心乐最谈得来。乔达丰属于上海人说的"老阿哥"级别，大乔丽君整整18岁，大家都叫他"老乔"。老乔农学院毕业后就到一家农科所搞种子，已当了20多年种子场场长，如今两鬓染霜，人家总误以为他就是乔丽君的老爸。当初谈恋爱时，乔丽君就给鱼心乐介绍过，大哥是个"寿头（傻瓜）"，她的理由是：曾经有一家外国公司来收购大哥培育的水稻良种"江南806"，出价高达1000万美元，可大哥就是不卖，他说，上海人世世代代吃大米，手里总得有一个"当家品种"，不能把搞了几十年的家底也卖掉。鱼心乐老家也是种地的，一见农民就有亲切感。没想到在上海这个大地方，竟能遇到乔达丰这样一个农业专家，这专家还弄出那么大名堂，鱼心东内心尤其钦佩。

乔达丰把玩着烟盒，看着上面的天安门图案，说："现在反腐，怎么还有人给你送东西呢？"

鱼心乐说："大哥您放心，反腐反不到我们头上，我们机关是清水衙门。"

老乔说"这就好"，又问："清水衙门，怎么又有人送中华烟呢？"

鱼心乐说："下面区县请我们改稿子，说我们干这活费心费脑，就说发包烟，给大家充下电。"

乔达丰笑，鱼心乐也笑。他知道，大哥第一次听到他把区县说成"下面"时，还吃了一惊。在老乔的心目中，区县的级别已经是很高了，自己却把它们说成是"下面"。这无意识的说法，倒让大哥添了得意，以致人家问他小鱼现在哪里工作时，他会不无骄傲地回答："他们把区县都叫作'下面'，你自己去猜是什么单位吧。"

客厅里又传来乔的喊声："鱼心乐，百叶结放下去了吗？"

鱼心乐刚要张口，乔达丰却抢着说："放啦放啦，你弹弹琴唱唱歌，倒把我们小鱼当烧饭的了！"

客厅里又一阵笑。

乔达丰是从心底喜欢鱼心乐的。当初乔丽君第一次把他带来"见大人"时，乔家的二叔和大舅都很不赞成。他们自己是郊区农民，却嫌鱼心乐家是种地的，还是"外地人"；还说鱼心乐的工资就这么点，就是坐机关也坐不出什么大出息。乔达丰却不以为然。他一眼就看上了这外地青年。他对妹子说，不要听大舅二叔的，他们没见识。

客厅里又响起钢琴声。随着琴声，女人们又轻轻唱起来。那歌声，婉约柔美，兼有女人的温润气息，还真是养耳。凭着这样的歌声，老乔和鱼心乐他们都不反对乔在家里集体备课；有时，他们还主动包个馄饨煎个春卷什么的，招待这些女教师。何况，小宋也常来，她是鱼心乐和乔的介绍人，要紧呢。

老乔回身关上厨房门，轻声问鱼心乐："这两天，市里有什么消息么？"

乔达丰每天回家，都要跟鱼心乐扯扯这个话题。这也是他一天生活中的亮点。鱼心乐是他最重要的信息源。来自鱼心乐的各类消息，他认为都是靠得住的。有了这些消息，他跟人家聊天 就有了资本，而且人家从来不敢说他是"传小道"，因为他们都知道，他的妹婿在市级机关工作。这也是老乔真心喜欢鱼心乐的原因之一。

鱼心乐说："中央巡视组要来了。"

老乔两眉一跳，问："是吗？"

一扯起这类事，老乔双眼就分外明亮。他唯恐自己听不清，还用右手罩住右耳，弄成个顺风耳，来扩大自己收集分贝的能力。

　　鱼心乐点点头。

　　老乔说："这么说，我们这里也有'老虎'啊？"

　　鱼心乐说："有没有'老虎'，要查起来看。"

　　老乔说："那肯定有！山中没老虎，打虎队来干什么？中央可不是吃素的。"

　　鱼心乐笑了，没有说话。

　　老乔说："你倒是说说，我们这里会弄出些什么级别的老虎？"

　　鱼心乐只朝舅子笑笑，还是不接嘴。

　　老乔自言自语道："中央巡视组坐镇指挥，总不会是打一般老虎吧？否则老百姓就会说，你们杀鸡用牛刀。"

　　鱼心乐笑出声来，却还是不置可否。乔达丰这时便有些不爽。鱼心乐城府很深的样子，让他感到自己有点丢份。不过，他还是很欣赏鱼心乐这一点。他常跟家里人说，我们小鱼在机关工作，是得有点保密意识；如果口风不紧，在那种地方怎么干得长。

　　笋尖和百叶结在汤面上翻滚，火苗发出轻微的哧哧声。老乔拆开烟盒，点了一支烟，美美地品了一口，说："没事的小鱼，说起来我跟你一样，也是个组织同志……"

　　鱼心乐说："我知道，大哥的党龄比我长多了。"

　　老乔说："那就是了，你知道的情况多，也跟大哥交流交流。大哥当着个基层领导，晓得现在的老百姓，最关心反腐……"

　　鱼心乐心里有些感动。他看了乔达丰一眼，很想说说机关里听来的那些消息，旋即又觉得，这样不好，不严肃。自己在大舅子心里的分量，他是知道的，在大舅子心目中，他的话就像红头文件。如果那些未经证实的消息传出去，万一出了事，那就是坏了保密规矩……白天丢失的那个大信封，此刻就油然浮上眼前，令他心头顿时一暗。

　　他就说："大哥，反腐是老虎苍蝇一起打，要说我们这里能打出什么老虎，现在还真不好说。"

老乔一笑，便放弃了这话题，又问："其他还有消息么？"

鱼心乐说："我们这里要通地铁了。"

话音未落，乔丽君推门进来。她把那只雀巢咖啡瓶改的茶杯放在饮水器下，揿下按钮续水，听得鱼心乐的话根，立刻问："什么？地铁要通来了？"

鱼心乐说是。老乔嗔道："你起个什么劲？弹你的琴去。"

乔说："我为啥不起劲？地铁要通了，我们这里的房价就要大涨了。"说完又问鱼心乐："消息确实吗？"

老乔说："我们小鱼什么人，消息会不确实吗。"

乔说："大哥你不要打岔，我要确认一下。"

鱼心乐说："规划已经批了，到时就会向社会公布。"

乔看着杯子里泡着的人参枸杞，若有所思的样子，忽又问："'腌笃鲜'的咸淡，你们试了吗？"

大哥说："一手一脚好，还是你来吧。"

乔便取出盐罐，用小匙加盐，舀起尝了一口，又把小匙里余下的一点汤递到鱼心乐嘴边，说："你也尝尝。以后就照这个咸淡做。"

鱼心乐尝了一口，啧啧嘴；又尝了一口，点头"嗯"了声。其实，他在市区的饭店和同事家里吃过多次"腌笃鲜"，印象很深刻，味道似乎要清淡许多。他就想，乔常说自己的口味就是"上海口味"，可实际上，她们的口味比起城里人来要重得多。不过，他从来不提这一茬。他知道，如果说乔她们有哪点不像上海人，那是最犯忌的；只有说"你们是真正的上海人"，甚至说，"你们比城里人还上海人"，那才对准了榫头。鱼心乐看过那么多书，知道全国、全世界说的"上海人"，其实指的就是城里那部分上海人；而南郊一带，"县改区"还没几年，这里的人不多年前还脸朝黄土背朝天，种着蔬菜水稻，一滴汗水摔八瓣的，他们的口味会跟城里的上海人一样吗？

乔拿过汤勺，放在热水龙头下洗了洗，问鱼心乐："味道记住了吗？"

鱼心乐顺从地说："记住了。"

乔又说："你喜欢吃上海菜，那就要记住这个咸淡。"

鱼心乐说："我记住了。"

乔达丰在旁默默看着，对妹子说："我们小鱼真是个好户头。其实他什么事体不晓得？要你来'子教三娘'。"

乔丽君笑笑，忽又把脸沉下，正色道："大哥，不说这个了。我想起一件事来，你们场的徐会计不是要卖房吗？你抓紧跟她打个电话，就说她家那套房，我们买下了。"

老乔犹豫一下，说："这个不好吧？她卖房，那是要给丈夫治病的，我们这时买她房……"

乔丽君"啧"了声说："这时买她房怎么了？市场经济，就是一个愿买一个愿卖，你管这么多干什么。你这时不买，以后她也会卖给人家。我们就是要趁早落手，趁低价时落手。"

乔达丰不吱声，看鱼心乐；鱼心乐也不吱声。

乔丽君说："通地铁的事，现在人家还不知道，这就是'时间节点'，你懂不懂！一旦消息公布，房价还会像今天这样便宜吗？这个电话，大哥你不打，我打。我们要打的，就是这个时间差。"

乔达丰就摇头。

乔丽君说："你不要摇头，大哥。信息社会，就是信息主宰一切，信息就是金钱。我家鱼心乐的信息，现在就是真金白银。"

鱼心乐像吞了个死苍蝇，转身闭下眼睛。他遇着厌恶的事，就会闭眼睛，不过这个小动作，不能让乔看见。

乔达丰对妹子说："你不要指望我做这事，乔丽君。我倒是要给徐会计打电话，对她说，地铁要通过来了，房价要涨了，叫她眼下无论如何熬一熬，千万不要把房子卖了；要卖，也要等以后房价涨了再卖。"

鱼心乐暗暗为大舅子叫好，却未料到，老乔这时转过身来，问他："你说呢，小鱼？"

鱼心乐看看妻子，又看看大舅子，有些为难。过了一瞬，他才说："我听大哥的。"

乔丽君一跺脚，边出门边狠狠剜了鱼心乐一眼，说："好了好了，不跟你们说了。两个寿头！"

周末晚上，乔丽君跟小宋她们照例去文化馆上了瑜伽课。回来时，鱼心乐已睡着了。

他丢的那份重要文件，就在这个晚上，落到了一个"大V"手里。这个"大V"，是位赫赫有名的美籍华人，原在国内当记者。他得到这个文件后，喜出望外，隔手就把它弄上网，并起了一个骇人的题目——《起底大上海背面》，还附上了照片，以证"有图有真相"。有关部门人士在网上一看到"大V"这篇文章，就火速赶到鱼心乐所在机关，找到常务副主任虞三凯，又叫上六处处长钟读花，风风火火来找鱼心乐。鱼心乐这时还在抽烟发呆，钟读花就走过来轻轻拍他的肩，叫："鱼心乐，鱼心乐……"

鱼心乐猛地醒来，一身冷汗。他见乔站在床边，穿得轻薄透明，正扳着他的肩，轻声叫："鱼心乐，鱼心乐……"

鱼心乐有些恍惚，心口还在为刚才那梦怦怦直跳。他想，这梦是个什么兆头？明天去机关，会不会大祸临头？

他问乔："干什么？"

乔笑着说："你忘了？"

鱼心乐说："忘了什么？"

乔身上散发着浴后的香味，一脸妩媚地说："今晚我们算好的事情，你难道忘了？"

　　鱼心乐遂想起他们要小孩的事。上个月他俩对着日历算过日子，今天乔应该是最易受孕。不知怎的，他这时打了个哈欠。

　　乔丽君掀开被子，一股热烘烘的体味便扑鼻而来。她伸手在鼻孔下扇着，说："怎么，你没洗就睡了？"

　　鱼心乐没答，这就算默认了。

　　乔说："你们的生活习惯啊，叫我怎么说。不知跟你说了多少次，你就是不改。"

　　鱼心乐赶紧跳下床，逃跑似的躲进卫生间。他不能再听她说下去，也不能再看她的眼锋。他最怕她数落他生活习惯不好。因为她数落时常用一个复数——"你们"。鱼心乐一听这个复数，就能听出话外音来。这些年，大到装修用什么材料、买车选什么颜色，小到盛饭用什么碗、出门穿哪件衣服……琐琐屑屑，都会归到这个节点上来。几乎没有一件事，乔会不嘀咕。她的嘀咕，加上那眼锋，不见一丝伤口，也不见一丝血，却能把鱼心乐的心剜得很痛。

　　他在灯光下眯着眼睛，对着镜子一动不动。他呼吸很粗，胸腔里刮着一股风。

　　乔又叫："鱼心乐，今天你喝过酒吗？包括中午。"

　　鱼心乐没回答。他又一次觉得嘴里的苦味浓起来。他搅了几下舌头，费力地把口水咽下去。他闭上眼，力图让心思静下来。睁开眼时，他在镜子里看到了一个憔悴的男人。他一点也不为接下来的事情感到兴奋。

　　以前他可不是这样的。三十多岁，正是欲望如火的岁月。乔对他的评价是两个字——生猛。说起这两个字时，她往往半是嗔怪，半是赞赏。但鱼心乐的感受跟她不一样。他觉得在这件事上面，自己并没表现出真正的生猛来，因为，他没有一次是能真正任性地、甩开了手脚去做。乔说她有洁癖，床上床下都挑剔得要命。她总是嫌他嘴里有这个气味、身上有那个气味，无时不在的嘀咕，常弄得他缩手缩脚；每次来事，都好像要得到她恩赐才能完成。其实，平时一切大事小事，鱼心乐干起来哪样不是游刃有余的？唯独这事，他觉得自己永远是处在乔的下风，要看她脸色、求她配合，还要屈从她许多古怪的条件……慢慢地，他就有些疲沓了，提不起精神头来了。

唯有一点，他还是期待的，那就是：生一个孩子。老乔家要男孩，他们老鱼家也要个男孩。不过是男是女，他无所谓。他想无论男孩女孩，以他和乔的基因相结合，都会长得不错。他最期待的一点，是有了孩子后，他可以发挥自己情商智商的优势，把孩子培养成一个出色少年。在这点上，他有足够的自信。看乔家亲戚的几个孩子，要么脾气乖戾，要么营养过剩，学业上，尤其拿不出手，问题的症结，就在于缺乏家教。他想，他鱼心乐的孩子，将来跟乔家兄妹站在一起，一定鹤立鸡群，无论相貌、气质，还是学识、修养，都会明显高出一头。用不了多少时间，周围人就会从他孩子身上醒悟到：这个姓鱼的外地人，我们以前看轻他了……

但这段时间乔心心念念急着生孩子，又一次让鱼心乐看到了她的俗气。他想她好歹也受过两年高等教育，应该懂点美感，不该把这事仅仅看作是传续香火。这事该做得浪漫些、超脱些，起码不能那样急功近利。关乎心灵的许多事情，要有些回旋余地，飞翔的翅膀才能张开；而目标一旦太明确，美感就消失了，剩下的，就只有动物性和机械性……

这些看法，时至今日，在鱼心乐而言，也不能说没一点改变。他常想，自己已经跟乔这样的人成了家，还把理想追求看得那么重干什么？坦率地说，他是为了留在大上海，才找了乔这样一个小学教师；反过来说，就是因为当了乔家女婿，他才在大上海立下了脚跟。木已成舟，自己已在世俗的道路上走得够远，如果不再按照乔家的步点继续走下去，又能怎样呢？

鱼心乐挤了一大坨牙膏，磨磨蹭蹭刷了好几分钟，弄得满嘴都是泡沫。他放下牙刷，脱光身子，站到水龙头底下，开足热水龙头，听凭烫水把皮肤浇得通红通红。他还把浸湿的短裤当成鞭子，狠命地抽打背脊，就像俄罗斯人洗桑拿时用柳条抽打自己一样，啪啪声响亮而放肆。他听见乔在外面叫喊："你神经病啊，鱼心乐！"……

哗哗的水声中，热雾升腾。蒸汽中散发的氯气味，虽然很淡，却提醒鱼心乐：这里是大上海，是你小子多年向往的地方。他想起，老爸每封信上，都会写上类似的一句话："我们村小一百多个孩子，你是唯一挤进大上海的人，惜福吧，小子……"他回过神来，一边擦着身子，一边对自己说，退一步就退一步吧，俗话还说呢，退一步海阔天空。

电视上跃动着一个广告，一个年轻母亲正用额头跟宝宝亲热，咯咯的笑声里充满诱惑。鱼心乐穿上干净衣服，躺到乔的身边。他闻到了乔身上的阳光气息，忽然觉得，精神松弛了一点，而身体深处的欲望，却蠢动起来。

乔说："我刚才问你有没有喝过酒呢。"

鱼心乐朝她哈了一口气。

乔"嗯"了一声，一边用被子把鱼心乐裹紧，一边又问："抽过烟吗？"

鱼心乐又朝她哈了一口气。

乔说："今后有宝宝了，不许再抽烟再喝酒了。"

鱼心乐说："这是什么话。今后就是没有宝宝，也不再抽烟喝酒了。"

乔说："看你嘴巴甜的。"她摸到遥控器关了电视，又说："哎，有件事我要提醒你一下，你今天站错队了。"

鱼心乐说："站错什么队？"

乔说："关于买徐会计家房子的事情，你怎么跟大哥唱一个调子？你把我的计划全打乱了。"

鱼心乐说："我觉得大哥说得不错啊。"

乔说："难道我就错了么？"

鱼心乐不吱声，也不动，听凭乔搂着他，把温热的气息一阵阵喷在他肩头。因为她的逼问、她的气势，他心里那火，又在风口忽闪了一下。

乔说："家里有大事，你要站在我一道，知道吗？"

鱼心乐的牙帮子硬起来，不吭声。

乔说："你不答应吗？"

鱼心乐还是不吭声，寂静中，他听见颈椎关节这里发出吱吱的声音。他就想起初三年级那次大考，明明同学偷看了他的试卷，班主任却说他和同学串通作弊，在办公室当着许多老师的面，拍着桌子要他认错，他就是不吭声，坚决不承认，那时他颈椎关节这里，第一次发出这种吱吱的声音。

乔说："鱼心乐，我说话你听见吗？"

鱼心乐突然踢开被子，一抖肩甩开乔光滑的身子，钻进了自己的被子里。

乔大叫："反了你啊，鱼心乐！"说着，便用力去掀鱼心乐的被子。鱼心乐用枕头闷住脸，还用身子压住被角，就是不松手。黑暗中，他想来个爆发，更想大哭一场。

大概是想起了今晚的神圣使命，乔忽又缓和下来。她不再吵闹，却在暗中抱住了鱼心乐，用种种身体语言来引诱他、软化他。鱼心乐在她的轮番进攻下，也渐渐滋生出妥协的念头来。他几次对自己说，夫妻之间，有啥事不能调和的。可惜的是，他心里那把火，已经给凉水浇着了，再也旺不起来了。两人折腾了好几个回合，终究没能完成那一步。

半夜醒来，月色清亮。月光透过窗帘，把斑斑驳驳的树影抛在床上。鱼心乐看到，身边蒙着的薄被里，乔那具苗条的胴体一颤一颤的；隐约间，还听得有饮泣的声音……

3

早晨央广新闻一开播，鱼心乐的"朗逸"就得离家上路了。他这外牌车开得很窝囊，一过7点就被禁止上中环、上内环；而要是走地面，路上那个堵，会让他胸口闷上一整天。

　　这天尽管一路顺风，可他的心情并不爽。路过那家超市时，他又进去问了服务台：有没有人捡到一个大信封。值班柜员是个女青年，长相像他的学妹莫可可，说没有捡到。鱼心乐的目光便黯淡下来。他觉得，那份文件找不到，警报就无法解除。

　　罗解难比他早到办公室。这是个规律：住得越远的干部，到机关反而越早。罗住在松江，比鱼心乐家还远。他那儿乘地铁不方便，乘高速快线又费钱，于是他干脆买了一辆电瓶车。他是机关里唯一开电瓶车上下班的干部，那骑车进出的样子，甚像个快递。

　　他刚在办公桌前坐下，罗就朝他走来，俯下身，神秘兮兮地问："你猜我昨天遇见谁了？"

　　鱼心乐问："谁？"

　　罗说："钟读花。"

　　钟是他俩顶头上司，天天见的，鱼心乐遂"嗤"了声，说："这有什么大惊小怪的。"

　　罗说："你知道我是在什么地方遇见她的？"

　　"什么地方？"

　　"佘山大教堂。"

　　"这也正常啊，"鱼心乐说，"去你们松江旅游，谁不登登佘山、看看教堂。"

　　罗正色道："你只知其一不知其二。钟读花在佘山大教堂里，不是登山旅游，而是在做礼拜！"

　　鱼心乐惊问："做礼拜？她信教了？"

　　罗说："不信教，做什么礼拜。"

　　关于钟的种种传言，一下便浮上鱼心乐的脑际：早年，钟曾有过一段幸福的婚姻，那帅哥丈夫，现在就是某部长的女婿；婚变后，她发愤培养女儿，终于把女儿送进了名校大门；可还没读完大一，女儿就患上了一种怪病……他拖过转椅，正想跟罗说说这些，马凝却走进办公室来。

于是两人都不说话。鱼心乐跟罗一向说得来，跟马则有些隔阂。马也是外省人，只是父母进上海早，又开着公司，一家子住在淮海路，很早就自视为上海人了。这家伙时髦得很，家里有车也不开，上班只骑自行车，还说自己的坐骑是"崔克牌"的，七冠王阿姆斯特朗参加环法大赛，骑的也是这牌子。

马每次进办公室门前，都会在门外站一会儿，不知他是个什么习惯。这一刻，他显然在门外听到了什么，接着说："你们说钟读花做礼拜，我也见过。不过，我是在衡山路教堂看到她的。"

罗就对鱼心乐说："我没说错吧。"

鱼心乐说："依我看，这事好像有点不妥。"

罗说："什么'有点不妥'，这事本来就是犯规的！"

马说："我也跟你们说个情况啊。我一个学弟，就在对面机关工作，最近听说信了佛，周末去寺庙朝拜不说，每天到办公室第一件事，就是用毛笔抄写《金刚经》；说起佛法来，还一套一套的。"

罗问："他是党员吗？"

马说："不清楚。"

罗说："不管是不是党员，只要是国家公职人员，都不能信教。这是有规定的。譬如说教师吧，就不能信教。"

鱼心乐就想起乔和小宋，说："没有明文规定教师不能信教吧？"

罗说："这个你要学会推理。法律规定，不能强迫未成年人信仰宗教和参加宗教活动。学生是未成年人，如果教师信教，将对学生产生什么影响？法律规定又怎么落实？"

鱼心乐说："这么说也在理。教师信了教，万一在教室里给学生传教，那怎么弄。"

马听着，突然想起什么，走到钟读花办公的小套间前，往里看了看，确认女处长不在，才说："这事啊，我看探讨一下很有意思。我看有些教义提倡的，像行善积德啊，爱人爱己啊，跟我们提倡的精神文明，倒是有其一致性。"

鱼心乐就问罗："这事你怎么看？"

罗说："小鱼，你上当了。马凝这人吧，就是喜欢偷换概念。我们在说公职人员不能信教，他呢，却把事情往教义上扯。他的目的就是把主题悄悄引开，然后找机会给你来个一剑封喉。这是他的策略，你懂么？"

鱼心乐一听又有"罗马之争"的味道，心里就一乐，脸上荡出笑来。

马也笑了，正要开口辩论，女处长钟读花匆匆踏进门来。三人飞快对视一下，顿时闭嘴。

钟说："都在探讨些什么呢？"

鱼心乐笑笑，没吱声。罗说："我们正说'偷换概念'呢。小马这人，就是喜欢偷换概念。"

马说："钟领导，天地良心，他罗解难现在才是偷换概念呢，真正的偷换概念。"

钟一笑，说："百花齐放百家争鸣，继续。"

副主任虞三凯这时出现在门口，先看了鱼心乐一眼，接着便朝处长钟读花招了招手。钟连包都没放下，就跟着虞三凯去了主任办公室。鱼心乐的心一下子便吊起来。他想：虞主任为什么不进来说话呢？他朝自己看的那一眼，是什么意思呢？他让钟过去，两人会谈些什么呢？莫不是自己丢的那文件惹了什么事，情况已反映到了虞三凯那里？

没几分钟，钟读花就回到六处。她一放下包，就招呼鱼心乐进她办公室。鱼心乐心口一紧，想，坏了。

他进了处长室，还没坐下，钟就问："你那个《失地农民就业情况调查》，这两天搞得怎么样了？"

鱼心乐惴惴不安地看着她，说："还有几个座谈会要开，应该快了。"

钟突然又问："你正科三年了吧？"

鱼心乐一怔，答："还有两个月就满四年了。"

钟拿出一张表格，说："机关下了一个职级名额给我们六处，是副处调研员。你先填个表，组织处考察要用。"

鱼心乐闻言，大喜过望，拿过表格时，却抑住心头狂浪，轻轻说了声："谢谢。"

副处，鱼心乐真的向往很久了。舅子乔达丰有一次曾问他，你啥时能升副处了呢？他答，这个怎么晓得。老乔就说，你要是升副处就好了，我们这里以前的副县长，也不过是个副处。鱼心乐说，那是。老乔说，现在县改区了，处级干部多了起来；但一个副处在我们区农委，也能当上副主任呢。鱼心乐听得出，大舅子很希望他能升副处。老宅基动迁后，老乔家更加不缺钱了，就希望家里的名声能往高处走；而鱼心乐的官衔，正是这里最重要的部分。

走出钟读花的处长室前，鱼心乐心里不住骂自己：你个小子真没出息，刚才还拿丢文件的事吓唬自己呢！他把表格悄悄卷起，塞进衣袖。他想，这事眼下还不能让罗解难和马凝知道；"罗马"两人跟他同是正科，罗熬的时间比他还长呢，他目前不能刺激他们。她想钟读花是背着他俩把表格给他的，自己处理得低调些，也可以免生许多枝节。

鱼心乐坐到办公桌前，拉开抽屉，把表格放了进去。过了一会儿，他忍不住又把抽屉拉开一条缝，往那表格上扫了几眼。他有点做梦的感觉。心跳有点失速。视线也在突然间变得有些模糊。他想这表格应该拿回家去填，不要让任何人落眼。他庆贺自己即将成为"副处"，同时也侥幸钟读花根本没提丢文件那事。他想，再过一礼拜，丢文件的事估计也就抹掉了。

"罗解难，你进来一下。"钟读花又在处长室门口招呼。

罗放下案头工作，进去坐在女处长对面。他出来时，手里也拿着一张纸。鱼心乐看见，那是跟自己一样的表格。看到罗大大咧咧的样子，鱼心乐不禁为自己的小样一阵脸热。

接着，马凝也被钟读花叫了进去。

马一进处长室就关上门。罗瞅准机会走到鱼心乐身边，用嘴一努处长室，问："你拿到表格了吗？"

鱼心乐点点头。

罗说："我估计马凝也会有。"

鱼心乐说："这就是说，这个副处要我们三人争，对不对？我弄不懂，她为什么不把我们一道叫进去谈呢？"

罗说："她要的就是这效果么。分别找谈给人的感觉，就是你们三人的晋升机会，都是我处长给的。"

鱼心乐摇摇头，说："你给我说了那事，我三观都毁了。"

罗已经忘记了，问："我给你说了什么事？"

鱼心乐说："钟做礼拜的事啊。堂堂一个处长，台上理论一套套的，底下却……"

罗打断道："你轻点，不敢让人听见了。"

正说着，处长室门打开，马凝走了出来。他手里并没有表格。

4

莫可可披着浴衣，一股异香随袂飘散。她用毛巾擦着长发，一边说："睡吧鱼哥，时间不早了。"

这是周二晚上。跟区政研室主任讨论完稿子后，鱼心乐和莫可可都没回去。他们在区里宾馆住下来，拿了两套房的门卡，住的却是一个房间。

鱼心乐中午就给乔发了短信："今明两天处里有调研任务，我就住在机关里了。吵嘴的事你不要放在心上。我俩个性都太强，大家都冷静一下，相信以后我们会慢慢融合。"

短信发出后，一直没收到回音。鱼心乐就想，乔真的生气了，接下来几天，两人又得冷战。这在他们间已经形成习惯：闹别扭后，肯定有几天，甚至小半个月，彼此不理不睬。遇到这种情形，鱼心乐就会借口不回家，或在办公室睡上两天，看上几本平时来不及看的书；或到区里去，跟莫可可过上一夜。

此刻，鱼心乐整个身子都蜷在沙发里，借着落地灯的柔和灯光，看着《世界都市痼疾》。这是一本由五个顶尖社会学家合著的新书。他回头看莫可可，见她扔下浴巾，正拿一把牛角木梳往后梳头发，额头显得格外白亮。他定神看了一会儿，说："可可，你真漂亮。"

莫可可说："可有人说我不漂亮。"

鱼心乐说："什么人？"

莫可可说："机关里同事。"

鱼心乐说："上海人么，他们怎么会说你漂亮。"

莫可可说："其实他们自己也不漂亮。"

鱼心乐说："事情往往这样。"

莫可可说："他们说我长相粗。"

鱼心乐说："他们懂什么。我就觉得你漂亮。"

莫可可一笑，绕到沙发背后，说："你觉得漂亮就好。"

她说着俯下身，在鱼心乐脖子上轻轻印下一吻。

鱼心乐不是奉承莫可可。他是真心觉得她漂亮。她虽没有乔那么苗条白皙，但鱼心乐认为她拥有的是另一种真正的漂亮：丰满、结实、匀称。她站在你面前，呈现出一种红润的、一望便知的健康；她的眼睛，她的肤色，她的胸脯……都因这健康，显出女性别样的魅力来；她的漂亮，超出上海小市民的眼界，合乎他心中的永恒标准。

鱼心乐说："你今天的香水也很好闻。"

莫可可说："你知道这是什么香水吗？"

鱼心乐说："我怎么知道。"

莫可可说："香奈儿5号。"

鱼心乐问："第一次听说。是不是很贵啊？"

莫可可答："那还用说。不过只要不是买房，我都用得起。"

莫可可说着，从抽屉里拿出吹风机，进卫生间把头发吹干，又催了一声："睡吧鱼哥。"

鱼心乐想说"马上就来"，出口的却是："还有几页就看完，你先睡。"

他很享受这一时刻。安详、静谧、稳定。异香裹着肉欲，在不远处挥手扬招，饱满而明确；情火跳跃在暖色灯影里，简直能听见它噗噗的响声。莫可可一声"鱼哥"，把空气叫得万分香甜。他把书页翻出很响的声音，故意延宕着去洗澡的时间。他要把最好的一刻留到最后，细细享受这一过程。他不担心莫可可会睡着。她会一边看书一边等他。他见她带了一本书——《幸好，遇见你》——纪尧姆·米索的新作，他知道她喜欢浪漫一点的作家。

四周凝滞着温馨与宁静。房间里仅剩下翻动书页的声音。这宾馆是当年的招待所改建的，房子是老些，却自有一种官家气派。屋外那一片园子，草木葳蕤；温润的晚风中，满是果树的清香。夜色浓浓，林间传来虫鸣，使人不得不信服，这都市里的人，自有一种闹中取静的本事。

他和莫可可这样往来，已有好几年了。早在县中时代，莫可可就是"鱼粉"。她比鱼心乐小两届，但两人在学生会合作得天衣无缝。她是学生会宣传部长，鱼心乐是学生会主席。鱼心乐考进上海某名校后两年，莫可可也跟着考进了这所大学。仅这一点，就令鱼心乐感动莫名。莫可可进校当天，就给了鱼心乐一个大大的惊喜：她突然出现在男生宿舍后面的自行车棚里，迎着前来取车的他，大叫一声"鱼哥！"……

莫可可毕业后进了北郊区机关，工作性质跟鱼心乐一样，也是搞政策研究。他们有很多交集机会。区里常邀请市里的高手如鱼心乐罗解难等人，来北郊传达市里的意图，策划区一级的对策；凡市里来人，区里总是派莫可可出面接待，这里的机巧，各方心照不宣。

时针过了九点，鱼心乐躺进浴缸。热水泡红了他的肌肤，煦暖了他的五脏；肠胃滋出一个个热烘烘的饱嗝，令他想起跟莫可可同吃的这顿晚餐。宾馆里其实有自助餐，他俩却开着"朗逸"，跑了二三十里地，去了著名的江边美食街。在那里，他们吃河豚、喝米酒，还找到了豌豆凉粉和薄脆煎饼。这是当年县中门外生意最红火的两样小吃。尽管这里做的口味略为逊色，但这两样小食还是为他们带来了美好的记忆。

"还记得吗，那年你把薄脆煎饼带回宿舍，帐子都给老鼠咬破了！"莫可可走在美食街上，夜风中扬起她清脆的笑声。

鱼心乐一掀鼻翼，似乎闻到了当年的味道。他侧过脸，看到莫可可的发梢被夜风吹起，不由得想起当年校门外大街上，她的马尾辫散逸出的那股少女气息。对他而言，当年那气息更突兀，也令他印象更深刻。

夜色渐浓，美食街依然灯火通明。满是香味的空气中，响着各种方言的叫卖。他俩避开人流，迎着暖风，醉意微醺地走向江滨。

鱼心乐说："这么短的一条步行街，几乎囊括了半个中国的美食，真是了不起！"

莫可可说："没有外省人的辛苦，哪里来大上海的繁华。你看这里享受的，都是上海本地人；而出来打工做生意的，全是外省人。"

鱼心乐说："你这一说，还真是这样。"

莫可可说："我最近常常有一种感觉，不知道你有没有。"

"什么感觉？"

"一听得有人骂我'外地人'，我就在心里感到好笑。"

"你还好笑？"

"是啊，好笑。你们说我是'外地人'，没错，我是一个外地人。可你们要清楚：我不是一个无能的外地人；我是凭本事进上海的外地人；我是你们上海需要的外地人；到了今天，我还成了一个站在你们头上的外地人。"

　　鱼心乐说："站在上海人头上？"

　　莫可可说："对啊，站在上海人头上。我研究政策，就是研究怎么给这些上海人上规矩，这怎么不是站在他们头上呢？论知识也好，论素养也好，我哪一点在他们之下？凭着能说几句上海话就看不起人，这不好笑吗？"

　　鱼心乐用手指捏紧了莫可可。他用惊异的目光打量着这个小同乡。他没料到莫可可会这样思考问题。单凭她有这样的思路，他就得承认，莫可可比他行，比他更能应对变数，更能化解郁结，也更能驾驭这个城市……

　　他在浴缸里闭下双眼，听凭身子在热水中漂浮。他抚摸肌肤，青春的体感化为一波战栗，从丹田向四肢涌发。这时，他心里忽然浮起一个念头：乔现在在干什么？她睡下了，还是坐在卧室角落里独自垂泪？她坐在钢琴前面发呆，还是在楼下小路上徘徊……一股犯罪感，并不很尖锐的，掠过他胸间，不过很快，又消失在蒸腾的雾气中。

　　鱼心乐吹干头发，还擦了点洗漱台上放着的廉价润肤霜。他走进房间时，灯光已暗去大半，只有床头灯投下一团淡淡的光影。莫可可闭眼假寐，那本书翻开着放在枕边。鱼心乐轻轻走近床榻，用手在她面前晃了晃。莫可可星眼微启，嫣然一笑，满眼都是幸福。那只枕头很松软，几乎淹没了她整张脸庞。安谧中，空气在发热、膨胀。忽然，一阵歌声自远处传来，那是花鼓戏《刘海砍樵》里的对唱。宾馆外有个水果卖场，老板是长沙人，整日价把湖南民歌放得山响。莫可可侧耳听了一会儿，双臂蓦地向上一伸，朝鱼心乐做了个拥抱的姿势。

　　灯光半明不暗。鱼心乐觉得莫可可的手臂，自胳膊到每一节指头，都有一种玉石般的透明。他的目光一触这肌肤，血就热了。他俯身对着她的额头，轻轻吻了一下。莫可可看着他，灼热的目光让鱼心乐无法自持。他身子一沉，跌进了一片热海。

　　两人紧贴着，彼此都能感到肌肤的战栗。莫可可吻着鱼心乐，发出一阵鱼喋般的响声。这响声，让鱼心乐想起少年时许多隐秘，周身涌起一阵愉悦。

莫可可说："热吗？"

鱼心乐反问："你呢？"

莫可可说："把耳朵给我。"

鱼心乐问："想说什么？"

莫可可说："今夜……你要对我狠点！"

鱼心乐挺起身子，问："为什么？"

莫可可说："让你狠点就狠点！"

鱼心乐笑了笑，说："行，要多狠都可以，只是你要把原因说清楚。"

莫可可伸手拧灭台灯，勾下鱼心乐的脖颈，用家乡话悄悄说："今天不说，以后再跟你说……"

5

鱼心乐是在宾馆停车场跟莫可可分的手。临走时他问莫可可："昨夜今晨，你两次说要我对你狠点，到底是啥意思？"莫可可嗔道："烦死人了，快上你的班去！"

鱼心乐把背包往"朗逸"副驾驶座上一扔，挥手笑笑，便驶出宾馆。清晨的路特别好走，不用一小时，他便开进市中心。车子驶近机关，鱼心乐忽然发现有个大个子站在离门不远处，身影很是眼熟；再仔细一看，竟是大舅子乔达丰！他吓了一跳，一脚把车刹住。

"大哥！"他老远就喊，声音却是虚虚的。他想乔达丰肯定是为自己跟乔丽君闹翻的事，上门找他来了，不由得倒抽一口冷气。他下车朝舅子走去，心里飞快想着如何应对。这时，他偏偏又闻到一股女人香，若有若无的，从自己脖颈这里飘出来。他一下紧张起来，想，要是乔达丰一大清早就闻到他身上这股女人香，岂不更加起疑。

他就转身试了试风向，加快脚步，站到舅子的下风处，说："大哥，您怎么来了？"

老乔说："我昨夜就来过了。"

鱼心乐大吃一惊，问："昨夜就来过了？干啥？"

老乔说："找你啊。"

鱼心乐问："找我？"

老乔说："你不是说住在机关里吗？保安上楼去看了，说你不在。"

谎话穿帮，鱼心乐太阳穴这里即刻涌上一股黑血。他说："我昨天去北郊调研了，晚上还有会，我就在那里过夜了。"

老乔看看四周，轻声问："你跟乔丽君怎么了？"

鱼心乐一听就皱了眉，心想，果然是为这丑事，遂装作无事样，说："没啥呀，怎么了？"

老乔说："昨夜没找你，她闹了一夜；今天一早，她又让我开车送过来，说你再这样下去，她今天就闹你机关。"

鱼心乐一惊，问："她也来了？"

老乔说："当然来了。昨夜她也来了。"

鱼心乐问："她人呢？"

老乔指着远处一辆小车，说："在车里待着呢。"

鱼心乐说："那叫她过来啊，停那么远干什么。"

老乔说："刚刚是停这里，可你们保安凶巴巴的，把我们赶走了。"

鱼心乐说："还有这事。"

老乔说："俗话说得好，'丞相家臣七品官'，你们机关里的保安也这么牛。"

鱼心乐说："他们不认识你么。等会儿我解释一下。"

老乔说："乔丽君倒是不怕他们，说，一个保安也这么牛，等会儿叫他看看大闹机关是什么样子，她要叫你们大小官儿今天都办不了公！"

鱼心乐真有点急了，想乔丽君一个教师，怎么会这样。又想她从小娇生惯养，天生小姐脾气，遇到什么不顺心的事，一起性子就出手，很少考虑后果的；加上前夜两人大吵，兴许受了刺激，保不准会做出什么令人意外的事来。遂说："大哥，你看这事怎么弄。她要是真的闹起来，我还怎么工作。你快劝劝她，不要把家事拿到机关来晒。事情要是传出去，乔家名声就坏了。对了，这事家里其他人知道么？"

老乔说："让他们知道还了得。"

鱼心乐说："那你怎么把她带来了呢？"

老乔说："我空！乔丽君说了，今天我不带她来，她就自己来，照样闹！你知道的，她一个人来，场面肯定失控，不如我在一边监督着。"

"她今天课也不去上了？"

"切，还上课！她说了，家都保不住了，还上什么课！"

"那些学生呢？她也不管了？"

"她也说了，男人都管不住，还管什么学生！"

鱼心乐就摇头，想乔这人真的发神经了，起码是钻了牛角尖，否则怎会连课都不去上，反而要来闹机关这一出。一瞬间，他就后悔当初鬼迷心窍，让罗解难老婆给自己介绍了这女子。那时几个老同学都说，你在大机关工作，有条件做上海人，就看你选什么对象了。不消说，他也考虑过莫可可，可婚房婚房，婚和房是连在一起的，一个外地小子，每月几千元工资，买得起上海滩的房子吗？没有房子，谁又肯来跟你结婚呢……

老乔朝那小车望了一会儿，问鱼心乐："你们小夫妻的事，我做舅子的，还真是不大好问。可事到如今，我也不能不问一问了。你们两个人到底怎么了？是小吵，还是大闹？是枕头边的小事，还是原则性的大事？怎么你碰碰就要离家出走呢？"

鱼心乐说："我有工作上的事去北郊，就在那里住了一宿，怎么就叫离家出走呢？"

老乔说："乔丽君说，你们两人一斗嘴，你就不回家。这种情况不止一次两次了罢？"

鱼心乐点头承认道："主要是她这个人，说话没轻没重，叫人没法相处。"

老乔说："你们这两个冤家，不会搞到离婚那一步吧？"

鱼心乐就想起前一夜两人的摩擦，叹口气，说："大哥，说起来也没啥大不了的事，就是徐会计那套房引起的。这事你也清楚。乔丽君主张，要趁地铁消息还没公布，房价还没涨，现在就把徐会计那套房买过来；大哥您觉得这样做不好，我也觉得不好，没想到这就得罪她了。她前晚再三跟我闹，闹得我一宿都没睡。这一来，我就不想回去了。"

老乔摇头，说："原来是这事。"又说："乔丽君这人什么都好，就是门槛精，惹讨厌。"

鱼心乐说："大哥，有些事我说不出口。乔丽君这人太精乖了。跟她一起生活，我实在太难……"

老乔哦了声，说："你也学会说'精乖'了？"

鱼心乐苦笑一声，没吭声。这词他是跟马凝学来的。他觉得在上海，别的词都可慢慢学，"精乖"这词却要先学。上海人，尤其是一些上海女人，那德性就是"精乖"。他开始听到这词，还以为是"精怪"；慢慢品味，才觉得应该是"精乖"。"精乖"比"精怪"准确得多，也传神得多。

他进门跟保安说了一下，回身让舅子去把小车开来。这时，老乔抽抽鼻子，突然问："小鱼，香气是你身上的吗？"

鱼心乐的脸马上红了，支吾道："什么香气……我怎么没有闻到？"

老乔脸色一沉，说："小鱼，你赶快处理一下。这香气要是给乔丽君闻到了，又该多事。"

老乔说完，就朝小车走去。鱼心乐发现，舅子步子放得很慢，心里不由得一阵感激。他赶紧打开传达室外的水龙头，赤手洗起脸来。没想到狠狠洗了两把，又掏出纸巾来擦干，那香气依然还在，遂知这香的厉害，跟莫可可黏糊时间一长，这香就钻进毛孔，一时想清除也难，急得他简直要跳脚。

老乔把小车开进机关停车场，打开车门招呼妹子下车。乔跨出车门，四处扫一扫机关院子，鼻子里哼了一声。

鱼心乐远远招手，把两人引进会客室。他额头冒着细汗，心里为自己刚找到的一招庆幸不已：会客室里有一堆"三合一"咖啡，袋装的，一直放在茶盘里没人喝，这一刻他快手撕开，用滚烫的开水泡了，随着三蓬向上蒸腾的热气，一股浓烈的咖啡香弥散开来，顿时占领了会客室的每个角落。

老乔掀动鼻翼，朝鱼心乐投去一个会心的微笑，说："真香。你们机关还请喝咖啡啊？"

鱼心乐说："上午十点、下午三点，我们机关有茶歇，吃点咖啡点心什么的。都是工会弄的，羊毛出在羊身上，我们交会费。"

老乔说："我看保安见你就乖乖的，看来你人缘不错。"

鱼心乐知道舅子在为自己说话，遂瞥了乔丽君一眼。因为两夜没睡好，加上哭闹，乔两眼已肿成烂桃子，此刻见了鱼心乐，撇着嘴，一脸愠怒，眉梢间却依稀还有几分不屑。

老乔拿起咖啡杯，一边往外走，一边说："我在外面走走，你们两人谈吧。"又叮嘱妹子："有话好好说，不要发神经，懂吗？"

鱼心乐望着舅子背影走远，就问妻子："啥事体，这么老早赶来。"

乔一开口就气势汹汹的，说："你不是说你住在机关吗？"

鱼心乐说："我是这样说的吗？"

乔就拿出手机，揿出昨天鱼心乐发给她的短信，说："想赖吗？这是你发的短信，你自己看。"

鱼心乐梗着脖子，不看，气咻咻的。

乔说："鱼心乐，没想到你花头还很透。"

鱼心乐说："我怎么花头透了？"

乔说：“你编短信骗人，花头还不透？我们结婚才几年，你就开始这样骗我了？再过下去，你不知会怎样骗我；说不定，哪一天就把我卖了！”

鱼心乐梗着脖子，只在鼻孔里出粗气。

乔问：“你承认吗，你是不是骗我了？”

鱼心乐皱着眉闭上眼。他从心底厌恶乔这种口气。他说：“情况是在不断变化的，昨天下午北郊有调研任务。那里离家有多远，你晓得的。”

说到这里，鱼心乐感觉极坏，舌下又生出苦味来。他觉得自己一开始就处于劣势，处在一个被审讯的位置上。他不知道这局面是怎么形成的。

乔不依不饶，突然提高音量，说：“我晓得什么？我什么都不晓得！我就晓得像个傻子一样呆在家里，受你的骗上你的当！要不是昨夜跟大哥一道来这里‘闸’一下，不是给你骗过去了！”（闸：沪语，突然检查的意思）

鱼心乐轻声说：“乔丽君，这里是机关，你说话不能轻点吗？”

乔说：“轻什么，我就要说得重、说得响，揭穿你这骗子，你这伪君子！”

鱼心乐说：“我不是跟你解释了吗，我骗你什么了？”

乔说：“你跟我解释了什么？”

鱼心乐说：“你不信，可以跟我去北郊宾馆对证，那里有我的住宿记录。”

乔说：“谁晓得你跟谁一道过夜。”

鱼心乐心里一紧，嘴里却说：“乔丽君，你越说越不像样了。我能跟谁过夜？我就是一个人过夜。”

乔也许是气疯了，忽然歇斯底里地吼道：“你这个骗子，我不相信！我不相信你——”

这声音把老乔惊动了。他一阵风似的冲进来，对妹子说：“乔丽君，你吼什么？你想干什么？”

乔说："你这么凶干什么？"

老乔说："这是什么地方你知道吗？你脑子是不是进水了，想在这里闹事！我一路跟你是怎么说的，你又是怎么答应我的？你一个人民教师……"

乔说："人民教师怎么了？人民教师就该任人欺侮吗？他欺侮我，我就要跟他闹！等会儿上班后，我还要跟他处长闹，跟他主任闹，直闹得他身败名裂，闹得他日子过不下去为止！"

老乔狠狠砸一脚，又朝鱼心乐丢了一眼。

鱼心乐就说："大哥，你看看！我说我昨晚在北郊宾馆过夜，她就是不信。这叫我怎么弄。"

老乔缓下口气，对妹子说："乔丽君，你这样闹，也解决不了什么问题。你看这样行不行，我当你的面，马上给北郊宾馆打电话。如果对方确认小鱼是在那里过夜，你就闭嘴、跟我回家；如果小鱼骗人，你们俩再闹，我也不管了。你看好不好。"

乔不吱声，狠狠剜了鱼心乐一眼。

老乔又问鱼心乐："你同不同意我这样做？"

鱼心乐说："可以的。"

老乔就掏出手机来拨114，问了北郊宾馆的电话，接着要了宾馆总台，说："请问昨晚有没有一个叫鱼心乐的客人？我有急事要找他一下。麻烦您帮我接下他房间。"

这时，会客室里毕静，乔丽君和鱼心乐都睁大眼睛，看着老乔手里那个老式手机。一会儿后，老乔说："哦，鱼心乐退房了？什么时候退的？麻烦你帮我查一下。"

鱼心乐松了一口气，狠狠瞥了眼乔丽君。他又望着老乔耳边那个老手机，心里说：大哥你快收线吧，早晨退房手续是莫可可办的，要是对方把这信息漏出来，也一样要命的！

他见老乔嘴里嗯嗯着，手机还紧贴着耳朵，心又吊起来。还好，老乔没说几句话就放下手机，对乔丽君说："人家宾馆说了，这是区政府订的房，客人名字是鱼心乐。这下，你该相信了吧？人家小鱼确实在北郊区有任务，也确实是住在北郊宾馆。"

乔哼了一声，说："这能说明什么问题呢？他要是跟一个女人在那里过夜，你这电话查得出吗？"

鱼心乐想，这女人果然精乖！

老乔厉声说："乔丽君，你对自己的丈夫连这点基本信任都没有吗？你这样做，是不是太过分了？！"

乔不作声，脸色苍白，两眼却依然冒着火星。

走廊里传来笃笃的脚步声，一忽儿，六处处长钟读花出现在会客室门口，探进半个脑袋。

鱼心乐大脑轰地一下，尴尬地叫了声："钟处长……"

钟读花却是一脸笑容，说："怎么，你这么早就从北郊回来了？"没等回答，转眼见了老乔兄妹，她又问："这两位——"

鱼心乐忙说："这是我爱人……这是我爱人的大哥。"

钟读花就走进会客室，跟老乔兄妹热情握手。鱼心乐便在一边正式介绍："这是我的领导，我们六处的钟处长。"

钟读花笑说："早就听罗解难说，你爱人长得漂亮，今天一见，果真是个美人啊。"

鱼心乐嘿嘿了两声，乔家兄妹也干干地笑了。

钟读花说："两位一大早就过来了？早饭还没吃吧？小鱼，带他们去餐厅，也让家里人看看我们餐厅办得怎样……"

老乔说："谢谢处长，我们吃过了。"

乔丽君也说："不用不用，我们得抓紧上班去。小鱼说这段时间忙，我给他送点衣服、送点点心来……"

鱼心乐看看老乔，又飞快瞥了乔一眼，不知怎的，心里一松，竟有点想哭的感觉。

钟读花说："鱼心乐，看你多福气！"又对乔家兄妹说："我们六处这段时间就是穷忙，北郊区那个课题，鱼心乐做得很苦……"

钟读花走后，老乔对乔丽君说："你看见了吧？人家处长都知道小鱼昨晚去了北郊。你搞什么啊，乔丽君！"

乔哼了一声，脸上余怒犹在。

老乔抓住妹子手腕，说："走吧，不要在这现世了！等会儿人家大领导来了，你再在这里撒泼出丑，那我们小鱼这几年就算白干了！将来，你就是把肠子悔青了，也没有用！"

乔身子还在犟，脚下却已经动起来。临出门，老乔又对鱼心乐说："今天大清早就来打扰你，真对你不住。你只管安心工作，不要为这事分心。今晚没什么安排的话，早点回家，听到吗？"

鱼心乐点头不迭，默默跟在舅子身后朝外走。他看老乔拉紧乔的手腕，上停车场坐进小车。直到车子驶出大门，引擎声消失在远处，鱼心乐才发觉，自己腋下有两注汗，早已变得冰凉。

<h2 style="text-align:center">6</h2>

黄梅头上，上海最坏的季节；偏偏又是"干黄梅"，太阳不见轮廓，天光却十分刺眼；那一份燠热，更是到了肮脏的程度，满世界灰蒙蒙的，整个城市都透不过气来。

鱼心乐又在超市门口停下自行车。在这鬼天气里，他烟瘾变得特大，何况一早又经历了乔来闹机关的险情。他买了包烟，付钱走过服务台时，顺便又问："我在门口掉了个大信封，有人捡到没？"

值班的，还是那个长得像莫可可的女柜员，她抬起头问："你是不是来问过一次了？"

鱼心乐说："对，上星期我来问过一次。"

女柜员说："你知道这信件在什么地方？昨天清洁工在垃圾箱里发现了！信封脏得不行，蛋黄渍、番茄渍……简直一塌糊涂。但你们机关名还看得清。我怕是重要文件，就给你们机关送去了。"

鱼心乐越看越觉得这女子像莫可可，当时就想赞一句：你还真有点警觉性！便问："你给了我们哪个部门？"

女子说："我交给你们保安，他们说保安不管这事，让我进去给收发室。正好这时有个干部出来，说信件是他们办公室丢的，我就给了他。"

鱼心乐问："这干部啥样子？"女子说："跟你年龄差不多，只是个头高点；骑个自行车，那自行车还挺高级。"

鱼心乐想，那很可能就是马凝。

可他回机关找马凝一问，马说根本没这回事，他一上午就没出过大门。鱼心乐便傻了，一屁股坐在沙发上发呆。这时罗解难走来，说："你倒清闲。虞主任找你呢！"

那只信封，又像炮弹一样轰然炸在他眼前。他想，这回真的是事发了！信件说是送回机关，但并没有到他手上；虞主任叫他，多半是为了这事。大麻烦，终究上门了！

他吸了口气，抱着死猪不怕开水烫的念头，大步走进主任室。虞三凯见他进来，连说："来来，坐这，坐这儿。"

虞指的是办公桌旁那张硬皮椅子。鱼心乐知道主任接待下属的习惯，如果话题比较轻松，他会让你坐沙发，他自己也会坐过来；而如果事关紧要，他就会指定你坐这张硬皮椅子，让你跟他面对面。

虞说："有件事，要跟你当面说下。"

鱼心乐愈发紧张，脸也白了，说："主任，您说。"

虞说："你那份调查报告，引起了市领导重视。"

鱼心乐大感意外，脑子一时有些空白，脱口问道："哪份调查报告？"

虞说："就是你骑车送去的那份么。"

鱼心乐"哦"了声，绷紧的神经一下松弛下来。

虞继续说："市领导对这份调查报告做了批示，还在会上做了推荐。"

一股浪潮，在鱼心乐胸腔奔涌而起。这浪潮沿着深处血脉，朝他浑身上下推进，令他的背脊呼地滋出了一层热汗。这瞬间迸发的狂喜，让他有点头晕失血。身为机关写手，他太知道一份报告得到市领导批示的分量了。

他舌头有些僵硬，没话找话地说："领导……处理文件很快啊。"

虞说："领导一直提倡，案头不留隔夜文。"

他就说："领导的批示，能给我看看吗？"

虞说声"没有问题"！一边就把复印件推到鱼心乐跟前，说，"这一份就给你了。"

鱼心乐往文件上扫了一眼。这一页上的印刷体文字，是他自己写的，看上去有些眼熟；空白处的行草字是领导批示，却令人感到陌生，又让他顿生敬畏之意；整个页面的格局有些凌乱，却将官方文书的凝重，一下子推到他面前。

虞起身倒水。鱼心乐抓紧这间隙，把批示默读了一遍。这一刻，他目光显得有些贪婪。他怀疑领导的评价是不是太高了，概括的几条，不仅他撰写文章时没想过，就是讨论时，众人也没说到。

虞说："会上，领导还特别提到了报告中的一个例子。"

鱼心乐问："哪个例子？"

虞说："就是种子场那个例子么。"

鱼心乐"哦"了声。

虞饶有兴趣地问："那位种子场的场长，你跟他还有联系吗？"

鱼心乐点点头，想：什么啊，场长就是我大舅子，刚才还在楼下呢，如果你早点到机关，你们还可以打个照面哩。

虞说："领导讲到这例子时，表扬了我们的文风。他说，看得出报告作者下了功夫，如果不是在第一线抓的第一手资料，写不出这样尖锐生动的调查报告；他还说，这是他近年看到的最好的调查报告。"

鱼心乐想说句"过奖了"，却没说出来。他想这也没什么可客气的，自己多少年来的追求，现在终于有了回报，本也受之无愧；另外，他嗓子眼也有些堵，呼吸也有点紧，心脏仿佛膨胀了一倍，压迫到胸口，他怕自己声带发颤，说出话来让主任见笑。

虞拍拍桌上的文件，说："好啊好啊，今天我们先通下气。你回去理下思路，下半月机关开会，我请你上台跟大家交流一下。"

鱼心乐连声"嗯嗯"着，拿起那页复印件，碎步走出办公室。

走廊里没人。空气里弥漫着黄梅季节特有的潮气。磨光石地面湿漉漉的，脚底下又粘又滑。东窗外的大树光影，映出孤独枯老的枝干，令整条走廊乃至整幢老楼，显得格外静谧与沧桑。

鱼心乐晕晕乎乎的，有一种低血糖般的感觉。他想，是不是这一上午，自己承受的事情太多了，这具肉身马上就要崩溃了？天亮时，他跟莫可可又使劲疯狂了一回，事后，他就有一种身心被掏空的感觉；接着，是老乔的突然出现、乔丽君的大吵大闹；再接着，是超市里又一次询问、虞主任的意外嘉许……一系列事情接踵而来，令他的魂灵忽沉忽浮，一时说不清搅拌在胸中的，是挫败还是胜利，是快感还是痛感……

他没进办公室，却到吸烟处点燃了一支烟。他把烟雾深深吸入腹中，闭眼意会那团烟雾融进血液，心里才稍许平静了些。他再次把领导批示细细念了一遍，第一个想法是，大功在握，那丢信的事件应该告一段落了；顺着主任谈话的逻辑走下去，六处应该会给他一笔物质奖励；机关同事之间，也会引起一波小小的轰动；解决副处的进程，应该比其他人走得快些……

这一刻，他忽然感恩地想起老乔来。他想，如果没有大舅子的启发，他不可能选择这个调查题目，也不会取得今天的荣耀——

那天是清明节。老乔从种子场回来，显得心事重重。他呆呆坐在厨房里，守着灶火，满眼都是泪花。鱼心乐第一次见舅子这样，不由得吃了一惊，问："大哥你怎么了？"

老乔叹口气，说："我们场不行了。"

鱼心乐问："你这是怎么说的？"

老乔说："最后一个上海人也走了。"

鱼心乐说："走就走呗，还怕招不到人。"

老乔说："你不晓得这里的蹊跷。5年前，我在黎明小区招聘员工，清一色全是上海本地人；3年后，只剩下了两成；今天，最后一个上海人也走了。员工全部成了外省农民工。上海人啊，上海人啊。"

鱼心乐问："上海人怎么了？"

老乔说："不行了，不行了。"

鱼心乐问："怎么'不行了'？"

老乔说："你是搞研究的，我给你一份名单，你可以去调查一下，这对你了解上海绝对有帮助。"

鱼心乐就拿着名单，在黎明小区进行了一轮调查。调查的结果是——

从种子场离职的28个上海本地人，100%拥有多余的动迁房，少则一两套，多至三四套；

离职后，这些人100%不再工作，而是闲在家里、坐收房租；

100%的离职人员家庭，屋内摆有一桌以上牌局；打牌搓麻将成为他们每天生活的主要内容；

他们最认可的改革：农民离开土地；

他们最满意的现实：不劳动就可以过上富裕的生活；

他们最大的愿望：进一步提高房租。

…………

黎明小区是鱼心乐调查的起点。接着，他把调查范围扩大到整个郊

区。当他向上报送这个选题时，六处处长钟读花和常务副主任虞三凯，都
认为这是一个尖锐的课题，足以振聋发聩。整个六处，只有马凝对这个选
题不以为然。他明确表示，自己不参与这个课题组。他认为，市民精神与
生活方式都应该与时俱进，当"寓公"坐收房租也不一定就是退步；上海
人从来都庄敬自强，此时尤其不应该自贬自损；六处做这种"自我揭短"
的文章不合时宜，完全与大局意识背道而驰。鱼心乐后来才知道，马凝家
原来也是一个"寓公"，他父母在市中心拥有6套住房，除一套自住外，
另5套月收租金近10万元……

回到处里，他把罗解难叫到吸烟处。不等罗掏烟，鱼心乐便递给他一
支芙蓉王，又啪一下为他点亮打火机。

罗呼出一蓬浓烟，说："你小子这下火了。"

鱼心乐说："你知道了？"

罗说："二处杜修才刚才跟我说，郊区是他们分管的，可这篇调查报
告却是你写的。他们下午要开会讨论这事。"

鱼心乐说："他们不会不高兴吧？"

罗说："这个不相干。郊区由他们分管，不等于是他们的专利。机关
让我们处关注市民精神，这种层面上的事情，难分市区郊区。"

鱼心乐点头称是。他很佩服罗。罗也是边远山区出来的，年龄比他还
小一岁；两人同事时间不算长，但他已觉得无论学问还是为人，罗都要比
他强；跟罗相处他很轻松，因为心里不用设防。

他探头望望走廊，轻声说："今天出了件怪事。"

罗问："什么怪事？是关于他的吗？"

他说着伸出食指和中指，在烟灰缸旁做了个行走的手势。那是他俩的
密语，意即"马"字。

鱼心乐点点头，就把信件失踪的事情说了一遍。

罗听得很专注，一缕缕或浓或淡的烟雾，在他眼前缭绕升腾；脸上两道法令纹变得很硬，显出他用力思索的痕迹。在鱼心乐看来，那就是一张老谋深算的面孔。

罗说："你问他了，他说没接过信？"

鱼心乐点头道："我真想把那超市姑娘叫来，跟他当面对质。"

罗立即说："这不妥。一是太让人家小姑娘为难，更重要的是，这一对质，你俩的关系就紧张了。"

鱼心乐说："可他说得那么肯定，我都拿不准了。也许不是他接的信……"

罗说："这事还真难说。我们六处吧，上半年弄出了好几个大报告，上面反映都不错。木秀于林，堆出于岸，这个你懂的。别的处对我们六处也一直乌眼鸡似的。"

鱼心乐只是摇头，唉唉连声。

罗说："这事我不是说你，你就是作死。文件走机要，最安全最省心，你还自己送，还骑个车，你这不是作死是什么。"

鱼心乐说："你不要再说了，我肠子都悔青了……这事将来会怎么处理？你给我估计估计。"

罗说："不用估计，前些天刚下过通报。一个局级干部丢了记事本，党内警告；一个处长把机密文件带回家，记了大过。"

鱼心乐摇头不止，连自打耳光的心思都有。

鱼心乐说："那我现在怎么办？要不要主动去跟组织上打个招呼？"

"自首？"罗解难想了想，说，"没那个必要吧？现在这时候，你最重要的是不能自乱阵脚。"过了一会儿，又说："我的建议是，你先沉住气，观察一段再说。"

鱼心乐"嗯"了声，乱糟糟的心里，像有了定心骨。但他又暗暗担心，罗的心思比自己深，他在这关键一刻支的招，会不会是故意给自己挖的坑呢？眼下的形势，毕竟是三个人在争那个副处，万一……

走廊外的老樟树上，有两只白头翁相对鸣叫，一跳一跳的，各自尾巴还一翘一翘，动作和声音都很有节奏感。微风吹过，树叶飒飒，似为这鸣禽铺设了一道细软的背景。

罗静静地看着他，他也静静地看罗。罗的目光，像深不可测的洞底；而他的心底，也潜着一股股暗流。一刻后，罗站起身，不说话，也不笑，只伸出一只手掌，在他肩膀上抚摩了一下。鱼心乐觉得，那片手掌上的热气，潮潮的、黏黏的，令他的心思，一时更烦乱了。

7

合该穿帮，两天后乔丽君开车去超市，在"朗逸"副驾驶座的下面，竟发现了莫可可的钱包，里面还有她的工作证。

但那天家里异常安宁，直到深夜，还是一片风平浪静。乔弹完琴回到卧室，像没事人一样，笑着问丈夫："洗了？"

鱼心乐坐在电脑前发呆，说："还没呢。"

乔说："那我先洗。今晚要继续努力哦。"

鱼心乐苦笑了一下。他回来路上就预料，乔今晚会缠他。他已想好了回避的借口。机关发生了那么多烦心事，他哪里还有心思做这个——

钟读花午休后把他叫进了办公室。他还没走进处长室，早搏就来了好几次。他担忧的还是那个信封。

没想到，钟读花找他谈的却是另一件事。她从抽屉里取出一份文件递给他，说："你看一下，这是我写的一个报告。"

鱼心乐接过一看，一排黑体字跳入眼帘——《关于少数党员信仰宗教、参与宗教活动的调查》。

他有些吃惊，不明白钟读花为什么要把这篇东西拿给他看。他想，莫非自己的调查报告得到了市领导肯定，就连钟读花都高看他，此刻放低身段，要来跟他切磋了？

钟说："有人反映，我最近去了几次教堂，你和罗解难有些议论？"

无异白日里一声闷雷，鱼心乐被惊得一句话也说不出来。他的嘴兀自大张着，眼睑下有一处肌肉，毫无征兆地抽搐起来。

钟说："这份调查你先拿去看一下。看完后再给罗解难看看。全部文章看完后，你们就知道，我去教堂干什么了。"

鱼心乐不会忘记，钟说话时，脸上始终挂着微笑。这使他难解，也使他难受。他觉得她的笑，有一种鲜花包着钢鞭的意味。

"你们对我的议论很尖锐，也很好。"钟说，"不过我想，你们把这种议论扩散到其他处，没必要吧？"

鱼心乐想辩解几句，但钟的说话气势和说话节奏，让他无从置喙。

"这样的话题，完全可以公开讨论么。"钟说，"何况我们机关，本来就有自由讨论的良好氛围；你们还应该相信，我虽一个女流之辈，但我是学哲学的，容纳你们讨论的雅量，还是有的。"

午饭去食堂路上，鱼心乐就把这事给罗解难说了，还把钟的文章给了他。罗站在树荫下，脸色一时极为难看。鱼心乐以为他会破口大骂，结果，他一句话也没有说。他抬起头来，久久看着头上那棵巨大香樟的树冠，似要从这密密的树缝里，寻出一处透气的空隙来。鱼心乐跟他相识这么多年，还是第一次发现，他的目光，也有歹毒的一刻……

时针已过十一点。鱼心乐呆坐在电脑前，思忖要不要跟钟读花再细细谈一次；如果再谈一次的话，要不要把那次"三角杀"的全部议论，原原本本给她作个介绍，也让她了解一下马凝的全部表演。面对电脑，鱼心乐此刻看到的不是文字图片，而是钟读花那一脸意味深长的微笑，马凝潇洒身影后的模糊面目，还有罗解难那两撇与年龄不相称的法令纹……

他拿出钟读花的调查报告，又一次翻阅起来，心里却在想，这女人不愧是老机关，如此敏感的课题却从来不给大家透个底，心思也够阴的，以致罗解难这样的人，都对她做出了误判。不过他又想，罗的思维一向缜密，这是全机关都公认的，他对钟的解读怎么会走样呢？钟屡次在教堂现身，究竟是为了这份调查长期埋伏，还是她痛苦的灵魂真的另有所托？有没有这种可能：机关已然议论纷纷，她才搞了这么一篇调查报告来掩人耳目？……

乔走过来，轻声道："上月算好的日子，时间不多了。"

鱼心乐抬起头，用恳求的目光看着妻子，说："我有点累。今天就免了吧。"

"怎么了？"乔走近丈夫，用手背试他的额头。

鱼心乐说："这要问你啊。你嫌我太清闲了，居然跑到机关来大闹天宫。你走后，同事都取笑我呢。"

乔说："不会吧？我和大哥来得那么早，惊动什么人了？"

鱼心乐说："连处长都见到了我们，还说没惊动人？有句话叫——'好事不出门，坏事传千里。'——你知道的。"

乔说："你不要忽悠我，鱼心乐，我不是那么好忽悠的。"

鱼心乐说："你是什么人，我敢忽悠你。"

乔说："既然这样，我倒要回说那天早上的事了。其实当时我就想戳穿你，什么调研，什么北郊宾馆，你就是跟女人在一起！"

鱼心乐说："你瞎说什么。"

乔说："你自己心里清楚。"

鱼心乐说："我清楚什么？"

乔说："那天一早大哥在，我给你留了面子。你跟女人鬼混了一夜，身上女人香水味都在，我不揭穿你罢了！"

鱼心乐心一沉，嘴上只能无力地重复："你瞎说什么。"

乔说："你不要装聋作哑了，鱼心乐。那女人的香水味，连什么牌子我都可以给你说出来。你要我说吗？"

鱼心乐嘴上说着"胡说八道"，心里却一下子崩溃了。

乔说："你自作聪明还是到此为止吧。你以为你读了几年研究生，又进了大机关，就比人家高明了？"

一阵蟋蟀声响起。这是乔的手机彩铃。乔看看荧屏，点开手机，说："大哥，有事吗……哦，他回来了。"

她拿着手机走向门外。鱼心乐知道他们兄妹在说自己，遂支起耳朵，却没听清他们说了什么。挂机后，乔用古怪的目光盯住鱼心乐，直把鱼心乐看得心里发毛。

他问："你想干什么，乔丽君？"

她叹了一口气，说："要不是大哥来电，我真想跟你再吵一场。"

鱼心乐说："那就吵吧。"

乔说："算了，没什么意思。"

鱼心乐说："你也会觉得没意思？"

乔突然脖子一梗，说："你还不服气了是不是？你外面就是有女人，到现在还不承认吗！那女人名字我都知道了，叫莫可可，对吗？！"

鱼心乐真的崩溃了，一股血腥味从他喉头泛上来。他来不及品出那是什么，就急着说："你是不是跟踪我了？"

乔说："我有心思跟踪你！你看看这个吧——"

她拉开抽屉，拿出一只女人钱包放到桌上，说："这是谁的东西，你该认得吧。"

鱼心乐顿时面如土灰。他的心沉到谷底，猛地撞在一块尖锐的石头上。奇怪的是，这时他却不觉得有多痛。

乔说："我现在才知道，你一次次说自己在机关加班，其实干的是什么！"

鱼心乐无言以对。

乔说："现在回想起来，我总算弄懂了。要不是我家在上海有几套房子，你鱼心乐根本不会跟我结婚，对不对？你和莫可可明来暗往，其实根本就不把我看在眼里，对不对？"

鱼心乐的心挣扎一阵后，终于在一个冰冷的地方落定了；接着延伸的，是一阵长长的麻木，不再战栗，不再搏动。他明白，自己大大低估了乔的能力。尽管她读的书没有自己多，学历也没有自己高，但心智与灵敏，绝不在他之下；她任何时刻都有足够的能量，让自己对她甘拜下风。

乔掀开被子上床，背靠床头，一边按着电视遥控器，一边说："鱼心乐，没钱是不是很苦啊？你要是有点钱，今天就不会在这里了，或许，你早就跟莫可可成了另一个家了，是不是？你们进了上海，有了户口，还当上了公务员，可惜啊，你们没有钱，没有世界上最重要的那种纸头。凭你们那点工资，你们只能做到温饱有余；如果你们走进上海的售楼处，那你们就是两个瘪三！你们连一个卫生间都买不起，这点我没说错吧？"

乔说着，把目光从电视屏幕移到鱼心乐脸上，毫不掩饰内心的愤怒与鄙夷。鱼心乐真想对骂一番，却又不得不承认，她说的都没错。他紧闭双唇，品着一嘴发臭的苦味，硬撑着用目光与乔对峙；但他心里明白，自己的灵魂在对方的怒视下，早就蜷缩成一团。

乔继续说："鱼心乐，我早就看透你了。我们乔家收留了你，可你为乔家做了什么？你跟那女人好了那么多年，可你就是不肯为我生一个孩子！世界上，有哪个人会比你更加没良心？"

乔没说完，眼泪就飘了出来。

鱼心乐被乔的眼泪和呜咽吓了一跳，强辩道："你都说了些什么，我是那种人吗？"

乔哭着说："你是不是那种人，你自己最清楚。告诉你，我现在倒不生气了。你滚吧，你跟那女人去过吧。"

鱼心乐说："你越说越不像话了。"

乔说："我成全你，现在就同意你离婚。"

鱼心乐说："我没有这样的心思。"

乔说："你是不是想把乔家当跳板，先站住脚，再拿下房，最后再跟那女人结婚去啊？"

鱼心乐说："你疯了，我从来没这样想过。"

乔说："那你老实交代。你那晚在北郊，是不是跟她在一起？"

像一条被逼进角落的疯狗，鱼心乐实在受不了了。在令人窒息的死寂中，他又一次听见自己颈椎关节这里，发出一声声吱吱的异响。像炸药引信被点燃，他被这异响逼急了，不由得绝望地看着乔，声嘶力竭地喊道："你要逼死我啊乔丽君，我要怎样回答你才会满意啊？！"

也许是第一次听到鱼心乐的狂吼，乔也被吓得浑身一抖。她擦着眼泪，说："好了，鱼心乐，我以后再也不会来管你了。你愿意怎么过就怎么过吧。不过，今天在这里我还是要警告你，你不要跟我来玩法道，在上海滩，你这点本事差远了！"

乔第一次把丈夫骂得这么狠。看着她那双火星直冒的眼睛，鱼心乐觉得自己像被烧焦了一样。尽管他庆幸这场战争可以提早结束，也庆幸自己没有完全招认跟莫可可的关系，但是，他发现自己在乔的强大气场里，已经被剥得一丝不挂；只要乔再继续紧盯自己十秒钟，他就要在她面前扑通一声跪下去了。

这种被女人征服的挫败感，对鱼心乐来说还是生平第一次。

8

突然接到老同学电话，说县中班主任戴老师到了上海，在沪学友准备聚一聚，提前庆祝戴老师五十大寿。

鱼心乐接到电话时，老乔正好在旁边，他就说："那就到我们种子场来吧，我给你们安排。"鱼心乐说："你们种子场能接待吗？"老乔说："我们有'农家乐'，几十个人吃喝没问题，绝对有机菜、放心肉、清水鱼；交通方面，我们还有车到地铁站接送。"

戴老师还是老样子，黑框眼镜，圆领汗衫、圆口布鞋、大裤管黑裤子。他一出现，满桌同学就齐声叫："戴老师，来个《革命军》！"

戴老师是历史老师。县中十来个毕业班，他是唯一的非主课班主任。从二十世纪九十年代起，他已经带了十几届文科毕业班，届届高考成绩名列全县第一；这还不算，全省少数的几个历史卷满分的考生，往往出自戴老师门下。鱼心乐就是其中之一。

对鱼心乐来说，戴老师尤有着不一般的恩义。高三上半学期，他母亲入院动手术，一时交不出学费，就是戴老师替他代交的；还有整整两个月的食宿费，也是戴老师资助的。寒假前他问亲戚借了钱去老师家归还，戴老师从抽屉里拿出一叠文稿，说："这钱你还是拿着。我们来个换工，你看好不好？我这里有几篇文章，麻烦你在寒假给我打成电子稿。"鱼心乐知道，戴老师说的"换工"，为的是不伤自己的自尊心。这与他在课堂上高读林则徐的誓言——"若鸦片一日未绝，本大臣一日不回"——同时刻在了鱼心乐心里。

在学生们敬重的目光中，戴老师颤巍巍站起来，扶一扶眼镜，清一清嗓子，目光直视餐桌中央的生日蛋糕，抑扬顿挫地朗读起来——

"革命者，天演之公例也。革命者，世界之公理也。革命者，争存争亡过渡时代之要义也。革命者，顺乎天，而应乎人者也……"

鱼心乐听着，禁不住泪水盈眶。他朝莫可可看去，她眼圈也红了。戴老师中气十足的朗读声，尤其是那颤抖的目光，正是他们心中最重要的县中记忆，无论何时何地想起，都不能不神往之至。

包间门被推开，老乔进来，贴在鱼心乐耳边说："乔丽君来了。"

鱼心乐大惊失色，问："她来干什么？"

老乔说："她说要见莫可可。"

鱼心乐舌头都短了，说："这怎么弄？"

正说着，莫可可走过来，把手机放在两人面前，说："你们家乔姐发来短信，说她就在门外，要我去谈谈。"

老乔对莫可可说："乔丽君这人有神经病，你不要去睬她。我的想法，你就从这后门溜出去，省得跟她照面，伤了和气，也坏了今天场面。"

鱼心乐就催莫可可快走。莫可可却说："没事，跟乔姐见个面不是很好吗？这些天她一直给我打电话，躲得了初一，也躲不了十五。"

三人低头议了几句，就跟大家打个招呼，出了包间。乔丽君正在大厅沙发上坐等，见他们走来，就站起身，盯住莫可可说："你是——"

莫可可说："我叫莫可可。您是乔姐？"

乔丽君说："我想跟你谈谈。"

莫可可说："好啊。"

老乔就找了一间空房，打开灯和空调，让人泡了四杯龙井。

莫可可说："泡四杯茶干什么？你们两个回避吧，我跟乔姐说说私房话。"

乔丽君说："对，就我们两个人谈。"

鱼心乐看看老乔，两个男人就回身出了门。

老乔把门带上，说："小鱼，你吃你的饭去。我看在这儿。"

鱼心乐说："我也等在这儿。"

老乔说："你在这儿干什么？老师同学都在，你离开久了不礼貌。"

鱼心乐说："我怕乔丽君会胡来。"

老乔说："所以我在么。有情况我会处理。"

鱼心乐就回到酒桌边。众人见他来了，起哄罚酒。他就借着敬戴老师，加上自罚，一下子喝了六杯五粮液。

种子场的"农家乐"真不错，众人都说，这里的蒜香骨要比"小南国"的好，南瓜盅要比顺风酒店的好，八宝鸭要比上海老饭店的好……大家当下约定，以后每半年都在这里碰一次头；戴老师来上海，也固定在这儿朗诵《革命军》。鱼心乐脸上笑着，嘴上敷衍着，可一颗心却吊在室外。他耳朵朝门口支棱着，唯恐外面传来乔丽君的嚣叫，更担心她对莫可可大打出手……席上那么多好吃的菜肴，在他嘴里味同嚼蜡。

就在这时，他手机响了，一看屏幕，是"罗解难"三字。

他赶紧把头低到桌下，轻声说："解难，有事吗？"

罗解难说："有两件事我给你说一下，你好有个思想准备——"

鱼心乐一听罗的口吻，心一下子揪紧了，压低声音说："我听着，你说。"

罗解难说："你丢失文件的事，是有人向市保密办作了举报。机关党委有个意见，准备对你进行党内警告处分，明后天就可能会有人来找你核实情况、征求意见。"

鱼心乐"啊"了一声。

罗解难又说："最新的组织处文件也下来了。跟六处有关的，我给你读一下——各处室，经主任办公会研究决定，六处马凝同志的职级提为副处级调研员。"

鱼心乐问："没有其他人了？"

罗解难说："没有了。"

"你呢？"

"我也没有。"

鱼心乐直起身子，目光正好与戴老师对视。戴老师见他脸色不好，轻声问："没事吧鱼心乐？"

鱼心乐强颜一笑，说："没事，戴老师。我们干一杯吧！"

他拿过瓶子斟酒，却发现自己的手抖得厉害。

又喝了两轮，包间门被推开，老乔陪着莫可可走进来。鱼心乐急着要在他俩脸上找答案，一时却不得要领。莫可可落座后，众人又起哄要她罚酒。莫和鱼在县中就是一对相好，这事在座不是秘密。戴老师则郑重提议，乔大哥辛苦了，一道来喝几杯。老乔也不推辞，就在戴老师身边坐下，添酒回灯，吩咐人再开两瓶五粮液，拿手好菜尽数上桌。

这一喝就晚了。酒散后，又唱卡拉OK，又上生啤红酒。肚里的酒一混，醉人就多起来。送地铁站的面包车一开，两边车窗都被打开，好几个人头伸出窗外，把夏日的田野吐得一塌糊涂。

南边远处，闪着一大排明晃晃的灯光。那是又一片村庄被夷为平地，即将成为一个高档楼盘的工地。十几辆推土机漏液作业，轰鸣声此起彼伏。轰鸣声中，还能听得细碎的人声、车声和警笛声。转身向北看去，则依旧是满目夜色：大半片的天幕上，依稀可见星光闪烁；休眠着的村庄里，只有稀稀落落的几点灯火；屏息静听，还能听见狗吠和蛙鸣。

不能开车了。老乔跟鱼心乐相扶着，摇摇晃晃地向黎明小区走去。两人走一程，吐一程，最后，两人干脆躺倒在路边的草地上，醉眼一睁一闭的，数天上的星星。

老乔问："刚才开车前，莫可可给了你什么东西？"

鱼心乐说："没什么。你眼花了。你看走眼了。"

老乔起身又吐。吐了一阵，竟哭了。

鱼心乐说："大哥，你们种子场的'农家乐'搞得多热闹啊，你现在该高兴才对……"

老乔说："种子场不搞种子，算是哪一出啊。"

鱼心乐说："你们不搞种子了，那农民下的是什么种呢？"

老乔说："满世界都是外国种子啊。我们命根子都捏在人家手里啊。"

老乔呜呜咽咽的，哭得像个孩子。哭了一会儿，他站起来，望着天，两眼空空的，说："不行了，这世界不行了，你看那边，已经烂出洞来了，连肚肠也露出了……"

鱼心乐没接嘴，也没劝他。他从口袋里拿出那只信封，借着微弱的路灯灯光，细看上面的字迹——

鱼哥：

乔姐跟我谈了，还当面把钱包还给了我。

她让我不要再缠你，我答应了。看得出，她很在乎你。

跟她一起好好过日子吧。也许有了孩子后，她会是个很好的母亲。

我怀孕了。我会处理好，你放心。

真诚地祝你们幸福！

　　　　　　　　　　　　　　　　　　　　莫可可　即日

　　鱼心乐站起来，向着天穹，发出长长一声嘶叫。星汉灿烂，在他的泪眼中，却闪烁成一片模糊。

　　　　　　　　　　　　　　　　　　　　2016年4月

蓝鸟

1

"哥，这本书你先看，"邬敬峰指着《且听风吟》，说，"过两天我再来。还有几本书，也给你带来。"

哥没有看书，却直愣愣看着弟弟，目光中饱含依恋。他这样子，像回到了他们小时候。两人都四十出头了，似乎不该这样。邬敬峰看着哥，有点想流泪。他懂哥的心思。哥长年累月住在这精神病院里，跟外界没任何联系。邬敬峰这次来，跟上次也隔了很久。哥俩一见面，他就抓住弟弟的手。那一瞬间，邬敬峰觉得哥的手心汗津津的，汗液很凉，还有点黏。哥对他的依恋，在众人面前毫不掩饰，此刻一说要走，哥的眼圈就红了，把邬敬峰的手也抓得更紧了。

"邬老师，让你弟走吧。"旁边医生劝道。他们都叫邬敬峰"邬老师"，入院前，他是中学教师，教语文。

医生有两位。一位姓方，男的，邬敬峰认得；另一位女的，姓蓝，却是初次见面。蓝医生很漂亮，穿着白大褂，反而衬出了身子的修长匀称；眸子黑得晶亮，陪在一旁时，她一直含着笑，眸子便在兄弟间游移，像一汪清水。

方医生让女医生送邬敬峰。在走廊里，邬敬峰闻到了一阵栀子花的香味，他知道这是从蓝医生身上飘来的。两人走到楼下，邬敬峰就说："谢谢蓝医生，留步吧。"

邬敬峰此刻更多感到的，是安慰。这次他来，发现哥的病情好了很多，不仅精神健旺，思维也清爽了不少。方医生说：蓝医生来后，你哥有明显变化，主要是脾气变温和了，治疗也进行得很顺利；蓝医生对你哥关心得很细，常下病房聊天，还跟他下棋、打牌。方医生说：患者这样得以好转的，先例有不少；考虑到你哥发病的原因，这种好转在理论上似乎也有支撑。

邬敬峰知道方医生说的是什么意思。为此，他初见这位女医生就有些好感。他想，下次再来时，应该带些什么来。

到大厅门口，蓝医生停步，微笑着对邬敬峰说："你跟你哥真像。"

邬敬峰笑答："是吗？"

蓝医生又说："你该常来看看他。他很想你。"

邬敬峰说："我工作调过来了，以后会常来。"

蓝医生说："他给你写了许多信，你知道吗？"

邬敬峰说："我没收到啊。"

蓝医生笑说："他没寄出来。"

蓝医生笑时，目光温暖，平静中显出妩媚。邬敬峰想，离开省城这么僻远的地方，竟有这么出挑的女子。

蓝医生说："我见邬老师没事时，就伏在桌上给你写信。他抽屉里的信，有这么厚一叠呢。"

她比了个手势。邬敬峰发现，她的手白皙，手指也细长得好看；指甲虽没保养过，却有一种健康的本色。他的心动了一下。

他想起了方医生的介绍，忽有所思，问："那么厚一沓信，会不会还有我哥写给别人的？"

蓝医生说："不，他只写给你一人。"

邬敬峰说："这么说，他给你看过？"

蓝医生说："是啊，你哥写信不给别人看，只给我看。我看见每封信开头，都写着'敬峰我弟'。"

邬敬峰眼前就泛起哥那一手好看的钢笔字来，还有满纸的文人气息。他心里就涌起个浪头，又有点想哭。

蓝医生站在一旁，身姿很优雅。邬敬峰想，哥从小到大，写信记日记一直不让他看，现在倒愿意给一女医生看，可见他虽有病，喜欢女人的本性却没变。他一直喜欢女人。邬敬峰又记起方医生话中隐含的理论，想，邬家的男人喜欢女人，大概是有遗传的……

他问女医生："我哥信上写了些什么，你还记得吗？"

蓝医生说："我一般掠一眼就不看了，私信么。"

邬敬峰一笑。

蓝医生说："不过我赞成你哥写信。如果是晚上呢，怕他太兴奋，就会提醒他少写点。写信有助于活跃大脑神经；对你哥这样的知识分子来说，写信还是一种情感宣泄，有助于心理健康。看得出，写信时，也是你哥最平静的时候，方医生和我都认为，这对他养病有好处。"

邬敬峰听得很仔细。他发觉蓝医生说这些时，神色变得有些严肃，遂想，她对工作是上心的，哥有她这样的医生照顾，可以放心了。遂说："蓝医生，谢谢你告诉我这些事。"

蓝医生说："这是应该的。"

邬敬峰看看手表，拿出手机撤了号码，说："小李，把车开来吧。"又对女医生说："拜托蓝医生。我哥的病，辛苦你了。"

蓝医生说："方医生他们才是真的辛苦。他们工作时间长，深夜有情况也要赶来。"

邬敬峰说："你不也一样吗？"

蓝医生说："我不一样。"

邬敬峰问："怎么不一样？"

蓝医生说："我是来进修的。"

邬敬峰"哦"了声，又打量了一下对方，还想说些什么，小李的车却开过来了。

他跟蓝医生匆匆握了下手，随即坐进车里。本来很好的心情，这时却平添一层阴影：原来蓝医生是来进修的，那就意味着她在这里时间不会太长；一旦离开，哥的情绪会不会有波动，病情会不会有起伏呢？

车开出老远，邬敬峰犹觉女医生身上那股栀子花香，仍弥散在周围；那手的温软，也令他感到怅然。

2

初夏的早晨，县府大楼沐浴在阳光中，大院内外一片明亮。

一株银杏，高矗在大院中央。这树已有千年树龄，省林业厅还为它挂了牌、编了号。这树有一个好：县城内外，无论哪个角落，都能看见它的身影。为此它成了金都县一宝。此刻，有鸟儿栖在枝巅，朝邬敬峰发出悦耳的鸣叫。邬敬峰叫不出这鸟儿的名称，只见它披着一身蓝色羽毛，在阳光下发出好看的光彩。他每次走出大楼，几乎都会听见它在古银杏顶上的鸣叫，为此他很喜欢；几次一来，他就把这蓝鸟看成了吉物。

他望着它，微微一笑，转身向小车班走去。离开省厅到这里不足半年，他却已喜欢上了这个大院。温润的气息，简朴的院落，清新的树木，一切令他惬意。按他的职务，他可以让办公室通知司机来楼前接他，但他不要。他每次都步行下楼，穿过大院，穿过林荫道，直接去小车班上车。

邬敬峰踏上仕途时间不长。4年前，他还在华南工程大学教书，是规划系唯一拥有博士学历的副教授。那年省政府公开招聘，有个职务——省规划厅乡镇处副处长——落入他的眼帘。他心血来潮，当下打手机与妻子商量了一下，马上就在网上报了名。哪知这一报就改变了命运：两个月后，他离开大学，进省规划厅当了副处长。

在省厅，邬敬峰学历最高，又是文质彬彬的，领导们都很赏识。忽忽4年过去，厅里正传闻他要扶正，却发生了这样一件事：金都县被省里列为重点旅游开发县，需要一位专家型的领导前去分管规划工作；省委组织部与规划厅商量，决定调邬敬峰前往金都任副县长。

这是平调，但一个副县长与一个副处长相比，实权不可同日而语。按理说，这调动不错；可惜的是，金都县很穷，离省城又远，邬敬峰对此不能没有想法。他得到信息后，照例先在处里叹了一番苦经：老人年事已高啊，妻子多病啊，女儿还小啊，收入要降啊……唯独不提一件事：能不能解决了正处后，再去县里。他要厅里知道，往县里一调，自己得承受多大牺牲；他还想着让厅领导亲自来"疏导"一下，深层次摸摸情况。

厅长吴琦是位女同志，行将退休。她是省委委员，口碑很好。她对邬敬峰的困难十分同情，听了处里反映后，就请邬敬峰吃了顿便餐，解释了组织上的意图，还传达了厅里对他的不舍。席间吴厅说，省里有个"青年知识分子干部战略"，简称"青知战略"，特别注重培养有特长的青年知识分子。面对这样的全省战略，厅里哪敢不放人。邬敬峰听出了话中之意，当即表示：一定克服困难，争取到县里做出成绩来。第二天上午，他就办了移交；下午出发，傍晚到了金都。厅里县里都很满意。金都这里早安排了分管口子，由邬敬峰分管建设、规划、土地管理，另外还加了一个：机关事务。

帮助邬敬峰决断的，还有个私人原因，那就是他哥在金都县疗养。他哥在省精神病院治疗半年后，被送到了金都分院。省院6个分院，以地处西陇镇的金都分院最有名。父母离世前，先后对邬敬峰说，最不放心的，就是你大哥。他们要邬敬峰照看好哥哥，否则，死不瞑目。为此，邬敬峰每隔几个月就要去金都看一次哥哥，妻子女儿有时也跟着去，那几百公里山路，每趟都把母女俩盘得天旋地转，吐得倒海翻江……

邬敬峰走上林荫道，远远的，看到一个女子从西门走来。她穿着一件绛红色外套，收了腰的，衬着满园绿色，似乎特别亮眼。在女子皮鞋的笃笃声中，林荫道显得格外寂静。邬敬峰不由得放慢脚步。女子却低头疾走，一直走到邬敬峰面前，才猛地站住，说："你……"

邬敬峰也愣了一下，说："不是蓝医生吗？"

在他记忆中，蓝医生一身白大褂，清秀中有一种圣洁的光辉；而此刻，她换了这样的衣着，不能不让邬敬峰顿感陌生。

他问："蓝医生怎么到了这儿？来办事吗？"

蓝医生笑起来，说："我就在这大院工作啊，今天回来取点东西。"

邬敬峰问："你在这儿工作？"

蓝医生说："是啊，我在机关医务室工作几年了。"

邬敬峰说："你是……蓝雪晴？"

蓝医生说："你知道我名字？"

邬敬峰说："我在医务室黑板上见过。"

蓝医生说："你记性真好。"

一股栀子花的幽香飘然而过。它唤起了邬敬峰的嗅觉。这香味，他在精神病院闻到过。

邬敬峰说："不是我记性好，而是你的名字……很特别。那你怎么又去精神病院了呢？"

蓝医生说："我是去进修，记得跟您说过的。"

邬敬峰问："怎么不去综合医院进修呢？"

蓝医生说："去过。这两年，大院里出了几例抑郁症。你大概还不知道吧，县府办黎主任就是其中一个。去年开大会，杜县长批评办公室工作，话凶了一点，黎主任就接受不了了，当晚登上这楼顶，说对不起上级信任，要跳楼。好不容易劝下来，送医院一查，才知道这里出了问题（她说着指指太阳穴）。机管局领导后来就说，要医务室派人去精神病院学习，看机关怎么注意精神卫生。他们就派了我。"

邬敬峰说："是这样啊。"

蓝医生说："领导还交代了，要我一边进修，一边照顾好黎主任。"

邬敬峰说："黎主任也在精神病院里"

蓝医生说："是啊，跟你哥在一个病区。"

邬敬峰说："你们领导很有想法，做得也很周全。"

蓝医生说："我们领导就是戴局啊，机管局局长。"

邬敬峰说："这个我知道。问一下蓝医生，你看这干部精神上出毛病，是不是大院工作节奏太紧张了？"

蓝医生说："也不单是这个原因。说来话长，以后再细聊吧……今天你怎么来这儿了？"

邬敬峰笑起来，说："我也是这里工作的么。"

蓝医生惊问："你也在这里工作？哪个部门？"

邬敬峰一怔，不知怎么回答才好。虽说进大院已有些日子，可还没人这么问过他，遂含糊答道："算县政府吧。"

蓝医生追问："县政府哪个部门？"

邬敬峰觉得愈难答，遂从包里拈出一张名片。蓝医生接过一看，惊讶地说："你就是……新来的邬县长啊。"

邬敬峰说："叫我老邬吧。"

蓝医生说："可你不老啊。"

邬敬峰眉峰一挑，说："是吗？"

蓝医生说："早就听说省里要下来一位博士县长，是你啊。"

邬敬峰笑道："什么博士县长，我跟大家不是一样吗？"

蓝医生说："那可不一样。我们县里的书记县长，大多是大专和本科学历，最高就是郭县——分管教卫科技的女县长，研究生。不过，她是农大硕士生，还是学兽医的……"

说着，蓝医生掩嘴一笑。邬敬峰觉得她样子很天真，但又听出她口吻里有一丝轻慢，遂说："可不能有这种想法，兽医也是一门学问。"

蓝医生忙分辩说："我不是那意思，我是说一个学兽医的，管全县几十万人的医疗卫生，这事好像有些不搭调。"

邬敬峰觉得她说的也不错，可一个穷县，各方面条件都有限，又能怎样呢？遂一笑，说："郭县分管教卫科技，我看还是很内行的，上次省卫生厅来检查，都说我们县不容易……"

蓝医生很警觉，马上说："邬县，你可不要跟郭县提起我刚才说的那些话啊。她要是知道了……"

邬敬峰哈哈笑道："你放心——我怎么会呢？"

蓝医生低着眉，有些脸红。

邬敬峰心里涌起一丝怜惜，想，让一个兽医来分管全县的医疗卫生，确实也有些那个，不过，自己刚来金都县不久，手头分管的事都来不及做呢，压力山大，又哪有工夫去管闲事。

蓝医生很快瞥了眼邬敬峰，说："我忍不住又要说一遍，你跟你哥真像。"

邬敬峰笑说："是吗？"

蓝医生说："金都分院的人都说，你哥是美男子。"

邬敬峰说："蓝医生，你真会说话。"

蓝医生说："我说的是真话么。在金都分院里，你哥最帅气，一看就知道是知识分子，一点都不像病人。"

邬敬峰说："可他发病时，就不是这样了。"

蓝医生说："也还好啊，我没见过他动粗，而且他现在越来越好。"

邬敬峰说："我正要好好谢你呢。"

蓝医生说："要谢就谢方医生他们。我只是做些辅助工作。"

邬敬峰说："你不要客气，方医生都给我介绍了。哎，县府办黎主任怎么样？他好些了吗？"

蓝医生摇摇头，说："情况不乐观……"

邬敬峰"哦"了一声。

一缕阳光从树叶丛中投下，正好照在路边一块石碑上。那是一块早已废弃的老碑，斑驳的花岗石面上，刻着"县界"两字，字迹模糊，现出古旧与沧桑。那只蓝鸟，这时又在古银杏上开始新一轮的跳跃鸣叫，其声时重时轻，飘忽回荡，有点像孩童调皮的哨音。

蓝医生抬起头，目光停留在那鸟身上。邬敬峰由此得以从另一个侧面，再次打量女医生的面容。她仰望高树时，一张脸盘显得更加白皙而有光彩；在天空的辉映下，她的目光顾盼流动，有一种少女般的欢悦。这一瞬间，邬敬峰竟有些走神。

蓝鸟的叫声停了一下，在树巅拍翅、转身；偶尔静止不动，又似在延颈俯看他们。蓝医生收回目光，见邬敬峰正看着自己，便有些不好意思。

她低头看名片，说："邬县长，你这么高的学历——又是博士，又是副教授的，我们县还真没有过呢。"

邬敬峰说："以后高等教育发展了，博士硕士，就会多起来。"说到这里，他又问："你是什么学历？"

蓝医生说："我差劲了，本科。"

邬敬峰说："本科也很不错了。职称呢？"

蓝医生脸又一红，说："中级都还没评上呢。"

邬敬峰说："你去金都分院进修，跟这有点关系吧？"

蓝医生说："您眼光真厉害。"

邬敬峰一笑，说："进修什么时候结束？"

蓝医生说："我想在金都分院多待些时间。"

邬敬峰问："为什么？"

蓝医生说："方医生要我扎实学点东西，争取把心理咨询师证书考出来。"

邬敬峰说："对，有没有证书大不一样。不过，大院医务室也很忙，你在金都分院待久了，这里能走开吗？"

蓝医生说："我就为这事闹心呢。"

邬敬峰说："怎么？医务室要你回来？"

蓝医生点点头。

邬敬峰说："戴局是什么态度？"

蓝医生说："戴局倒没什么，就是几个同事话多，医务室主任也在背后啰嗦……"

邬敬峰说："你一走，她们更忙了，是这意思吗？"

蓝医生说："忙什么呀，医务室的活儿，你知道的。"

邬敬峰说："那为什么啊？"

蓝医生说："还能有什么呢，嫉妒呗。"

邬敬峰一笑，想，你长得这么漂亮，人家不嫉妒才怪呢。

蓝医生看了副县长两眼，怯怯地问："邬县长，听说你来这里后，还分管机关事务，有这事吗？"

邬敬峰说："是啊，你怎么知道的？"

蓝医生说："机关早就传开了，我……"

就在这时，邬敬峰手机响了一声。他看了下，匆匆说："对不起蓝医生，专家组宁教授来短信，说他们已到了古山镇，我得抓紧赶去。"

蓝医生就把话头咽下，说："赶紧去。我可不敢耽误你大事。"

邬敬峰挥了挥手，径直向车队走去。走出几步，又回头，叫住蓝雪晴，说："蓝医生，你是不是还有话要对我说？"

蓝雪晴红着脸，分明有些紧张，说："没有……没有了。"

邬敬峰说："有话就说嘛，没事。"

蓝雪晴咬了咬嘴唇，似乎下了很大的决心，说："邬县长……你能不能帮我跟戴局说说那事……"

邬敬峰说："是留在金都分院的事吗？"

蓝医生点点头。

邬敬峰说："我说管用吗？"

蓝雪晴说："他是你分管的，怎么不管用啊。"

邬敬峰看着蓝雪晴耳旁云鬓处，几缕青丝在细风中微微飘动，心里就涌起个热浪。那股栀子花的香味，不知怎么的，此刻突然浓烈起来……

蓝雪晴避开副县长的视线，轻声说："邬县长，你不会批评我吧，第一次见面，就……"

邬敬峰说："不，我们是第二次见面了。"

蓝雪晴说："金都分院见的面，那不算。"

邬敬峰问："为什么？"

蓝雪晴说："我们还不认识么。"

邬敬峰说："那现在，我们就算认识了？"

蓝雪晴点点头，又把目光移开了。邬敬峰在她那道目光里，看到了一些说不清道不明的东西。他的心脏一下子膨胀起来。

他把手伸到蓝雪晴面前，说："好，那就握一下手，庆祝我们正式相识。"

蓝雪晴伸出手，眼睛依然不敢抬起。一个更猛的浪头，在邬敬峰心中涌起。他咳了一声，一股炙热的气息从胸中喷然而出。

古银杏上的那羽蓝鸟，又响亮地叫起来。邬敬峰抬头看了一眼，想了想，说："戴局人很好的，我跟他商量一下，随后把结果告诉你，你看好吗？"

蓝雪晴说："那我把手机号给你。"

邬敬峰说："你这么急啊？"

蓝雪晴说："这是我的大事，怎么不急啊。"

邬敬峰用指头点了点她，目光竟变得慈祥起来，说："那等下你就按名片，把手机号发我吧。"

他走出没多远，手机就叮咚一响。他没看，却笑出声来。

3

古山镇银陵湖，是全省少有的尚未受到污染的大湖。邬敬峰抓的第二个大项目——银陵湖度假区规划——基地就在这里。

小车在公路上疾驰。邬敬峰把目光从车外移向手机。他把蓝医生发来的号码存住，仔细写上"蓝雪晴"三字，心想：连这名字，都是活色生香啊。

邬敬峰放好手机，随即翻开图纸，不顾颠簸，细细检阅起来。他是个能屈能伸的男人。有句话常挂在他口头——"宾馆能住，狗洞能钻"，这话一点也不假。靠着这个品性，他到金都后，很快就进入角色，显现了才干。用县委孟书记的话来说，"邬县到底是博士出身，抓起本行来，就是出手不凡！"

书记这话，指的是邬敬峰挂帅的第一个大项目——独龙山景区开发规划。那是金都县"走出深山"的第一个旅游开发项目。邬敬峰知道，这是他的亮相之作，来不得半点马虎。他亲自带领专家，请老乡做向导，带着帐篷住进深山。一行人披荆斩棘，足足花了一个多月，才完成景点调查和初步规划。规划一拿上县长办公会，就博得一片赞声；修改后上常委会，又是一致通过。接着，晒蓝图、做模型、搞研讨，省市专家又给予很高评价。省旅游厅副厅长说："独龙山景区由这样一个规划来支撑，是全省旅游的福音，也是山区百姓的福音。"

独龙山项目上马后，建设速度相当快。四套班子轮番视察，反馈的都是正面意见。懂行的人说，这项目在规划上得天独厚，动土不多，进展顺利；最重要的是，借助山水推进项目，大大节约了投资，又与党代会提出的"花小钱办大事"不谋而合。

正好年底来临，四套班子提议，把邬敬峰推荐为"实践科学发展观带头人"，上报省委接受表彰。他的照片登上了省报头版，还上了电视台首播新闻。春节前，县里照例要评"人民公仆"，邬敬峰名字又上去了。他几次表白，说自己刚来金都，荣誉已经不少，这称号还是让给别的同志吧，但常委们都点了头，那还有什么可说的……

邬敬峰接手的第二个大项目——银陵湖度假区规划，体量更大：要淹没十几平方公里山谷，蓄水建一座大型水库；再在这水库的基础上，打造一个比独龙山更出彩的湖山景区。初步规划已经通过；下个月，书记县长就要陪着省市领导，来现场拿大主意了……

邬敬峰现在就得去古山镇银陵湖，跟专家组的人再去细细察看一遍。他是个注重细节的人，要不，也不会有今天的邬敬峰。

上山下涧，中途还淋了两场冷雨，一天下来，邬敬峰只觉得又饿又累、两眼发沉。开完小结会，他泡了一杯"六安瓜片"，吃了几块点心，精神才算恢复了一些。正想打电话叫小李开车回县城，办公室门被轻轻叩响。一个声音问："邬兄在吗？"

邬敬峰一听就知道是宁家俭。不是他，不会用这称呼。

宁家俭是邬敬峰在华南工程大学的同事，两人平时很谈得来。宁家俭现在的身份，是金都县政府正式聘请的规划专家。当初邬敬峰参加招聘时，曾遭到系里许多人冷嘲热讽，唯一表示支持的，就是宁家俭。他得知邬敬峰报了名，第一时间就把邬敬峰请到家里，推心置腹谈了半宿。宁家俭诚恳表态：我支持邬兄的人生规划，你大胆去从政就是！将来，你发挥你的能量去争取项目，我用我的本领来做规划，一个当官一个做教授，两人内外合作，比翼双飞。邬敬峰喝酒从来不醉的，这一夜，却倒在了宁家的沙发上……

邬敬峰打开门，宁教授劈头就问："你脸色怎么了？"

邬敬峰摸摸额头，说："淋了雨，头有点重。"

宁家俭说："要不要紧？"

邬敬峰说："没事，回去洗个热水澡就好了。"

宁家俭说："那你就不要回去啦。古山镇上有农家乐，我们要几个菜，喝点小酒，然后去洗浴出身汗，不也一样吗？你不要看这里镇子小，什么都有呢。"

邬敬峰说："你享受吧，司机还等我回县城呢。"

宁教授说："你就是回去，不也是孤家寡人吗？今天若是嫂夫人叫你回，我决不拦你；可司机算什么？让他一人回吧。"

邬敬峰笑笑，想起热气腾腾的小酒和农家菜，有些犹豫。

就在这时，手机"叮当"响了一声，邬敬峰拿出一看，是蓝雪晴发来的短信，脸色便紧了——

　　邬县长：气象预报说古山有雨，你淋湿了吗？我有预感，你着凉了，是吗？你要是傍晚才回来，大院已下班，中心医院也关了门。要不要我送几片感冒药来？蓝雪晴

邬敬峰的心怦怦跳着，不是紧张，而是兴奋。他把手机伸到宁家俭面前，说："你看你看，县府办来通知，晚上还要开会。我真得回去。"

宁教授看都不看，连连摇头说："无趣，无趣！"

宁家俭笑笑，拿起杯子呷口茶，说："那我先走了。"

宁家俭一把拉住他手，说："等等！"

邬敬峰想起蓝雪晴的短信，不由得皱了眉头。

宁家俭把房门推上，落了锁，又一把拖住邬敬峰，把他强按在沙发上。

邬敬峰说："干什么你？"

宁家俭掏出个信封，轻声说了三个字："课题费。"

邬敬峰说："我还拿你们的课题费，不妥吧？"

宁家俭说："有什么不妥的？跟在学校完全一样。"

邬敬峰问："多少？"

宁家俭伸出两个指头："20万。"

邬敬峰说："多了吧？"

宁家俭说："我一分钱也没多给你。按系里惯例，课题负责人就拿设计费的百分之十。"

邬敬峰说："我是说……"

宁教授说："我知道你想说什么——'按西方标准，我们越轨了'。"

邬敬峰点头说："知我者宁兄。"

宁家俭说："可这里是中国，邬兄！'中国特色'的意思，你懂的。"

邬敬峰说："不管什么特色，越轨的事我不做。"

宁家俭脸一沉，说："你这样说话，我就不高兴了。你邬敬峰是党员，难道我就不是吗？论党龄，我还比你长几年呢。难道我会给老兄下陷阱吗？"

邬敬峰说："你还在大学教书，拿报酬没有问题，我的情况跟你不同了……"

宁教授说："你现在当县长不假，可你更是博士、副教授！要是你不来抓课题，谁来抓？分管县长嘛，就是要你把规划大事抓好，把我们的课题抓好。把这两个抓好了，你这县长也就做到家了，你想想是不是这个理。"

邬敬峰目中无光，却点了点头。

宁家俭说："现在全中国，像我们这样的团队不知有多少。如果没你老兄牵头，这两个项目还真轮不上我们拿下。按我心思，真想多给你几倍报酬呢！"

邬敬峰摆手道："不要不要！"

宁家俭说："我知道你不要，所以就按系里的惯例办么。"

邬敬峰想了想，忽又把信封递回给对方，说："这样吧，东西先存在你这里，等我把情况摸清了再说，你看怎么样？"

宁家俭推着信封说："你又迂了不是？做课题拿经费，这是天经地义的事情，谁又能说半个不字呢！"

邬敬峰手指微微捻动，捻得出信封里是一张银行卡。这也是宁家俭办事的惯例：课题费打进卡里，用妻子秦伊娜之名，密码则是他邬敬峰的生日。又沉默一刻，邬敬峰站起身来，依然心事重重。

宁家俭抓住邬敬峰的手，轻轻拍了拍，说："我说邬兄，你就一百个放心吧。这是你劳动所得，绝对不会烫手的！况且我俩单线联系，工程一完就散了，你忧什么呢？"

邬敬峰一笑。也许是外面下雨，天色不好，他的笑有些古怪。

宁家俭又说："我俩搭档多少年，我办事你还不放心吗？"

邬敬峰说："我不是这个意思。"

宁家俭说："那你又是什么意思呢？"

邬敬峰看着窗外的雾雨云天和翠绿山峦，瞳仁里却是空空的。

宁家俭继续说："你忘了这几个月我们吃的苦了？现在普天下，还有哪个县长，能像你这样，跟我们一道跋山涉水，晚上又在山间搭帐篷过夜的？又有哪个县长，能像你这样跟我们一道吃方便面，吃得连屎都拉不出的？"

宁家俭说到这里眼圈就红了，邬敬峰听着，心里也是酸酸的。

宁家俭说："远的不说，就说今天。你风里来雨里去，路上跌了两跤不算，不是直到现在还发着烧么？"

邬敬峰舔舔嘴唇，满嘴苦涩，想说什么又说不出来。

宁家俭叹口气，说："你离开大学那天晚上，我俩说得好好的。好不容易盼来这一天，你又怕了！我不明白你一个博士，智商那么高的，究竟怕个什么呀？"

那信封已捏得有点发烫了。听宁家俭说到这里，邬敬峰突然一梗脖子，把信封塞进衣袋，说："好，那就听你老兄的！"

宁家俭笑起来，当胸给了邬敬峰一拳。

4

小李是部队回来的司机，技术好，路熟，就是有个小缺点：常埋怨车子差。县机管局给邬敬峰配的是桑塔纳2000型，小李几次嘀咕，说其他县长都换了帕萨特，您也跟戴局说下吧。邬敬峰不置可否，心里却想：才不趟这浑水呢，一个穷县，有一辆车用，已经很好了；利用分管权力换车，让人指着脊梁骂，犯得着吗？再说车子，能上路就行，副县长坐上林肯凯迪拉克，不还是副县长吗。

他上了车，跟小李说声回大院，就打开蓝雪晴短信看起来。他越看越觉得有滋味，心想，要不是她心里有他，有谁关心古山镇的天气预报呢？又有谁来给你送药片呢？虽说她是政府大院医务室医生，关心领导是她的本分，可医务室医生有好几个呢，又有谁像她这样了？况且她还在金都分院进修，就是不闻不问，又有什么要紧呢？

他就想起她要在金都分院多待些日子的请求来，心想，她在那里继续干下去，也很不错，她待得越久，对大哥的治疗就越有帮助；有她待在那里，等于添了一个家庭医生……他细看她短信发出的时间，已有20多分钟，心想她一定等急了，于是写道——

谢谢蓝医生。给你说中了，我受了点凉。方便的话，请你把药送到招待所316房。麻烦了，再次感谢！邬正要发出，他又一想：不急。这样想着，又暗自笑了。

雨越下越大，远山近水，隔着一张雨帘，变得更加朦胧。间或有大鸟，冲破雨阵疾快飞过，在山谷里丢下慌张的叫声。豆大的雨点打在车壳上，发出混乱的杂音。已经老化的雨刮器，在玻璃上刮出吱咕吱咕声，让人听着牙根发酸。

小李说："邬县您看，这雨刮器……"

邬敬峰说："让修理厂再修修吧。"

小李说："已经换过一副了。"

邬敬峰说："那就再换一副么。"

小李不再吱声，眼光恨恨的。

邬敬峰说："小李，我知道你开这旧车，心里不痛快。我现在跟你说说我的过去吧——"

小李从后视镜里看了一眼邬县，目光有些吃惊。

邬敬峰说："我是个穷苦人家出身的孩子，父母都是农民。当年我考进大学，连一顶蚊帐都买不起，第一夜就给蚊子叮得满身肿块。第二天，还是辅导员发现，送了我一顶旧蚊帐……"

说到这里，邬敬峰动了情，两眼涌起一层泪雾。

小李也有些感动，说："是这样啊。"

邬敬峰说："说真心话，坐上这车，我已经觉得蛮不错了。金都还很穷，全县财政收入只有几个亿，还不如沿海一个镇。听我话，你以后不要再埋怨，也不要再让我叫戴局换车……"

小李红了脸，说："邬县，我知道了。"

邬敬峰说："这样好，小李。你能这样做，我就没负担了。对你，我提出个希望，希望你拿出在部队的本事来，把车子保养好，到年底评比时，争取成为节油模范。"

小李说："邬县放心，我会这样做的。"

两人说着话，车子就出了山。邬敬峰看看表，距蓝雪晴发来短信的时间已超过一个多小时，遂拿起手机，把回信发了出去。

他伸开两腿，坐得更放松了些。他闭下眼，脑海里便浮起蓝雪晴那双黑漆般的眸子来。他想，收到自己短信后，她会有什么反应呢？

汽车不断颠簸，他睡意蒙眬地想起了在省城度过的岁月。无论在大学，还是在省规划厅工作，那日子过得有多滋润啊。在大学，每天了解的，都是世界上最新鲜的信息；在机关，每天处理的，都是省市最高端的事务；"谈笑皆鸿儒，往来无白丁"；工作累了，找同事吹吹牛；人困了，到茶歇室喝杯咖啡；下班回家，跟秦伊娜找个小馆子，好酒好菜放心叫；周末实在憋得慌，就邀上几个朋友去郊外野餐……到了金都县，这一切都没有了，有家难归、有妻难聚；尤其是晚上，孤灯独眠，长夜难耐……

手机又发出"叮当"一声，邬敬峰想，该是蓝雪晴回信了。打开一看，却是妻子秦伊娜的短信——

周末我想去看个新楼盘，你能回来一起去吗？天凉了，冷暖自知。工作不要太拼命，身体是你的，也是我的，知道吗？

邬敬峰笑笑，随即回道——

周末要与专家组一起接待省市领导，楼盘你去看吧。看中后告我。首付款我来。

半分钟后秦伊娜回道——

又有新收获了？

邬敬峰一笑，只回了一个字——

密。

小李在厢内后视镜瞥了一眼县长，发现邬敬峰玩着手机，一直面带笑容，不由得也跟着笑起来。

大雨如注，一时没有停歇的迹象。车进招待所一停下，小李就打开后备厢，取出两大袋东西。

邬敬峰问："又是什么东西？"

小李说："古山镇杨镇长送的，一袋老鳖螃蟹，一袋蜂蜜红枣。"

邬敬峰说："你拿回家去吧，我用不着。"

小李说："杨镇长说了给你的。"

邬敬峰说："让你拿回去你就拿回去。你爱人不是刚生孩子吗？这些东西给她补补，就说是我说的。"

说完他就上了楼。他想，趁蓝雪晴还没把药送来，自己得先洗个澡，还要刮个胡须……

没想到，刚跨进三楼门厅，就发现女医生已等在了那里。两人目光猛一相碰，还真吃了一惊。

蓝雪晴慌忙从沙发里站起来。

邬敬峰见状一笑，问："你等多久了？"

蓝雪晴有些局促，只拉开坤包，取出两板药片，说："这两种药，饭后各一粒……多喝开水。"

邬敬峰听出女子的嗓音有些虚，却又闻到了那股栀子花香味，便用宽厚的声气说："下这么大雨，还专门给我送药来，难为你了。"

蓝雪晴说声"应该的"，便拉上坤包："等会儿不要忘了吃药……我先走了。"

邬敬峰说："怎么走了呢？去我那里坐坐吧。"

蓝雪晴说："改日吧，今天你不舒服。"

邬敬峰说："没事，一会儿就好了。"

蓝雪晴一笑，还是有些拘谨。邬敬峰见她不再坚持，便引她走进长廊深处，掏出钥匙打开门。

光线有点暗，窗前有层薄薄的纱帘，看得见浓密的樟树叶在窗外摇曳；空气有些稠，不像是宾馆的空气，倒像是家居，满是水果的香味，那是茶几上的水果盘里发出的；房间很大、很静，窗外传来淅淅沥沥的雨声。

蓝雪晴站在门外，不敢看邬敬峰，身子似乎缩小了一圈。

邬敬峰看到了蓝雪晴不安的目光，那股栀子花香，又一次向他袭来。他拉起蓝雪晴的手，轻声说："进来。"

门一关，空气陡然有些燥热。邬敬峰把蓝雪晴的手拉得更紧。在门后并不宽阔的过道上，他俩都听到了对方的呼吸。蓝雪晴满脸通红，抬头看了他一眼。在邬敬峰看来，这一束目光纯真而灼热，有一种烈酒般的魅力。他果真像喝了酒一样，浑身毛孔瞬间炸开。

窗外雨势更大了，屋内反而愈加静谧。有一种腾云驾雾的感觉，沿着邬敬峰四肢升上脑际。忽然，他触着了她的前胸，说不清是柔软还是坚实，是温热还是滚烫，随即，一波大浪从空中抛下，让他踉跄了一下；一蓬烈火轰地燃起，兜头就把两人一起吞没了……

5

金都的油菜花，这些年来已成一景。

它比南方平原的油菜花更丰富、更有层次感。后者以量取胜，给人以壮阔之感；而金都油菜花以多彩取胜，层层叠叠、高高低低，比起平原来好看何止百倍。尤其站在金都峰巅，在饱含花香的山风里放眼远眺，那无数花田更如珠落玉盘，有临仙一比；若是夕阳西照，四下无人，风过叶动，泉流鸟鸣，那景致更会美到让人窒息。

此刻的邬敬峰，就在夕光下沉醉着。他让小李开车送到金都峰山腰凉亭，随即让他回去。他要在这里等个人——蓝雪晴。

欣赏油菜花，别人的心境都很快活；邬敬峰感到的，却是某种不安。

他为他哥担忧。"菜花旺，痴子忙"，这句谚语很灵验，在医学上也有统计理论作依据。从他哥的情况看，也有几次是在这个花季发病的。哥每次病发，都搞得家翻宅乱，令他痛苦不堪。

邬敬峰是大二那年，得知哥精神失常的。那年也是这时节，妈突然来电要他回去，说"你哥出事了"。他永远不会忘记那天见到哥的情景：他突然消瘦了许多，眼珠突出，脸色灰白，完全失去了以往的神采；弟兄相望第一眼，他就觉得哥的眼神跟陌路人一样。哥是由学校保卫处的人送回家的。这些人在登车回校时，悄悄跟妈介绍了哥的发病缘由。他们说，哥在学校跟一个女生恋爱，感情一直不错；可临近毕业时，女生突然跟着一个留学生去了法国，哥受不了这刺激，就投了河；幸亏晨跑同学发现，才把他救起来……

妈听着就落了泪，问那女生叫什么名字。保卫处的人不肯说。邬敬峰说，还问这干什么？其实，他知道那女生姓名，年前大学生联欢，哥给他介绍过，那女生很有特点，好像有点外国人血统……

一个女子走下公园班车，款款向凉亭走来。邬敬峰一望即知，是蓝雪晴。她远远朝他微笑。她的笑，每次都能给他新鲜的感觉。她步履轻盈，丝绸围巾一飘一飘的。邬敬峰迎着她走去，问："考得怎么样？"

蓝雪晴说："考完了，方医生说，我拿证没问题。"

邬敬峰道："这么说，你要回机关大院了？"

蓝雪晴说："是啊。怎么？不欢迎吗？"

邬敬峰笑笑，说："谁说不欢迎？"

蓝雪晴环视一下漫山遍野的菜花，说："在精神病院呆了那么长时间，总算有个头了！那地方，学到东西虽不少，但精神毕竟太紧张。昨天，又有医生被打了……"

邬敬峰紧张地说："我哥情况怎么样？"

蓝雪晴说："他挺好，你放心。"她说着掏出一张纸，"这是他让我带给你的书单。"

邬敬峰问："他的书又读完了？"

蓝雪晴说："他又订了个新计划，一周要读20万字。"

邬敬峰一扫纸条，上面写了十来个书名，排在前面的是：《古文中的虚词》《庄子点评》《与青少年谈心理》《书法艺术二十讲》。

他问："他不看小说了？"

蓝雪晴说："不看了。上周还让我去买笔墨，练起书法来了。"

邬敬峰想起哥那手字，问："写得怎么样？"

蓝雪晴说："我不懂书法，方医生懂。他说你哥写得好。医生病人都问他要字呢。"

邬敬峰说："他得意吧？"

蓝雪晴说："那当然。"

邬敬峰说："他高兴就好，我就担心他在这季节发病。"

蓝雪晴说："没事，他很稳定。"

邬敬峰说："书单里好几本书都跟教育有关。他是不是想回学校教书了？"

蓝雪晴说："有这回事，他提过几次。"

邬敬峰说："这是不是说明他恢复得不错？"

蓝雪晴说："方医生也这么看。不过我们不敢掉以轻心。"

邬敬峰问："为什么？"

蓝雪晴说："像他这类病人，都特别敏感。万一不慎，受了什么刺激，就可能再次发病。"

邬敬峰说："真该感谢你和方医生。我哥怎么发病的，你知道吗？"

蓝雪晴说："方医生跟我说过。"

邬敬峰说："你现在该明白了，为什么我哥特别喜欢女医生。"

蓝雪晴说："男病人都喜欢女医生。"

邬敬峰说："我哥情况更特殊。有件事情，你可能不知道——"

蓝雪晴问："什么事情？"

邬敬峰说："你跟我哥的女朋友长得很像。"

蓝雪晴说："是吗？"

邬敬峰说："我估计我哥看到你，就会想起他的女朋友。他不会是有某种幻觉吧？"

蓝雪晴说："有这可能。"

邬敬峰问："这在医学上怎么分析？是好事还是坏事？"

蓝雪晴说："因幻想而拥有好心情，可以说是好事；可要是幻想破灭，那就可能是灾难。"

邬敬峰看着远山，陷入沉默。

蓝雪晴说："我知道你现在想的是什么。你是不是担心我离开金都分院，你哥会受到刺激？"

邬敬峰没吱声，心里却想，这女子真是冰雪聪明。

蓝雪晴迟疑片刻，说："要不要我在那里再待一段时间？"

邬敬峰说："你……"

蓝雪晴说："没事，只要能让你哥的情况稳定下来就好。"

邬敬峰心里一热，又把她的手紧紧捏在了自己手里。

夕阳渐渐落入山后。天光中，青白色的成分少了，余晖渐渐布满西天。沿着山谷远望天际，晚霞悠闲飘散，像撒落一地的金边碎片。飞鸟掠过山林，带来一天里最后的生气。

邬敬峰说："其实，你也不用一直呆在那里，可以两边跑跑。"

蓝雪晴说："行，我就两边兼顾吧，一边把你哥照顾好，一边把医务室活干好。县府办黎主任还在金都分院呢，我两边跑也有理由。"

邬敬峰说："那你会很辛苦。"

蓝雪晴轻声说："为了你，我愿意。"

邬敬峰热热地看了她一眼，举起她的手吻了一下。继而，他一直牵着她的手，沿着凉亭，走了一圈又一圈。她开始紧靠他，最后把头靠在他肩上头，目光投向山下，落在漫山遍野的油菜花间。

一辆小轿车在盘山公路上疾驶，金晖笼罩着，车体发出异样的反光。天宽地远，花海在落霞夕光衬映下，显出惊人的绚烂。小车如一片树叶，飘行在梦幻般的暮霭中。

邬敬峰突然问："你会开车吗？"

蓝雪晴说："会啊。"

邬敬峰说："我给你买辆车吧。"

蓝雪晴说："不用你买。我有钱，我自己买。"

邬敬峰说："你那点钱还是存着吧。这次你是为照顾我哥才买的车，理应我来出钱。"

蓝雪晴说："你工资比我高不了多少吧？再说，你还有家小……"

邬敬峰竖起一根食指，阻止她再说下去。

6

蓝雪晴开着崭亮的"蓝鸟"轿车，穿行在山间公路，享受着满山桂香。

从春到秋，她的车已开过了一万公里。粗算一下，她每天往返县城和金都分院之间，路程足有一百多公里。不过还好，这车的所有开销——油费啊，保险啊，养路费啊——邬敬峰都给解决了。开得放松、开得愉快、开得安全，这是邬敬峰对她开车的唯一要求，至于其他，他说了，不用她操心。

蓝雪晴打开车窗，听凭桂香鼓满车厢。她跟着碟片轻轻歌唱。快到沐溪镇时，音乐戛然而止，"蓝牙"电话却响起来。"蓝牙"是她喜欢这车的原因之一，她对邬敬峰说过，有了"蓝牙"，他俩什么时候都可以通话。

　　可电话不是邬敬峰打来，而是戴局打来的。戴局问她在哪，她说在路上；戴局问她现在说话方便吗，她说可以呀；戴局说，你回大院来找我一下，我有要紧事找你；她说好啊，我争取半小时就到您的办公室。

　　驶过沐溪镇，她接通了邬敬峰。

　　她问邬县你现在哪，邬说在路上。她就说了戴局来电的事，问，你估计是好事还是坏事？邬说，你安分守己的，能有什么坏事啊？蓝雪晴说，会不会医务室的人嘴又贱了？我就怕她们在外面乱说我们的事。邬说，怕什么，不是有我在嘛。

　　20分钟后，蓝雪晴就出现了在戴局面前。戴局让她坐下，还给她泡了一杯"金都云雾青"，问："刚从金都分院回来？"

　　蓝雪晴说："是啊，丁院长已经答应，星期五就来我们这里做讲座。他是国内著名的精神病学专家。"

　　戴局说："太好了。讲座题目定了么？"

　　蓝雪晴说："定了。就按您的意思办——《树立正确世界观，终身保持精神健康》。"

　　戴局说："好好，这个题目好，符合大院实际需要。"

　　过了一会儿，戴局又问："黎主任情况怎么样？孟书记关心着呢。"

　　蓝雪晴说："他的病说控制吧，是控制着，但情况不稳定，最近还发了一次。"

　　戴局连说："糟糕，糟糕。"

　　蓝雪晴说："县里任命新的县府办主任，把他给刺激了，他知道后几夜没睡着，接着就发了一次。"

　　戴局说："也真是的，这事怎么会让他知道呢？"

　　蓝雪晴说："也不知是家属告诉的呢，还是大院里的人探望时漏出来的。之前他还跟我说呢，我已经好了，要回大院工作了。"

　　戴局说："可这一来，他回来的事情就更加渺茫了。"

蓝雪晴说："是啊。"

戴局说："要命啊，真是要命啊。"又叹息一阵，才说："小蓝，今天找你来，是有件事……"

蓝雪晴腰一直，问："什么事？"

戴局说："你们医务室秦主任，年龄偏大了，从年轻化专业化出发，我们准备让她去二线。"

蓝雪晴听着，心怦怦跳起来。

戴局继续说："小蓝你呢，最近几年，各方面进步都很大，特别是到金都分院进修后，对大院干部的精神卫生，做了很多开创性的工作，这在各县都是超前的。你在那里还拿了证。我们考虑，想给你压一点担子……"

蓝雪晴听出了名堂，两手紧握着，满是手汗。

戴局说："局班子讨论了，准备让你担任医务室主任。"

蓝雪晴红着脸，说："戴局，您看我这么年轻；医务室里，又都是有经验的同志……"

戴局说："这个你不要考虑。我知道医务室有个别同志，自由主义严重。女同志么，器量小一点可以，但要是她们做过头了，我老戴是要严肃处理的！"

蓝雪晴说："其实她们倒也没什么……"

戴局说："至于你呢，身正不怕影子歪。今天叫你来呢，主要是让你有个思想准备；大院里呢，还要公示一下。你本人知道就是了，外面先不说。"

蓝雪晴只是点头，很听话的样子。

又说了一会儿别的，戴局便站起来送蓝雪晴。走到办公室门口，戴局忽然站住，轻声问："顺便再问你个事——"

蓝雪晴问："什么事？"

戴局说："你跟邬县是怎么认识的？"

蓝雪晴脸色一紧，似乎有些尴尬，随即却笑出声来，说："这事情，大院里谁也不知道……"

戴局显然很有兴趣，问："什么事情？"

蓝雪晴说："邬县是我的亲戚。"

戴局问："是吗？你们是什么样的亲戚呢？"

蓝雪晴说："她的母亲，是我妈的表姐。"

戴局喃喃道："他的母亲，是你妈的表姐……这亲戚不算远啊。"

蓝雪晴说："是啊，可我们两家平时不来往，也许老一辈有来往。"

戴局说："可是这一来，你们的亲戚关系就续上了。"

蓝雪晴说："不过邬县说，要我在外面不要说。说这事传开了，影响不好。"

戴局连连点头，说："邬县这个人，政治上很强。家风党风，都很讲分寸。这个好，这个好。"

在走廊里，他们握了手，这么熟悉的上下级，在这机关大楼里握手，是难得看见的。

7

这天傍晚，蓝雪晴换了衣服，步行去"老地方"。

"老地方"，是县城老街的"水上春"酒店。"水上春"是老饭店，主打河鲜。这半年多来，邬敬峰听了蓝雪晴劝导，也喜欢上了河鲜。蓝雪晴说，按照营养学分析，所有荤菜中，河鲜脂肪量最低、营养价值最高。邬敬峰为此常来这里喝鱼汤。是鱼汤，不是鱼头汤。除此之外，他还听了蓝雪晴的话，练上了慢跑，健康状况明显进步。那天他拿到《体检报告》，看着一个个"正常"的印章，越来越掂出了蓝雪晴的分量：她不单是哥的特别护理，也是他自己的私人医生……

邬敬峰订了一间临湖包房。蓝雪晴一踏进门，邬敬峰就问："跟戴局谈得怎么样？"

蓝雪晴反问："你不知道吗？"

邬敬峰说："我怎么会知道呢？"

蓝雪晴就把戴局要她当医务室主任的事说了一遍。

邬敬峰说："好好，蓝医生升官了，今天我们庆祝一下！"

说着，邬敬峰就跟服务员要了"金都特曲"，亲手斟满，举到蓝雪晴面前，说："干了！"

邬敬峰一干而尽，蓝雪晴也跟着喝了。一会儿，她两颊升起一片酡红。

她说："我还以为这件事，你跟戴局打了招呼呢。"

邬敬峰说："怎么会呢？如果打了招呼，这主任当得还有什么意思？"

蓝雪晴说声"倒也是"。不过这时，她看到了邬敬峰嘴角这里，有着一丝意味深长的微笑。她忽而觉得他城府很深，他是分管机关事务的副县长，机关医务室主任的更换和任命，戴局不可能不上报、不请示，他怎么可能不知道呢？

但她没顺着这话题继续说下去，而是跟邬敬峰说了"亲戚"的事，她说，戴局听她说了这件事，眼神一愣一愣的。

邬敬峰笑出声来，说："你看我这谎编得有点意思吧？连戴局也信了。我们就这样忽悠下去，让众人搞不清我们究竟是什么关系。"

蓝雪晴说："你鬼点子真多。"

邬敬峰说："谁让我现在才遇上你呢？要是我是单身汉，对外宣布跟你同居，又怕什么？"

蓝雪晴说："不是单身汉，也可以宣布啊。"

邬敬峰说："那我可不敢。"

蓝雪晴说："你不敢，我敢。"

邬敬峰说："我相信你敢。"

蓝雪晴说："在我眼里，你就是单身汉。"

邬敬峰说："可事实上我有妻有女。"

蓝雪晴说："我没见过，那就是没有。"

邬敬峰说："你还说你不懂阿Q呢，你就是阿Q。"

蓝雪晴说："是就是吧，我不在乎。只要能跟你在一起，我什么都不在乎。"

邬敬峰说："有时候，我真想让你见见我妻子……"

蓝雪晴说："我不要见。"

邬敬峰说："女儿呢？"

蓝雪晴说："也不要见。"

邬敬峰说："那我给你看她们的照片……"

蓝雪晴说："也不要看。"

邬敬峰说："你是鸵鸟啊。"

蓝雪晴说："鸵鸟就鸵鸟。"

邬敬峰说："可你将来呢？30岁、40岁以后呢？你还这样吗？"

蓝雪晴说："我不管。我只管眼前。"

邬敬峰说："可要是我以后对你不好了呢？"

蓝雪晴说："那就分手，平平静静地分手，和和气气地分手。"

说完，蓝雪晴眼圈突然红了，说："你不会对我不好。是吗？"

邬敬峰伸出手，在桌上跟蓝雪晴十指相扣。他抽一抽鼻翼，觉得酒香之外，另有一股幽静的栀子花香，正朝他扑面而来。他微有些醉意，说："你啊，真是个小孩子。你真的不为你将来考虑吗？"

蓝雪晴说："为将来考虑又怎样？难道为了将来，连眼前的享受都不敢接受了吗？"

邬敬峰一笑，说："我说不过你。你比我聪明。"

蓝雪晴说："我说不上聪明，但我真心对你好。我是你哥幻想中的情人，又是你真实的情人。如果不是掏心掏肺，我会这样吗？"

邬敬峰的心痛了一下，赶紧举起杯子，说："喝酒吧，喝酒吧。"

蓝雪晴把邬敬峰的杯子夺过来，轻声说："不喝了，今天不喝了。"

邬敬峰问："为什么？"

蓝雪晴轻声说："要是等会儿回招待所，我给你生个傻孩子，看你今后怎么办。"

邬敬峰笑起来，说："我还没告诉你呢，今晚我们不回招待所去了。"

蓝雪晴说："那……"

邬敬峰说："告诉你一个好消息，我在雪庄小区买了一套房。"

蓝雪晴说："高档小区啊。"

邬敬峰说："专门给你买的，家具都配好了。"

蓝雪晴说："给我买的？"

邬敬峰说："不给你买给谁买？房产证上都是你的名字。"

蓝雪晴说："你妻子知道了，不跟你拼命啊？"

邬敬峰说："怎么了，不是说好不提她吗？"

出乎邬敬峰意料的是，蓝雪晴并没他预想的那么兴奋。她看着他，沉着地说："这事你应该先跟我商量一下。"

邬敬峰说："怎么，你不高兴？"

蓝雪晴说："我不需要这房。"

邬敬峰说："为什么？"

蓝雪晴说："如果跟你成家，我会要……"

邬敬峰一下子严厉起来，问："你是在逼我娶你？"

蓝雪晴说："我没这个意思。你在这个位子上，我知道你有难处，我们这样处着，我已经很满足了。"

邬敬峰的脸色这才缓和下来。在他看来，蓝雪晴聪明就聪明在这儿，他放心也就放心在这儿。

他想了想，叫来服务员，让他把鱼汤端出去热一热，再上两碗生鱼粥。然后，他坐定身子，看着蓝雪晴，说："可这房我已经买了，你名字也上了，你让我怎么办？你究竟觉得这有什么不好呢？"

蓝雪晴说："感觉不好。"

邬敬峰说："怎么感觉不好了？"

蓝雪晴说："好像我是为了房子才跟你一起的。"

邬敬峰说："你就那么看重感觉吗？"

蓝雪晴说："难道你不看重吗？人活在世上，不就是要一个感觉吗？"

邬敬峰一时说不出话来。

又喝了两口闷酒。服务员敲门，说汤热好了。小伙子把砂锅放在桌子中央，一掀锅盖，一蓬热气蒸腾而起。

邬敬峰说："我尊重你的想法。既然你认为感觉不好，那我明天就去改名。"

蓝雪晴说："好。"

邬敬峰道："话又说回来，改了名，你感觉就好了？"

蓝雪晴不说话，只看着他，点点头，说："把名改了，对我有好处，对你也有好处。"

邬敬峰觉得，此刻的蓝雪晴有一种别样的姿色，令他顿生怜爱。他拿出一串钥匙，从中脱下一枚，递到她手中，说："这是房门钥匙。9号楼302。以后，我们就住那儿了。"

蓝雪晴问："招待所房间还留着吗？"

邬敬峰说："留着吧，那是县里安排的，退了，反而惹眼。"

蓝雪晴还想问些什么，却终于没问出来。

8

又梦见你，昨晚。你比任何时候都有光彩。

自从你来到我身边，我的心就复苏了。

我永远也不会忘记你在我耳边的低语，

也永远不会忘记你给我留下的体温。

…………

一个周末的傍晚，邬敬峰在"蓝鸟"车厢里看到了一封信。

他是来车里寻手机时发现这信的。他捧着信，在车里独坐了很久。信上是哥漂亮的钢笔字。

回到302室，他满脸阴沉，如同雷暴前的天色。

蓝雪晴问："怎么了，不舒服吗？"

邬敬峰把信放在桌上，一言不发。蓝雪晴朝那信纸扫了一眼，什么都明白了。

邬敬峰大声说："你知道这是什么吗？简直叫我说不出口！"

蓝雪晴毫不示弱地反击："你胡诌什么啊，邬敬峰！"

这也是她第一次直呼他名字。

邬敬峰说："你看看信，读读这些文字！"

蓝雪晴说："信怎么了，文字又怎么了？"

邬敬峰说："你和我哥到底发生了什么，你能说说吗？"

蓝雪晴说："看你都想了些什么，邬博士。你还声称最了解我。请你仔细想想，我是那种人吗？"

邬敬峰把信往桌上猛拍一掌，说："那你怎么解释这些呢？"

蓝雪晴说："不要说我是医生，就算是个普通的女人，这些起码的妇德我还是有的。"

邬敬峰摇头不止，一脸的痛苦。

蓝雪晴说："你哥这封信，我早就想给你看了，可我一时又不敢拿出来，怕你产生误会。"

邬敬峰说："这是误会吗？"

蓝雪晴说："我想拿这封信跟你说说你哥的病情。他写了这么多，其实只是一种幻想而已。这是他的典型病症。如果不是你委托我照顾他，我早就离开那里了。可我又不能那样做。我担心我一走了之，你哥的病情会发生反复。我总是这样说服自己，精神病人有权拥有幻想，可精神病医生无权打碎他的幻想。"

邬敬峰抓过信纸，哗哗撕了个粉碎。

厨房里传来响声，那是米粥潽了。蓝雪晴赶紧奔去，关火苗、掀盖子、擦灶具，一时手忙脚乱。粥汤的气味在屋子里弥散开来。那是大米的香味、家的香味。闻着这香味，邬敬峰的心一下子软了。

蓝雪晴把饭菜端上桌，一边布下碗筷，一边说："你给句话吧，要不要我离开金都分院？你说离开，我明天就不去了。"

邬敬峰叹了一口气。

在他们的蜜月里，插入了一个忏悔的夜，一个燃烧的夜。

一方背负着愧疚和自责，一方浸透了委屈与痛苦。语言成为多余，黑暗却成了屏障。两人在火热的沉默中，最终把火热的身体交给了对方……

9

邬敬峰接到县里来电，正是工地上最紧张的时刻。

来电要他马上回县城开会。那时，他已在银陵湖工地上住了好几天。因为施工中意外出现塌方，他扑在现场指挥抢险，两天一夜没合眼，嘴唇上烧起了两个大泡。他拿着手机说话时，张口都痛。

电话是县府办刘主任打来的，说下午有个紧急会议，请邬县马上赶回来参加一下。

邬敬峰说："请个假行不行？现在工地上险情还没排除呢。"

刘主任说："不行啊邬县，让你回来开会是孟书记的指示。他也知道你工地上有情况，已经让建委徐主任赶过来顶您了。"

邬敬峰问："会议是什么内容，能大致说下吗？"

刘主任说："是个范围很小的会，具体什么内容，孟书记没让说。"

邬敬峰哦了声，说："那我马上回来。"

事出仓促，加上没有准备更换的衣服，邬敬峰拎个包就上了车。他那身夹克衫皱巴巴的，有的地方还沾着泥浆。他想，就这样让孟书记和其他领导见见也好，我就是从工地上下来的，并不是故意作秀；还有嘴上这两个燎泡，也不是作秀作得了的。

上了车，他沉沉睡了一觉。醒来时，车已经开到县府大院那棵千年古树旁边。不知怎的，他突然发现，那树冠变得越来越黑，有点像铁，硬硬的，给人一种高古冷峻的感觉。一只蓝鸟，这时又在树杈上对着他鸣叫，不知道是不是以前经常看到的那一只。他下意识地打开车窗，让鸟鸣声听来更清晰，也让院里的清风一齐灌入车厢。在细碎的蓝鸟鸣声中，他忽然想起，这不会是一种什么预兆吧？刘主任说的"很小范围"是什么意思。在大院里，说"小范围"，其保密性已经很强了；"很小范围"，那级别就更高了。他于是想到，孟书记最近一直在各种场合表扬他，说他立足基层，心无旁骛，工作绩效很突出；又说他发挥博士的优势，分管工作体现了很高的科技含量。大院里还盛传，说县长齐一葵可能要去省里担任农委副主任，空出来的县长位子，会不会……

想到这里，邬敬峰不禁摇头笑了，心里说：邬敬峰啊邬敬峰，你跟你哥一个样，其实都有幻想症。微笑时，他又朝那只蓝鸟看了一眼，心里浮起一句话：你会给我带来什么？

车进大院，刘主任早在传达室等候了。他拉开车门，见了邬敬峰就大吃一惊，问："邬县，你这是怎么了？"

邬敬峰捂着嘴上两个燎泡，摇头说："不说了，这工程把人弄得。"

刘主任赶紧说："请邬县直接去后楼小会议室。"

一听后楼小会议室，邬敬峰顿感事情重大。到金都后，大小会议开了何止上百，可直接进后楼小会议室开会，却还是第一次。后楼小会议室，其实不是开会的场所，而是贵宾接待室。比如说，去年有位国务院领导来视察，县里就是用它来接待的。他想，搞成这么个架势，是不是上面来人了？莫非升任县长要走什么程序，还需要孟书记陪着上面人来找他谈话？

他就揣着这样的念想，走进小会议室。如他所愿，上面还真是来了人，而且来人他还认识，正是他的老领导——省规划厅原厅长吴琦。

他疾步上前，握住老厅长的手，说："吴厅，是您啊！"

吴厅长看着他嘴上两个燎泡，说："小邬，你这是怎么弄的？"

邬敬峰就说："你不知道吴厅，到金都后，我就几乎没睡过一个囫囵觉；一个月里，总有二十来天在基层。那些项目也真是，规划是我弄的，工程指挥也归我，连现场的项目经理也是我——有什么法子！"

吴厅长上下打量邬敬峰，见他衣服上的土浆、鞋子上的灰尘泥迹，不住地点头，十分感慨的样子。

邬敬峰问："听厅里同事说，我走后没几个月，您就退了？"

他把那个"退"字说得很轻，仿佛这是个见不得人的字眼。

吴厅长说："是啊，我退了，接我的是高厅长，你认识的。"

邬敬峰说："认识认识，他原先分管政策研究和城市规划。"

刘主任让女服务员倒了茶，又跟吴厅长打个招呼，跟邬敬峰点点头，回身带上门走了。屋里就只剩下吴厅长、邬敬峰和另一个男子。

邬敬峰就问："这位是——"

吴厅长说："哦，介绍一下，这位是巡视组副组长，丁思年同志。"

邬敬峰嘀咕道："巡视组？"

吴厅长说："这段时间你一直在下面忙，有些情况不了解。最近，省纪委向全省28个县市派出了巡视组，由部分退下来的正厅干部任组长。我和小丁呢，正好被派到了金都县。"

邬敬峰眼底闪过一道虚光，趁着喝茶，他低下眉，让自己的心思镇定了一下。他想，原来这个会，不是组织部领导来找自己谈，而是巡视组来了人，这是怎么回事？

他看了眼丁副组长，说："好，那好……欢迎你们，欢迎你们！是在招待所住，还是……"

丁副组长说："这次省纪委定了，各巡视组一律不得在政府招待所吃住，要在商业宾馆住下，费用由省纪委统一支付。"

邬敬峰哦了声，说："这样好，这样好。"

吴厅长说："其他事以后再聊吧，现在我们谈工作。小邬，不瞒你说，我们到金都县以后，开了几个干部群众座谈会，听到一些反映。其中，有不少是关于你的。"

邬敬峰一惊："关于我的？"

吴厅长说："是的。我们跟县委商量了一下，决定今天找你谈一次，主要是想核实些情况，希望你配合，实事求是地把问题说清楚。"

邬敬峰发现，吴厅长说话时，丁副组长拔去笔帽，在一刀报告纸上写起了什么。他的心怦怦跳起来。他发觉吴厅长今天说的话，话味跟过去有些不一样。她使用的是一个陌生的话语系统，这个系统像是人事部门的，又像是公安部门的，总之，听上去有些陌生，有些隔膜，更有些冷峻。

吴厅长说："第一件事，有群众反映，说你在主持独龙山景区和银陵湖度假区规划工作期间，曾经收取过不当报酬？"

邬敬峰心一沉，立马想起宁家俭给他的课题费来。但同时，宁教授的那些话也在他脑子里一道泛出来。他毫不犹豫应道："没这回事。"

吴厅长问："真的没有？"

邬敬峰说："没有。"

吴厅长跟丁副组长对望一眼，说："没有就好。那我们说第二件事。群众反映说，你在百得利房产公司买了一套房，价钱低得难以置信，等于房产商白送了你半套房。有没有这件事？"

邬敬峰心又一沉，想，这是怎么弄的啊？这两件事，没几人晓得啊，"群众"又是怎么知道的呢？他胸腔里顿时泛起一股恶气，想，这金都县真是个穷县，地方是穷山恶水，人也是无耻小人，自己工作这么辛苦不向巡视组反映，这么点子小事，倒全反映了！

他冷笑一声，说："吴厅，这话你们也信吗？"

吴厅长问："这么说，这件事也不存在？"

邬敬峰说："不存在，完全不存在！我因为考虑到要在这里长期工作下去，不能一直住在招待所，所以买了一套房。那是办了正常购房手续的，价格也是正常的。"

吴厅长又跟丁副组长对视了一下，说："那我们说第三件。"

邬敬峰想，怎么，还有第三件？没完没了了？

刚刚还笑着的邬敬峰，一下子沉下脸，有一束很冷很尖利的目光，射向吴厅长，也射向丁副组长。

吴厅长说："群众反映，你跟一位女性关系不正常；有人还反映，你跟她长期同居在雪庄小区里？"

邬敬峰听见自己的心发出一声碎裂的声音，丹田这里似乎被什么猛捅了一下。他定一定神，一时没有说话。

吴厅长说："这事也没有吗？"

邬敬峰听出厅长口吻中反讽的意味，说："我知道他们反映的女性是谁。不过要澄清的是，他们误会了。我跟这位女同志就是一般上下级关系，没有他们所说的那种关系。"

小会议室有一刻短暂的沉寂。窗外杂树枝头，有一只鸟一边跳着，一边叫出琐屑而悦耳的声音。邬敬峰一看，正是那蓝鸟。他不知道窗外这只蓝鸟，是不是就是栖息在古树上的那只，但他觉得，这鸣叫声非常耳熟，有一种突然而至的亲近感。这不由得使他想起跟蓝雪晴在大院里的那次邂近。那个清晨，他就是在蓝鸟的叫声中跟她握手的。看来，现在她也被牵连了……

吴厅长说："今天我们找你谈了三件事，你都否认了。这个结果，并不出乎我的意料。这段时间你忙，有些事可能已经淡忘了。这不要紧。我们给你两天时间，你再仔细回忆回忆。如果回忆后觉得有些情况需要向我们作进一步说明，可以随时给我，或者给小丁打电话。我们手机24小时都开着。"

丁副组长等吴厅长说完，便向邬敬峰递来一张小纸条，上面写着两个手机号。邬敬峰接了，折成纸块，随手放进衣袋。

"谢谢吴厅，谢谢丁组长。"他说，"刚才你们的话，我都记住了。我回到工地，一边工作一面回忆，有什么情况，立即向你们汇报。"

吴厅长望了望副手，说："小丁，你说说吧。"

丁副组长说："好，我补充一点。这两天，邬县你就不要去工地了……"

邬敬峰急了，打断说："这不行啊，我是工程总指挥，给县里立了军令状的。这两天工地出了情况，刚接到县府办通知时，我还在现场抢险……"

丁副组长说："这些情况我们都知道。巡视组在找你谈话之前，已经跟县委领导充分交换了意见。现在我正式向你传达这个决定，你不要去工地了，那里的工作已经有人接替了。"

邬敬峰张着嘴，一时无话以继。

丁副组长说："我们建议，这两天你就住在招待所，把吴厅长刚才说的几件事，一件件地好好回忆一下。"

邬敬峰说："我回家去拿点东西可以吗？"

丁副组长说："没问题。我们只是希望你，相对固定，住在招待所里。"

邬敬峰这时才掂出问题的严重性。他说："那我就先回去一趟，拿些书报和换洗衣物。"

丁副组长说："邬敬峰同志，希望你配合我们工作，这两天不要跟有关人员联系，包括见面、打电话、发短信。"

邬敬峰想，情况清楚了，这个规定即使不算"两规"，也该算是停职反省了。看来，大祸临头，躲也躲不了了。想到这里，他心里顿时一片灰暗。他真想猛吼一声，把五脏六腑都吼出来。

丁副组长说："邬敬峰同志，我想最后再给你定一个明确的时间概念：48小时内，如果你把问题跟组织上说清楚，我们会把这个定为主动交代；如果你错失了这个时间段，那就可能有些麻烦。"

吴厅长说："小邬，这不是最后通牒，更不是什么逼供信。48小时，时间是足够的，在这段时间里，组织上还是等着你。"

邬敬峰把"48小时"在舌尖上盘了很久，最后回了一句："我知道了。"

吴厅长说："那就谈到这儿吧？"

丁副组长点点头。

吴厅长说："你可以走了，小邬。"

出乎他意料的是，吴厅长说完这句话，竟然站起来，还像过去那样，向他伸出了右手。他感到突然，感到惊讶，甚至还感到，有一点受宠若惊。他伸出两手，把吴厅长的手握住。这时他蓦地发现，吴厅长的脸色极其冷峻，而瞳仁深处，却有一星亮光，焦急、闪烁、温暖，就像亮在山顶的一柄火把，远远地发出无声的呼唤……

10

邬敬峰走出小楼，满院阳光刺痛了他的双眼。

大院整洁而宁静。虽已入夏，天气却还停留在春季，山里来的西南风，温暖湿润。满地的三色堇开得正好，虽是草本小花，但生机勃勃，把整个院子装点得明亮多姿。三四个绿化工正在浇水，见邬敬峰走过，都起身含着敬意招呼："邬县长。"

邬敬峰微笑着还礼，心里却想，才一个小时，世界已彻底变了！这些员工今天还叫他县长，可自己也不知这县长还能不能再当下去；以后若离开这里，不知这些员工背后会发出怎样的感慨……

走出几十步，他想回头看看小楼那里有没有跟踪自己的眼睛。又一想，这样不好，遂抬了头继续往前走。这时，那块老石碑又映入他的眼帘，两个斑驳的汉字——"县界"，叠映着蓝雪晴的身姿，一齐浮在他面前。

一阵栀子花的清香，神奇地飘然而至。邬敬峰忽然想到，这里正是他跟蓝雪晴在大院第一次相遇的地方。

蓝鸟的叫声又响起来。邬敬峰迟疑了一下。他想安下神来，心底却觉得有个黑洞，无数东西正在坠落……他漫无目的地走着，内心充满了伤感。他想，自己花了无数代价才换来的前程，难道就此终止了？

小礼堂到了。他想起当初孟书记在这儿宣布他任命的情景，心里又划过一阵锐痛。他想：事情还不至于这个地步吧？他急着要证实一下。

他走出大院，来到老街尽头，看看四下无人，便闪身走进电话亭。他想事到如今，唯一安全的就是公用电话了。

他逼着自己镇定下来，拨了两个手机号，一个是给宁家俭的，另一个是给百得利房产公司老总于天胜的。可两个电话的回音，都是一个标准女声——

"你拨打的号码已关机，请稍后再拨。"

他的心一下子变得冰凉。有几分钟时间，他两腿发软，像踩着工地上塌方的泥浆。

他走出电话亭，另选一条小路踅进雪庄小区。他远远看到了自家阳台，上面栽满了盆花——月季、芍药、金盏菊、虞美人、含笑……蓝雪晴喜欢种花，鲜花齐放的阳台，洋溢着欧美人家的风韵。他特别喜欢她种的"含笑"，一看到它，就能想见她的笑容……

他打开房门，吃了一惊：蓝雪晴已在屋里。平日这个时候，她不是在金都分院，就是在医务室工作。

"你今天没上班？"他问。

"出事了是不是？"她反问。

"你怎么知道的？"

"他们找我谈过了。"

"谁？"

"省里巡视组。"

"他们跟你谈了些什么？"

"他们问我：那辆轿车是什么时候买的？钱是谁付的？"

"你怎么回答？"

"我说我不知道。"

"还问了什么？"

"这房子是什么时候买的？钱是谁付的？付了多少？"

"你怎么回答？"

"我也说不知道。"

"还问了什么？"

"还问：你们是什么时候认识的？是怎么认识的？。"

"你怎么说？"

"我照实说了。"

邬敬峰唔了声，跌坐在沙发里。

房间里一片死静。只有屋角的金鱼缸，发出轻微的冒泡声。蓝雪晴呆呆站着，两眼噙满泪水。

邬敬峰说："巡视组也找我谈了。"

蓝雪晴问："谈了什么事？"

"说我收了不当报酬。"

"你收了吗？"

"宁家俭给过我两笔钱，一共45万，说是课题费。"

"还有吗？"

"还有就是这房子的事。"

"这房子究竟是怎么回事？"

"百得利老总开发雪庄小区，申请修改容积率，我就给他批了。他问，邬县你要不要买房？我想了一下，就说买一套吧。他就打折卖给了我。"

"打了多少折？"

"3折。说白了，50万的房价，卖给我是15万。"

"还有呢？"

"还有就是我俩的事。"

…………

蓝雪晴抬头看水晶吊灯。这跟她当初在大院仰望古树蓝鸟几乎是同一种姿势。可邬敬峰发现，她已然失去当时光彩。此刻，她脸色灰白，像一下苍老了许多。

"他们要我待在招待所，不让我跟外界联络。"

"你是不是被'两规'了？"

"不。'两规'是要正式宣布的。"

"那为什么要限制你呢？"

"要我把事情说清楚么。他们说了，48小时内，如果把事情说清楚，就算是我主动交代。"

"你说得清楚吗？"

"说得清楚。"

"那就赶快说清楚吧。"

"我就是担心……"

"担心什么？"

"我自己毁了不算，把你也连累了。"

"还说这些干什么。只要你好好的，我死也不要紧。"

"不行。我们都要好好活着。"

"你放心，我陪你。你当副县长，我陪你；你坐班房，我也陪你。"

"还有我哥……"

"你也放心，我会照顾好他。"

邬敬峰忍着泪，拉起蓝雪晴的手，说："对不起了。"

蓝雪晴说："不说这些了。你还是多想想，下一步该怎么办。"

邬敬峰说："晚上再细想吧。现在我得拿点东西。"

蓝雪晴赶紧转身，进房间为邬敬峰整理衣物。这一走，有生离死别的意思，邬敬峰不由得悲从中来，一下子从背后抱住了蓝雪晴……

11

太阳快下山时，邬敬峰背着个旅行包走下楼。一个邻居见了问："邬县长出差去？"他笑笑，支吾着打了招呼。还没走出小区大门，却劈面遇见了吴厅长。

他惊问："吴厅，您怎么在这里？"

吴厅长说："有个老同学住在这小区。他在电视上看到我来金都县，让我去他家看看。"

邬敬峰指着9号楼，说："我就住在那楼上。要不您上去坐会儿？"

吴厅长说："改日吧。你这是去哪里？"

邬敬峰说："去招待所。"

吴厅长唔了声，说："下午有些话，我还没来得及跟你说完。"

邬敬峰说："是吗……"

吴厅长微微闭下眼，一时没说什么。邬敬峰又不便催，只得看着晚风中，吴厅长微微飘动的白发。

吴厅长沉默片刻，又吁口气，说："到了金都，听到有人反映你那些事，我一点也没有思想准备，心里不好受……"

邬敬峰无言以对，默默看着老厅长。

吴厅长说："不瞒你说，我已经好几个晚上没睡着了。你是我们厅最优秀的年轻干部，我们都相信你会在金都干出成绩来……"

说到这里，吴厅长眼圈红了。邬敬峰第一次看到老厅长这样。在他眼里，吴厅长是老革命，当过好几届省委委员，在厅里大小干部面前，她永远那么坚毅、那么沉稳。

吴厅长定定神，又说："不过，细细想来，你发生这些事，我也有责任……"

邬敬峰心一酸，说："这是怎么说的？您一直关心我，是我自己不争气，给您抹了黑。"

吴厅长说："你听我说，我这说的不是虚话。当初调动工作，是我找你谈话，你接受了我的意见，才调离省规划厅的。你离开之后，我心里一直不安。毕竟你家在省城，妻儿老小都离不开你。你的工作安排，我真的觉得，厅里可以考虑得更细一点。"

邬敬峰说："吴厅，不说这些了……"

吴厅长摆摆手，继续说："真心说一句，你走到这一步，我是有责任的。如果当初厅里安排得周全些，你可以不来这里；你不来这里，就不会有那些烂事。你一个博士，一个知识分子出身的干部，其实并没有什么官场经验；跟社会上那些人打交道，你其实也很幼稚。现在社会诱惑又那么大，你在这里过的还是单身生活……"

邬敬峰说："吴厅，这些都不能怪您，也不能怪规划厅组织上。要怪，就怪我自己。"

吴厅长说："当然主要责任是在你。但作为主管领导，当初是我催你离开规划厅的，我心里终究不好受……"

老厅长说着，突然哽咽了一下。

邬敬峰鼻子也酸了，说："对不起吴厅，我给您，还给我们省规划厅，都带来麻烦了。"

吴厅长说："不要这样说。其实，你工作还是努力的，看你这一身泥，还有嘴上这燎泡……你们县委孟书记这些天再三跟我说，你是个有能力的干部，希望组织上能帮你一把，最好还能把你留在这里。他说了，这个穷县需要你，山区的老百姓也需要你……"

听到这里，邬敬峰再也忍不住，两行泪水就默默滚落下来。吴厅长也回过身去，悄悄抹了下眼泪。

吴厅长说："小邬，我真心劝你一句，赶快把态度放端正，把事情跟组织上说清楚。"

邬敬峰说："我会的……"

吴厅长说："都什么时候了，你还这样吞吞吐吐的！你一个共产党员，政治生命就是第一位的。那些房啊钱啊的，要来有什么用啊？如果你被'两规'了，判刑了，钱再多、房再多，又有什么意思呢！"

吴厅长说着狠狠跺了跺脚。

邬敬峰轻声说："是这样，是这样。"

吴厅长说："事到如今，你不要再抱侥幸思想了！告诉你，如果不掌握情况，我和丁副组长会跟你谈到这一步吗？有些事涉及组织机密，我就不说了。"

邬敬峰看着吴厅长的白发，一时说不出话来。这一刻他才真正意识到，自己真是个书生，太天真了。

吴厅长说："你也真是的，堂堂副县长，去收什么课题费！"

邬敬峰迟疑一下，说："给我钱的人说，这是劳动所得，不烫手的。"

吴厅长说："就是那个宁家俭说的，对不对？"

邬敬峰又迟疑一下，没回答。

吴厅长的口吻突然严厉起来，说："我问你，你现在是公务员，还是规划师？！"

邬敬峰说："公务员。"

吴厅长说："那就是了！公务员的报酬，就是工资奖金津贴。你在这个位子上指导他们搞课题，这是你的本职工作，怎么能收钱呢？还有那套房，我问你一句，一个普通老百姓，能用这点钱买到这么好的房子吗？"

邬敬峰沉默着，脸色煞白。

吴厅长说："小邬啊，我在厅里就强调过，要当官，就不要想发财；要发财，就不要当官。你不要拿'大背景'啊、'潜规则'啊什么的来搪塞，更不要把问题看得轻飘飘的。老实说，凭这两件事，就够判你刑了！"

邬敬峰浑身一抖，两串冷汗便从腋窝里滋出来。

天色向晚，风中飘来炊烟的气息，许多人家开始张罗晚饭；下班的人纷纷回家，门口的人和车都多起来。小区迎来一天中最散淡、最世俗也最迷人的傍晚时光。

吴厅长说："小邬，听我一句吧。这句话，我不是以巡视组长的身份说的，而是以一个老大姐的身份说的。"

邬敬峰当然不会知道，为了他的问题，巡视组内部曾发生过两次激烈的争论。丁副组长认为，经过一段时间的调查，终于逮住了邬敬峰这样一条"大鱼"，应该及早采取果断措施，走在各巡视组的前面宣布情况。吴厅长却不同意，她认为，巡视组下到县市，固然应该深入反腐，但也应该实践党的干部路线、挽救一切可以挽救的人；党培养一个干部不容易，培养一个像邬敬峰这样的知识分子干部，更不容易；争取邬敬峰的工作，要设法做得更细致一点、更人性化一点。吴厅长还专门回了一次省城，把这个情况向省里进行了汇报，得到了省委主要领导的支持……

邬敬峰说："吴厅长您说，我听着。"

吴厅长说："今天晚上，你就去把那些烂事都说清楚了，然后，把该退的钱都退了，把该补的房钱都补了。竹筒倒豆子倒完了，你就安心待在招待所里，听候组织处理。"

邬敬峰机械地说："我会的……"

吴厅长脸色再一次严厉起来，说："告诉你小邬，组织挽救，是有条件的。你对自己的错误，必须有清醒的认识。现在给了你时限，给了你机会，你要是再错过，将来再埋怨，你埋怨谁去！这事有关你前途，有关你一家老少的命运，你是得好好考虑！别的我不说，我只说一个人——"

邬敬峰看着老厅长，眼神不无紧张。

吴厅长说："这个人，就是你那个患精神病的哥哥！你想想，如果你被'两规'了，判刑了，他在精神病院里怎么办？他的命运将发生什么变化？今后谁去医院探望他？你又怎么向你父母在天之灵交代？"

轰的一下，像有一声巨爆。哥目光中的那份依恋，蓦地浮现在邬敬峰眼前；他那手又冷又黏的汗液，令邬敬峰的心尖蜷缩起来。他喉头禁不住一紧，就在过往行人的注视下，泪水簌簌而下……

12

一星期后，邬敬峰重新出现在古山镇银陵湖建设工地上。他嘴上的燎泡愈发厉害，有的已开始溃烂。

那晚他回招待所把"烂事"交代完，竟然睡了一个囫囵觉。一觉醒来时，他突然闻到四周有股熟悉的香气。那正是他久违的栀子花香。他正寻思这香味的来路时，忽然手机响起来，县交警大队值班长告诉他一个消息——

蓝雪晴出事了。她驾驶的"蓝鸟"汽车在去金都分院的路上，因避让不及，连车一道翻下了深山。山民发现后，立即报警；交警和医疗急救车赶到现场，发现蓝医生流血过多，已经没有生命体征……

在是否参加蓝雪晴告别仪式的问题上，吴厅给了邬敬峰一个建议：应该去。她又强调了一句：如果你不去，那是不对的。

从殡仪馆出来，邬敬峰没回县城，而是直接去了工地。

那天一早，他在指挥部厕所里蹲坑。有两个干部进来小解。隔着门，邬敬峰听到这么一段对话——

"邬县回来了，你见了吗？"

"见了。怎么他半头都是白发啊？才一礼拜不见。"

"他犯事了。"

"犯了什么事？"

"不知道。"

"怎么一个犯了事的人，还当总指挥？"

"他是背着处分回来的。"

"什么处分？"

"不知道。听说省巡视组在县里开了一个会，邬县在会上作了检讨，痛哭流涕。"

"什么检讨啊，能让一个县长痛哭流涕？"

"不知道。大院里人说，这个会议哪些人参加，内容是什么，只有很小范围里的人知道。"

这时，邬敬峰的手机"叮当"响了一下。两个干部闻声，都把身子一缩，赶紧夺门而出。

邬敬峰掏出手机一看，是保险公司发来的短信——

车主：请您在本周定下时间地点，并尽快告知我们。我们将派员前来，与您面谈"蓝鸟"轿车的理赔事宜。

他长叹一声，喉头涌出一股热热的、微甜的液体……

写于2016年8月

喊魂

1

　　苏立夏不知道，他一早在机关大楼唱歌，已经引起了小轰动；最重要的是，歌声还引起了两个女子的关注。

　　六处的瞿美娟，最早听得这歌声。那天她清早来办公室赶文件，听见走廊里传出一阵男人歌声，两耳即刻竖起。"是有人真唱，还是电台播音？"她一时有些疑惑，屏住呼吸侧耳倾听。当听清确是真人歌声时，她长长吐了一口气。

　　　　崖畔上开花崖畔红，
　　　　受苦人盼着不受穷。
　　　　割一把糜子弯一回腰，
　　　　喝一口凉水娘家的好。
　　　　井子里绞水桶桶里倒，
　　　　娘家人心事我知道。

这是什么歌？尾音老长，飘出一股土腥味；却又如空谷足音，久久回响，余音在楼上楼下绕梁不绝，让人闻之耳清目爽。瞿美娟只听了头两句，就不由得走出办公室，循声摸去；最后发现，歌声竟来自三楼一个男浴室。她记得丈夫曾说过，有的男人就喜欢边洗澡边唱歌，没想到，这还真遇上了。

接连两个早晨，瞿美娟都听到了这男人的歌声。可第三天，歌声又没了。瞿美娟若有所失。清晨时刻，大楼一片死寂。瞿美娟走进对门的机关党委办公室，问同事林一清："这两天有人在楼里唱歌，你听到吗？"

林一清正打印一个关于干部挂职的文件。她也是歌迷，淡淡应道："没听到。"瞿说："哎呀，这人唱得，还真不一般！"林一清这才放下手里活，说："真的？谁？"瞿说："我不知道。"林说："就这么一幢楼，你也不去找找？"瞿说："我找了，人家在男浴室里唱，你进去？"林不好意思地一笑。瞿说："你要是有兴趣，我们一道守两天，看看到底是谁在唱。"林说："不行，机关党委换届改选，我事情一大摊呢。"

改选那天，林一清到得很早。她刚把选票取出来，就听见一阵男高音飘进走廊。她的心蓦地一颤。就在这一刻，瞿美娟出现在门口，轻声问："听见吗，林！"

> 阳婆一落你烧着一把火，
> 出门抱柴瞭哥哥。
> 瞭见村村瞭不见人，
> 瞭见烟筒上冒烟尘。
> 红丹丹阳婆蓝茵茵的天，
> 瞭不见那人泪涟涟。

"什么歌啊？"林一清脱口问道。瞿美娟不睬她，只兀自赞叹："额的神！"

　　那歌唱得真是好听，荒山一样的野性里，竟含着一丝学院派歌手的气息；明明响在大楼里，却给人一种隔山隔水的感觉。林一清听着，不知是惊讶、陶醉，还是忧伤、感动。她想说句什么，瞿美娟却竖起食指，禁她开口。不过，林一清还是说了："听这音质，我断言这人学过声乐。"瞿瞪了她一眼，目光还有些严厉。林想，怎么了，你崇拜你的神，还不让我说话了？

　　两人正在兴头上，歌声突然停下来。瞿把林一拉，转身踅到三楼走廊尽头，这里像一把曲尺，位置比较隐蔽。她们就在那儿站着，你看我一眼，我看你一眼，脸红着，像两个做错事的少女。

　　等了一会儿，一阵脚步声自远而近传来。两个女子的手心里，都紧张得沁出汗来。就在这一刻，瞿美娟豁出去似的，拉起林一清的手走出曲尺，突然出现在走廊里。

　　一丈开外，一个男子也猛地站住。他手里的皂盒滑落在地上，发出碎裂的响声。

　　"是你啊。"瞿美娟说。

　　"是我。"苏立夏看着两个女人，目光有些不安。他是五处的主任科员。

　　三人都不说话。大楼里静得让人心里发沉。

　　林一清问："刚才是你在唱？"苏立夏点头，有点尴尬。林又问："你是不是学过声乐？"苏说："学过一点。"

　　楼梯口传来脚步声。瞿美娟瞪了苏立夏一眼，突然一甩手，走了。

　　空气像撕裂了一道口子。苏立夏看着瞿美娟走远，目光有些惊愕。

　　林一清捡起地上的皂盒，递给苏立夏，说："对不起，裂了。"苏应道："没事。"林问："你上班怎么这么早？"苏说："我住机关宿舍，近。你怎么也这么早？"林说："今天是党委改选。"苏说："哦对。"林又说："你还是候选人呢，不要忘了。"苏一笑，说："没忘。"林说："你唱歌唱得这么好，怎么不写进特长里呢？"苏说："这算什么特长。"林说："这怎么不是特长呢？别人干不了的，你能干，这就是特长。"

苏抬起手，撸撸短发。这时，几星水珠飘到林的脸上。林第一次这么近打量一个男同事，见他喉结旁有粒痣，痣上还立着一根毛，就有点想笑。

她问："你平时不抽烟吧？"苏说："抽几支。"她又问："吃不吃辣呢？"苏说："也吃。"林问："那你嗓子怎么这么好呢？"苏说："一般吧。"林说："你什么时候学的声乐？"苏说："读中学那两年。"林问："正式拜了老师？"苏说："没有，是我们村一个下放干部教的。"

他说完低下头，避开林的目光。林辨出他话里有西北口音，想，在机关这么多年，还第一次见道男干部在自己面前这么局促，遂觉得有些新鲜，又随口问道："听说你老母亲来上海了？"苏点点头。林问："她生活上还习惯吗？"苏没吱声。林说："听说她老远来上海，连一张卧铺票也不舍得买，有这回事吗？"苏不言，两眼却红了。林问："双休日你带她出去走走吗？"苏顿了一顿，说："她走了。"林问："回老家了？"苏说："不，她去世了。"林吃了一惊，问："是吗？"又说了声："对不起。"苏说："她来上海治病，可……"林说："那你该跟我招呼一声啊，我们机关党委可以帮你找医生，帮你办后事，还有——补助。"苏说："家里事，不麻烦组织上了。"

林一清偷眼打量他，发现他很是见老，三十多岁的人，白头发也不少了；想起他西北口音的普通话，还有那一阵遥远的、像空山里喊出来的荒野歌声，心头不由得一紧。她想，他一定还在痛里，要不，他的歌里怎会有那股子悲凉呢？

2

　　林一清从三楼上来，瞿美娟便随她进了办公室。六处和机关党委是对门，她俩平时也走得近。林一清是上海人，比瞿美娟大一岁，不过从面相看，她要比瞿年轻些。瞿是部队转业的，说话大声武气。往往她一叫，林就跟上，机关里人都说，林是瞿的"跟班"。其实情况比这个要复杂些。

　　瞿见室内只有林一人在，便说："给我来瓶水！"随即一屁股坐进沙发，墙角矿泉水堆得半人高。林拿了瓶农夫山泉递给瞿，自己移了张椅子在她面前坐下。

　　矿泉水是小瓶装的，瞿几口就喝完，又说："再来一瓶。"林遂抓起两瓶，一齐竖在她面前。

　　瞿叹口气，说："前些天听到那男高音，我血都烫了，还以为是哪个才子，刚进机关的；或是哪位处长副处长，平素不显山露水的……没想到，是他！"

　　林瞥了她一眼，说："怎么，难道他不能唱吗？"瞿说："不是不能唱，是想不到。"林说："你是不是太狠了？为了你同学郭玉蕙跟他离婚，你就对他这个态度？"瞿说："想起郭玉蕙孤儿寡母的，我就咽不下这口气。"林说："什么'孤儿寡母'？用词不当吧。离了婚，不过是单亲而已。"瞿说："'单亲'还'而已'！你说得轻松。你没成过家，不知道单亲的苦。机关里的人，还说苏立夏实诚……"林问："难道他不实诚吗？"瞿回以一声冷笑："实诚？哼。"

　　电话铃响起。林拿起听筒，几句话就把事情处理完，对瞿说："苏立夏要是不实诚，机关党委这次换届，怎么能推荐他进候选呢？"瞿又哼一声，说："他就是进了候选，也选不上！"林说："你怎么知道？"瞿说："差额选举，差去的就是他。"林说："瞿美娟，你嘴太毒了。这样不好。"瞿说："差额选举，总得有人垫背是不是。告诉你林，有些事，其实不用我说得太白。"

说时瞿抓起桌上一张选票，看背面印的《候选人简历》。其他候选人，名衔荣誉都印了一大串；唯独苏立夏名下，只有简简单单一行字——

苏立夏，五处主任科员，男，37岁，大学本科，2000年3月入党。

瞿说："我不看好他。"林说："为什么？"瞿说："人家都写特长，他不写，这说明什么？"林问："你认为说明什么？"瞿说："说明他没特长！"林说："我不这么看。"瞿说："你要说他一早唱歌的事了吧。"林问："难道唱歌不是他特长吗？"瞿瞟了林一眼，半边脸上忽然荡起一丝笑来。

林料到瞿要说些什么，起身道："时间到了，开会去吧。"

瞿起身赶上林，在她肩上捅了一拳。林头也不回，只冷冷抖了一下肩。

机关里的会，难得开得这么松散。也许是众人心里明白：机关党委，其实并没有什么实权，委员都是兼职的，专职书记的级别也只是正处，根本管不了那些厅领导。这就给人一种空架子的感觉。在这种情况下，换届改选的分量就不是很重。一个共识是：你让一位业务处长去当机关党委的专职书记，人家还不干呢。

不过林一清在机关党委，却已干了好多年，直到现在，她还是个科级干部。她跟瞿美娟不一样。瞿开口闭口就是职务职级，同年进机关的，大多数还在熬正科呢，她提了副处，还常常发牢骚，而且总拿四处曹处长——也是部队转业的女干部——说事，说曹"削尖脑袋"，钻了孟厅长老婆病死的"空子"，明来暗往的，莫名其妙地就当了处长。林有时听烦了，就会冲她一句："徐副厅长现在也单着，你也可以去钻他空子啊。"瞿就拧她，骂她"不正经"。

选举会上，林一清被定为监票人，她就得先投票。她的第一个"O"，就画给了苏立夏。画"O"时，她耳边又响起了他的歌声。她有点想不通：这小子明明是乡下出来的，怎么歌声里，会有那么一丝学院气呢……她投票时，发现台下有一束目光追着她。她转脸一看，正是苏立夏在会场一角看她。她便也放了胆，用眼光去撞他。于是，在礼堂半空，一簇火星开始撞击……

　　从清早到现在，不过两个时辰。林一清却觉得，自己跟苏立夏之间，倒像已有了多年的交往。她一早听他唱歌时，那感觉是何其微妙啊，就像隔着一座荒蛮的山沟，听一个旅人在远山放歌；听着这歌声，你可以看到炊烟袅袅的孤村，还能看到出门抱柴的女子……她想，如果苏立夏以后正式上台表演独唱，那将会有一种怎样的仪式感呢？如果我再拿起手风琴来为他伴奏，那将会给机关同仁带来一阵怎样的震惊呢？……想着这些，她心跳就快起来。

> 阳婆一落你烧着一把火，
> 出门抱柴瞭哥哥。
> 瞭见村村瞭不见人，
> 瞭见烟筒上冒烟尘。

　　不知怎的，这些土得掉渣的歌词，她一下子都记住了，而且，一直在舌尖跳跃。她脚下变得轻快无比。她希望苏立夏能选进机关党委。她也喜欢唱歌，对苏立夏这样的歌手，她有一种天生的崇拜。她想，如果他选进党委，那自己跟他在一起的机会就会大大增加，起码，每月一次的机关党委会，他们可以坐在一起；还有许多文件要传阅，许多活动要组织，许多事情要商量……那时，她就可以向他学唱民歌，探讨发声方法；两人同唱一首男女声对唱，也并非没有可能……

　　林一清几次提醒自己不要分神。可她去台下分发选票时，心里仍止不住塞满了这一连串前景，以致她走到瞿美娟面前，瞿一眼就看出了她的兴奋。

瞿说："你今天很开心啊！"她就问："是吗？"瞿说："看你小脸红红的，像在办什么喜事一样。"林说："对啊，改选新一届党委，就是办喜事啊。"瞿就往苏立夏那里努嘴，轻声问："你选他了，对吗？"林一下子就把脸沉下来，说："这跟你有关系吗？"

瞿有些沮丧。虽说林是她"跟班"，但瞿也很怕她生气。她生气时像月季长了刺，能把人刺得很痛。林发着选票过去之后，瞿忽然用手掌遮住笔尖，在苏立夏名下的格子里，飞快地打了个"×"。她悄悄看左右，又飞快把选票折好。这时，林一清正走回主席台。她登台阶时，脚下有着一种舞蹈般的弹性和轻盈。瞿又转脸找苏立夏。她发现他正在角上与林相视而笑。她就"嗤"了一声，声音很响。

这时，三处处长老冯突然站起来，大声说："各位！我反映个情况——今天选举人数统计，我觉得有问题。"

台上两位领导一怔，正在回收选票的林一清更是大吃一惊。这个老冯，是机关里有名的"挑刺专家"。苏立夏的目光立即落到林一清身上。他想，可不要闹出什么乱子来，会议是她一手筹备的，要是出了差错，第一个倒霉的就该是她。

李书记站起来，说："冯处，我们工作也许有疏漏，欢迎你批评指正。"

冯处长说："有个情况我问一下，离退休老同志的组织关系，在不在我们机关里？"

李书记很肯定地回答："没错，老同志们的组织关系，是在我们机关里。"

冯处说："既然如此，为什么选举没有请他们来？"

这一问，倒把李书记问住了。他随即招手，把林一清叫到身边，低声问："老同志们的选举安排了吗？"林一清说："还没有……"李书记"啧"了声，狠狠瞪了她一眼。

冯处站在会场中央，中气十足地说："老同志们的组织关系在机关，而你们居然没请他们来选举，这个就有问题了。第二，根据我掌握的数字，老同志当中有32位党员，而你们刚才宣布，今天参加选举的人数已经超过党员总数五分之四，符合法定人数，这个说法，问题恐怕更大了。"

全场哗然。有的说，冯处发言有理有据，这个"挑刺专家"可不是吹的；也有的说，如果冯处挑刺又挑对了的话，那整个选举就得推倒重来。苏立夏见林一清退到主席台一边，脸色刷白，不由暗暗为她捏了一把汗。

百多人的视线，一齐聚焦主席台上。分管机关党委工作的陶副厅长不慌不忙，侧过身来，跟李书记低语了几句。李书记一边点着头，一边朝台下摆手，说："各位静静，我把情况跟大家解释一下。"

苏立夏突然心跳如鼓。他再次去看林一清，发现林一清的目光，正紧张地投在李书记身上……

李书记说："这次换届选举，机关党委分了两摊，一摊是主会场；还有一摊呢，根据老干部身体状况，将由工作人员上门请他们投票。这两摊选票加在一起，才是最终的选举结果。所以今天呢，我们不唱票。这情况，事先没跟大家通气，为此，我要向大家郑重道歉；冯处对机关党委当面提出批评，我们更要表示由衷的感谢！"

没人鼓掌，但很多人频频点头，包括冯处本人。苏立夏想，陶副厅长果然老辣，如果换了李书记，今天非砸场不可；而要是真砸了场，受伤的必是林一清无疑。

他看了一眼台角，林一清又忙碌起来，脸上表情也已松弛。他也长长地透了一口气。

散了会，他想帮林一清做点杂事，诸如整理会场、收拾票箱、关闭扩音器之类。一想这样做为时还过早，遂用目光抚了一下她的背影，就随人流回到了五处办公室。这时，桌上电话铃正响着。他随手拿起，只问了一句，就皱起了眉头。

3

电话是一个老家亲戚打来的，他的名字叫苏补兴。

苏补兴跟苏立夏，两家没出五服，算是近亲。但立夏在村里就跟他们没什么来往，去县中住读后，就更疏远了。所以当他父亲说，补兴爹跟他是叔伯兄弟，自然灾害时还曾救过他们一家，苏立夏听了没一点感觉。

补兴还有个兄弟，叫补旺。兄弟俩在上海打拼，连妻儿老小都带来了。这两人没读什么书，胆子贼大。他们在莘庄那里开一家运输行，专做货运生意，没几年工夫，就置办了两辆车。

莘庄说远不远，说近也不近，从这儿去市中心，最方便的就是开车上沪闵高架。补兴补旺那两辆车都是货运车，不要说进市中心，就连高架也上不了。兄弟俩明知有这规矩，却常常冒险，深夜闯高架运货。腊月廿三那天晚上，补旺驾车送一批"急货"进市区，上了沪闵高架不算，还一路开到了静安寺。正暗暗庆幸呢，不料却给巡逻交警逮了个正着。查验两证，货车当场被扣。补旺急出尿来，哭着蹲在路上，给哥哥补兴打手机。两人商定，马上找苏立夏救场。

苏立夏家里的地址，是"三叔"——苏立夏的父亲——告诉兄弟俩的。那年春节，补兴补旺给三叔送了两瓶好酒。三叔喝得高兴，就把苏立夏在上海哪个机关当干部、家住哪里、电话号码多少……统统告诉了他们。兄弟俩一回上海，开车更狠了。以前事小，兄弟俩都是打电话找苏立夏；这回事大了，兄弟俩决定上门。事发第二天晚上，两人就拎上两箱大闸蟹，敲开了苏立夏家门。

苏立夏有个应酬还没回家，是他妻子郭玉蕙开的门。她一听兄弟俩口音，就知道苏家洼又来人了。

郭玉蕙家不算小，三房一厅，一百多平方米，三口之家住着挺宽敞；可要是立夏的老家苏家洼一来人，立马就显得挤了。来找立夏的老家人还特别多，旅游、进货、治病、考学……还都要求借宿。两年前一个国庆长假，来了两拨亲戚，都叫苏立夏"二伯"，其实他们年纪都比苏立夏大，也不知这辈分，老家人是怎么弄的。

苏家洼一来人，郭玉蕙就穷忙。平时，他们一家吃饭可以马虎，早餐一锅泡饭、两块乳腐就能对付过去（山山另有面包豆奶）；可老家一来人，就无法简单了。苏立夏不愿意怠慢老家人，每天起早去买早点；晚上即使不上馆子，也得上菜场买鱼买肉。光招待吃喝，就能把郭玉蕙累得半死。老家人还要她陪上东方明珠、逛南京路、买火车票……所有这些，费心费神不算，贴钱也不少。

郭玉蕙最难熬的，是苏家洼来人借宿时，她作为一个女人的不便。如果夏天来了老家的男人，她连一件单薄点的衣衫都不敢穿。卫生间就一间，冲澡啊，解手啊，男女间那点尴尬事，怎么当心也避免不了。郭玉蕙是上海女子，从小规矩多，为了这个事苦恼不堪。另外一件事也让她揪心，那就是老家一来人，儿子山山做功课也没心思了。老师常来电话问，怎么这两天，山山上课又不上心了？

…………

按理说，男人不在家，男客不进门。但一听是苏家洼来的客，郭玉蕙还是网开一面，对补兴补旺说了"请进"。两兄弟虽是粗人，毕竟在上海待了些年头，见郭玉蕙笑容可掬，便一迭连声说"谢谢嫂子"，脱鞋，进客厅坐下。

多年来，郭玉蕙一听敲门声，心里就打鼓。她怕的是生客进门不脱鞋。她常跟苏立夏说，现在外面环境差，到处都有人遛狗；要是鞋底粘上了狗屎，还不把病菌带回家里来？她正担心补兴补旺不脱鞋呢，没想到两兄弟脱得还相当主动，她就一边倒茶，一边暗暗赞了句：还行！

但她很快就后悔了。两兄弟鞋子脱在门外，脚气却带进了屋内。这两人年轻火旺，脚气也是热烘烘的，一步一个脚印，蒸在地板上不肯散；

那两双大脚的气味还特别重，山山在里屋做功课，居然也闻到了，连叫："妈妈你把什么烧糊了，这么臭！"

郭玉蕙放下茶杯，赶紧跑进屋，说："小祖宗，你不要叫，妈妈给你把门关上！"山山问："你把东西烧糊了？"郭玉蕙低声说："哪里，你爸老家来了两个叔叔，这是他们的脚臭！"山山说："脚臭这么厉害？比我爸还厉害？"郭玉蕙竖起食指，示意儿子轻声，又说："我要给你爸打电话，来了这么两个臭人，叫我怎么弄。"

她就走到阳台上，用手机拨通苏立夏，捂着话筒问："你在哪儿？"苏立夏说："在浦东应酬呢，什么事？"郭说："你老家来了两个尴尬人，说也姓苏……"苏问："苏什么？"郭说："我没问。"苏说："那就让他们再等会儿。"郭说："不行！"苏问："怎么不行？"郭说："他们脚臭得不行！"山山凑上来，轻声叫："爸你快回来吧，妈妈要昏过去了！"苏说："你们太夸张了吧？"郭说："但凡能忍，我不来烦你；今天实在不行了！"苏就说："那好，我马上回。"

地铁快，不到一小时，苏立夏就到了家。兄弟俩的脚臭果然汹涌，让苏立夏为老家人满心羞愧。他第一句话就说："把鞋穿上吧，你们。"

两兄弟很听话地把鞋穿上。苏立夏问："你们怎知道我住这儿？"补兴说："三叔告诉的。"这时苏立夏看见，郭玉蕙白了他一眼。

门后大礼包里，传出大闸蟹吐沫的声音。苏立夏问："你们找我有事？"补兴补旺就你一句我一句，把扣车的事说了一遍。苏立夏说："上海现在不对了，交警越管越严。你们找我没用啊。"补兴说："就因为交警管得严，我们才来找你。"苏立夏说："这话怎么讲？"补旺说："三叔跟我们说了，他说这事找你没问题。他说立夏哥在上海大机关当官，工作性质不一般。"苏立夏问："怎么不一般？"补兴道："三叔说了，一般站马路的交警，立夏哥还不待见呢；只有在交警总队当领导的，才能进立夏哥机关。"补旺道："三叔还说，找立夏哥办事的人都得排队。各行各业批钱批项目，都得经立夏哥手……"

苏立夏重重咳了一声。弟兄俩这些话，他不能不阻断了。因为他见郭玉蕙脸长了，连他自己也觉得，父亲太虚荣了，话也说得忒过头了；在郭玉蕙面前，这些话简直让他把脸丢大了。

他说："我爸酒后乱说，你们也当真？要是真像他说的，我不就是上海市长了？"补兴说："立夏哥还真不要这样说。您在上海大机关工作，回到老家那小地方，不是市长，也是县长了！"补旺说："立夏哥你快给交警打电话吧，也让他们知道一下，我们老苏家在上海滩也是有人的！"苏立夏厉声道："你们想干什么？"全屋子人吓得一跳。苏立夏跺了一脚，说："你们两个人，真是越说越离谱了！"

补兴赶紧拉一下弟弟袖子，赔笑道："立夏哥，不说了不说了，光惹您生气。您在大机关当官，伸出指头来也比我们胳膊粗，对不对？这次扣车，关系到我们两家九口人生计，您怎么着也要帮我们撸平，好不好？"苏立夏拉着脸不说话。这时山山叫妈妈，郭玉蕙狠狠瞪了苏立夏一眼才起身走开。补兴补旺面面相觑，一时不知说什么好。

沉默一会儿，苏立夏才说："跟你们说实话，我岗位调动了，现在跟交警已经没有什么联系了。"补兴着急道："不管怎样，你在上海大机关干了这么多年，石头也给捂热了，跟交警的老交情总是在的，凭您一句话……"苏立夏打断道："听我说！这一次，我只能说试试；成不成，没把握。你们说对了，我在上海是待了多年；可另一个情况是，我苏立夏从来没有办过你们这样的烂事！"补兴难为情地一笑，说："立夏哥不要生气。看在三叔面上，你一定帮我们一把。只要你一出场，事情哪有不成的！"补旺说："那是！"补兴随即掠一眼里屋，识相地说："时间不早了，立夏哥忙了一天，我们该走了。"

说着两人起身。苏立夏叫声："客人走了！"郭玉蕙母子就一齐送出来。走到门口，苏立夏从门后拎出两个大礼包，对补兴说："这些东西你们拿回去。螃蟹胆固醇忒高，我们不吃的。谢谢了！"补兴推着说："立夏哥现在也金贵了，还胆固醇！你忘了我们在后山偷地瓜的事了？那时，我们就是要胆固醇，也胆固不了啊。这大闸蟹你不吃，嫂子侄子还要尝新呢，对不对？"说着就摸了下山山的头。苏立夏说："老家人走动，记得下次不要破费。"兄弟俩点头不止，一路往外退。退到门外，山山招手叫了一声："叔叔再见！"稚气的声音，算是为郭玉蕙的脸色添了一丝暖意。

苏立夏一直把兄弟俩送到小区门口，才说："回去等消息吧，可不要催我。"兄弟俩连声说："不催，不催！"苏立夏又说："以后遇上一般事，你们自己想办法；实在事情重大，才来找我。找我时，去我机关找，不要到这里来。懂吗？"补旺补兴对看一眼，半懂不懂，却又连声说："懂，懂！"苏立夏说："那你们回吧，以后开车要小心了。"直到兄弟俩身影消失在远处，他才回身进小区。

上了楼，自家门难得大开着。苏立夏一看，郭玉蕙正狠狠拖地板。他换鞋进门，走过妻子身边时说一声："你辛苦了。"郭回道："哪有你辛苦，回到家，还要接待来访。"苏说："没办法，谁让我有这么个老家。"郭说："有老家的人多去了，谁又像你这么多事。"苏说："可老爹都那样说了，我还能不帮人家吗？"郭说："你爹热心肠。"苏说："我爹就是有个爱吹的毛病。"郭说："不止你爹吧？"苏问："什么意思？"郭说："要不是你吹在前面，你爹会知道你在大机关工作？会知道交警领导排队找你办事？"苏说："唉，苏家洼的人逢年过节，有事没事就上坑喝酒，喝了酒就讲胡话，这些话都是不作数的。"郭说："你不作数，可你爹说的作数。要不，兄弟俩怎么会找上门来？"郭玉蕙伶牙俐齿，又占着理，苏立夏回不了嘴，只能用眼瞪她。

这时山山扔下功课跑出来，说："爸爸，怎么你们老家人的脚那么臭啊？"苏立夏说："小孩子不要瞎说。"山山说："我没瞎说啊，你脚臭，那两个叔叔也脚臭，臭得我都打喷嚏了。"郭玉蕙止不住笑起来。

地板吹干了，气味也散了。郭玉蕙把门关上，说："苏立夏，我跟你商量件事，今后你们老家来人，能不能不上我们家来。"苏问："怎么了？"郭说："他们到这里来，一影响山山学习，二影响我休息，我觉得不好。"苏说："这不行。"郭说："怎么不行？"苏说："把老家的亲戚关在门外，这还是人干的事吗？"郭回道："那你只顾自己面子，不顾我和儿子的生活，这还是男人干的事吗？！"

苏立夏直着脖子，想说两句狠话，可终究没说出来。郭玉蕙继续说："老家人找你办事，我不阻挡，你让他们上别处跟你谈。这可以吧？"苏说："这个我可以考虑。"郭说："还有一件事也很重要，以后你们老家人来上海，能不能不住我们家里？"苏说："那你让他们住哪里？"郭说："他们可以住旅馆。"苏说："他们穷，住不起。"郭说："我来付钱，这可以了吧？"苏说："你付钱我付钱还不一样？一天几百块，付得起吗？"郭说："付不起我也付。我实在受不了了，苏立夏！"

郭玉蕙几乎要哭出来。她的叫喊，带着撕裂般的声音。山山抬头看她，吓得把她的手捏得死死的。

4

第二天一早，苏立夏就跟交警总队的朋友通电话。朋友说，我先了解下情况，回头再跟你细说。

苏立夏没料到，兄弟俩的事已经闹大了——

苏补旺很快接到交警来电，简单两句问话："是苏补旺吗？""你有一辆东风多利卡货车被扣是吗？"补旺连声说："是，是。"交警说："那你到违章处理点来一下。"补旺脸上马上浮起笑来，说："好好，我马上来，马上来！"

补兴一边听到了，随口问："啥事？"补旺说："交警让去！"补兴说："这么快？"补旺说："立夏哥通天！他出面办事，交警哪敢说三道四的？"补兴说："那我们就快去！早点把车提出来，还来得及送批货呢。"

两人就叫了出租车，兴冲冲赶到违章处理点。没想到，违章人还真多，还得像银行那样取票排队。补兴自我感觉极好，挺着胸进大厅，一见值班民警就说："我们是市政府苏立夏的亲戚，你让里面的人给我们抓紧先办！"民警说："什么立夏立冬的，这里谁也不认，一律排队取号！"补兴碰了一鼻子灰，咕哝道："神气什么，等会儿才叫你知道我是谁！"回身排队取了号。等叫到他们，已是下午三点多了。

补旺把违章通知书递进窗口，一位警员用眼一扫，便起身走到另一位警督面前，低声说起了什么。补旺对补兴说："你看，到底是立夏哥的关系，他们不敢马虎了不是！"补兴说："看来还得由负责人出来接待我们。"补旺说："没准还要向我们赔礼道歉呢。"补兴说："赔礼道歉也是应该的，我们生意被他们耽误了！"补旺说："等一会儿要他们赔偿损失，你看怎么样！"补兴说："这个不可能吧？交警很强势的。"补旺说："再强势，也没有立夏哥强势吧？"

正说着，那警员走出来，把他们领到一间办公室门前。两人正要进去，警员问："谁是违章驾驶员？"补旺说："我。"警员就对补兴说："你在外面等着。"

补旺踏进办公室，一位警督已坐在里面。补旺掏出烟要敬，警督说："不准抽烟！"补旺吓了一跳。警督问："知道为什么叫你来吗？"补旺说："知道，我开车违章了。"警督说："你不止开车违章，还违法运送禁运货物！"补旺说："没有吧？"警督说："什么没有？在你的车上，我们查出了一批烟花爆竹！"补旺说："这个……我不知道。"警督说："不要来这一套。送货前，你们公司难道不验货吗？从外面看，你车上装的是蔬菜，可是在蔬菜中间，你藏了烟花爆竹！"补旺一听，脸上就滋出汗来，说："这个我真的不知道，货是别人装的。"警督说："不要再说了。现在只问你一句，你有《烟花爆竹道路运输许可证》吗？"补旺一愣，回答时却留了个心眼，说："有……出车前，我放在另一个包里了。"警督说："这个证必须随车携带，运完货还必须到发证部门核销。"补旺说："我……知道。"警督问："那么证呢？你拿出来我看看。"补旺说："在公司里。"警督说："你马上回去拿，没有这个证，你的问题大了。"

补旺丧魂落魄跌出办公室，补兴正在楼外打手机让公司准备装货，见补旺过来，忙问："怎么了？"补旺哭丧着脸说："坏了！"补兴压低声音问："怎么，那批货查出来了？"补旺说："可不是！"补兴恶狠狠地说："交警果然坏，查了违章不算，还查车上货！"补旺说："警官要我回去拿证呢。"补兴说："什么证？"补旺说："说是什么运输烟花的许可证。"补兴说："我们哪来这个证？"补旺说："警官说，没这个证，问题就大了。"补兴脸都黄了，说："糟糕，搞不好我们得进班房。"补旺听着就哇一声哭出来，说："我早说了，这种货不能运……"补兴把手一劈，说："现在说这些还有什么用？"补旺说："那怎么办？"补兴点起烟，狠狠抽了一口，说："苏立夏这小子，没把事情办妥啊！"补旺说："再去找他？"补兴说："那当然！"补旺说："他说了，有事上机关找他，不要去他家。"补兴说："现在什么时候了，去机关早下班了。还是去他家！"

两人便买了人参、蜂皇浆，又敲响了苏家门，这时已是傍晚。郭玉蕙一见又是他俩，恨不得把门推上。苏立夏却大大咧咧迎出来。兄弟俩又忙着要脱鞋，郭玉蕙叫："不要脱鞋，不要脱了！"

苏立夏说："我正要找你们呢。"补兴忙问："哥联系交警领导了？"苏立夏说："坐下说，坐下说。"

郭玉蕙昨天还为两兄弟泡茶，今天却一百个不愿意了。正好山山探出脑袋向她招手，她就进了小房间。山山问："妈妈，是不是臭脚叔叔又来了？"郭玉蕙说："不许没礼貌！"山山说："他们是臭脚么。"郭玉蕙说："今天还可以，鞋穿得好好的。"正说着，外面传来一阵哭声，把郭玉蕙母子吓了一跳。

原来补兴当着立夏的面骂补旺，把兄弟骂哭了。苏立夏问："交警什么时候找你们谈的？"补兴说："下午三点多。"苏立夏说："我上午就知道了情况，当时就想告诉你们，可在机关里不方便。"补兴说："立夏哥把我们的事当大事了。"苏立夏说："市里刚发文严查非法运输烟花爆竹，你们就给查到了。交警领导说，你们这事，不是一般的交通违章，还涉及到治安管理，性质严重了。"补兴跌足道："我们是撞枪口上了吧？"苏立夏说："警方说了，要依法严肃处理。你们看怎么弄。"补旺哀求道"立夏哥帮我们一把吧！"苏立夏说："但凡可帮，我不会不帮的。"补旺说："立夏哥，你帮我们搞个证吧。"苏立夏问："什么证？"补旺说："《烟花爆竹道路运输许可证》。"苏立夏说："这是什么证？我听都没听说过，你们把我当什么人了！"补兴说："立夏哥，我们是外地来的小百姓，到了大上海，就是两眼一抹黑；你是大机关干部，没你搞不定的事情……"苏立夏说："话是这么说，可这卵毛证，你叫我去哪弄啊？"

山山听见了，抬头对郭玉蕙说："爸爸说脏话。"郭玉蕙说："你爸也给惹急了，你不要学他。"山山说："这两个叔叔是不是犯错误了？"郭玉蕙说："他们不守规矩犯了事，警察叔叔要处理他们，你爸也救不了他们。"山山说："可是我爸，一定会救他们的！"郭玉蕙问："为什么？"山山说："因为我爸对老家人特别好。"郭玉蕙一惊，低头打量儿子，第一次发现孩子眼睛里，有一泓清纯的水在闪动，遂想，这孩子，把他爸看到心里去了。

补旺这时又哭起来。苏立夏不耐烦道："哭什么，哭能解决问题吗？"补旺说："这回重罚，我们几年就白干了；如果蹲班房……"苏立夏说："所以你们就得学乖啊，上海就是这样，不守规矩，寸步难行。"

补兴说："我打听过，那证是怎么办的。公安局有个治安支队，治安支队里有专管烟花爆竹这档子事的民警。"苏立夏说："没听说过。"补兴说："真的有，他们管这民警叫'花炮监察'。"苏立夏问："叫什么？"补兴说："叫'花炮监察'！"苏立夏突然站起来，走到窗下，看着外面华灯初上的夜景，说："不要再说下去了，我看这事麻烦。"

补兴就闭了嘴，可怜巴巴看苏立夏背影。兄弟俩谁也不敢再说话。苏立夏在窗下站了好久，最后说："你们回去吧，这事太难了。"

兄弟俩就站起来，默默的，像两坨黑泥。郭玉蕙以为他们临走时，还会啰啰嗦嗦再求告一番，却未想到，他们什么都没说，只低头朝门口挪步。到了门口，补旺又哭，声音呜呜的，让人寒毛直竖。就在这时，山山突然冲出房间，大声叫："叔叔不要哭！叔叔不要哭！"接着又挥手，叫："叔叔再见！"

补兴回过身，朝孩子挤出半脸笑，两眼里，却全是泪。

送走两兄弟，苏立夏把郭玉蕙叫进卧室商量事情。他问："上次你们同学聚会，发了个微信介绍全班同学绰号，你还记得吗？"郭说："记得，怎么提起这事来了？"苏说："有个同学叫莫镇海，对吗？"郭说："对，他结婚我还是介绍人。"苏说："你把他手机号码给我。"郭说："你要来干什么？"苏说："他的绰号就叫'花炮'，他就是治安支队干'花炮监察'的你知不知道。"郭大悟道："原来你要去找他搞那个证啊！"苏点头。郭断然说："这不行。"苏问："怎么不行？"郭说："你们老家人这点烂事，把我同学也拖进去了。这浑水他能趟吗？"苏立夏说："你不要这么说。再趟浑水，也是我找他帮忙。"郭两眼瞪着丈夫，态度突然严厉起来，说："苏立夏，你太过分了！你老家人那点烂事，弄得我和山山不得安宁不算，还要让我的同学朋友也不得安宁。这不行，绝对不行！"苏说："郭玉蕙，你能帮一把就帮一把吧，补兴他们这些人，外地来上海谋生，实在走投无路了。"郭说："我真的看不下去了，苏立夏！我不反对你帮老家人，可苏家洼这两兄弟，仗着你这么个亲戚，什么事都敢做。你帮他们，什么时候是个头啊！"

夫妇俩越吵越激烈，争吵声越来越响，一刻间回过头来，才发现，山山站在门外，惊恐地看着他们，两眼满是泪水……

5

填完表格、确认去郊区挂职的这天下午，瞿美娟给苏立夏带来一个不好的消息：山山病了。

傍晚的住宅楼，弥漫着世俗家居的气味。苏立夏心境黯淡，拖着步子走向四楼。他已经好久没来这里了。

当初他第一次闻到这老楼气味，就觉得跟苏家洼的老家气味不一样。老家气味满是风干的辣椒味和玉米棒味，而上海这老楼里，则复合着油盐酱醋、香水樟脑和暗角蟑螂屎的气味。不过很快，苏立夏就闻惯了这气味。那年国庆，就在这样的气味里，他与郭玉蕙结婚，开始了上海人的小家庭生活。上班下班、上楼下楼；学上海话，烧上海菜；去徐家汇曹家渡，看上只角下只角；学着上海人的样子讨价还价，学着跟上海人打交道交朋友；后来郭玉蕙怀孕了；山山读书了……他们买了一辆新车，大众"朗逸"；还千辛万苦，拍到了一张私车牌照，整整八万元。这车，基本上是郭玉蕙在开。她每天送山山上学，然后自己上班；周末呢，他们就把车开到郊区，一家三口住农家乐，吃农家菜……

楼里响着脱排油烟机的响声。苏立夏最先闻到油煎带鱼的味道，接着又在二楼闻到京葱爆肉的香味。他肚子饿得更厉害了。他目光掠过楼道里一扇扇紧闭的门户，听着里面泄漏出来的说笑声。他想象着门内一户户人家，正围着酒菜谈笑吃喝，回头想想自己，已经从这样的上海人家被剥离出去，不由得一阵悲凉。

走上四楼，苏立夏闻到了一阵中药味。那药香中，含着阴冷、柔情和苦涩。他先揿了下门铃，然后旋转402室的门把。这是他离婚后的开门方式。他再也不能大大咧咧地用肩膀顶门而入了。

郭玉蕙听见声音，出来与他照面。他轻声问："山山怎样了？"郭玉蕙说："烧还没退。"他目光落在燃气灶药罐上，问："这药是给他熬的么？"郭玉蕙说："不，是我自己吃的。"苏立夏问："你也病了？"郭玉蕙说："不是大病——这一服吃下去，就好了。"

山山听到父母对话，甩开被子，赤脚奔过来，扑进苏立夏怀里，连声叫："爸爸回来了！爸爸回来了"苏立夏抱紧儿子，说："身子还真烫呐！"郭玉蕙说："山山要着凉了，还不快躺回去！"苏立夏赶紧把儿子抱回床。山山却拉住父亲的手，问："爸爸你去哪里了？你怎么这么久才回来啊？"

苏立夏眼睛一热，与前妻对视了一眼。当初离婚时，他俩订了"君子协定"：一是离婚的事对山山保密；二是在还没解决住处前，苏立夏还可以回来住。不过苏立夏憋着一口气，一天也没回来住过。

苏立夏说："爸爸出差去了。"山山问："那你今天不走了吧？"苏立夏说："还得走，一会儿就得走。"山山说："为什么啊？"苏立夏说："爸爸马上要去郊区挂职了，得回机关准备行李。"

说这些话的时候，苏立夏觉得，郭玉蕙一直在背后看着他。山山问郭玉蕙："妈妈，什么叫挂职啊？"郭玉蕙说："我也不懂，问你爸爸。"苏立夏说："挂职就是去郊区工作，工资还是在上海机关拿。"山山问："那你以后就不回来了？"苏立夏说："怎么会不回来呢？山山在这里，我能不回来吗？"山山问："那你是不是每天都回来呢？"苏立夏说："山山说对了，郊区太远，爸爸要很长很长时间才能回来一次。"山山说："那下次学校开家长会，你能参加吗？吴老师说，你爸爸家长会参加得太少了。"苏立夏看看郭玉蕙，说："好，下次家长会一定我参加。"

山山拉着父亲的手，一直没松开。他的小手烫烫的，沾着热汗；有几根手指，一直在苏立夏的大手里，轻轻的、悄悄的，划拉他的手心，仿佛在絮絮地倾诉。因为发烧，他的眼睛一只成了单眼皮，一只却还是双眼皮；但这双眼睛，比平时更明亮，更清澈。他一会儿看看苏立夏，一会儿看看郭玉蕙，看着看着，就微微一笑，有些腼腆，却充满快活……

药香一阵阵飘进来。药罐盖子的碰击声，噗噗的，轻而悦耳。

山山吸吸鼻子，嗅了嗅药香。突然，他一用力，把苏立夏的大手拉到自己眼前，重重地吻了两下；又用滚烫的脸贴着苏立夏的手背，说："爸爸，我真的想你……"没说完，就哭出声来。

苏立夏心一痛，用劲抚摸孩子的头，视线也模糊了；郭玉蕙看着这对父子，也随即背过身去……

手机铃声骤然响起。苏立夏一看，是大哥的手机号，顿时有些紧张。

他跟山山说："儿子你躺会儿，爸爸去接个电话。"说着，就把手从孩子脸上移开，大步走向门外。

依照这些年来的经验，凡老家人来电话，特别是这个时辰来电，十有八九不是好事。苏立夏的心抽紧了，一边下楼梯，一边接通手机。这类电话，他过去都不愿意让郭玉蕙知道；现在，他还是下意识地避着她。

大哥来电说的，果然不是好消息。他说，立夏，爸的病今天确诊了，跟妈一样，也是肺癌……

苏立夏吃惊地说了声"是吗"，脚下一步踏空，整个身子便在楼梯上摔了出去。他重重地跌在楼梯转角处，头颅擦在墙上，一时眼冒金星。幸好他很快就站起来，手脚都能动弹，只是手机已摔成两半。他捡起来一听，已经毫无声响；手忙脚乱摆弄好一阵，大哥的声音才重新响了起来。

大哥问："怎么啦立夏？出什么情况了？"苏立夏说："没事，我手机掉线了。"他走到灯光下一看，手机液晶面已碎成蜘蛛网样，又问："哥，爸的病你确定？"大哥回答说："医生说的，确诊了。"

苏立夏下楼来到小区路上，嗓音不由自主高了起来。路过的众人，都朝他侧目而视。他几乎是喊叫着问大哥："爸的肺癌是早期还是晚期？"大哥回答："医生没细说，只让我们快转大医院。"苏立夏又喊："那你们准备怎么办？"大哥说："我跟你嫂子商量了，准备明后天就送老爸来上海，你看怎么样？"

苏立夏沉默着。他无法回答大哥的问题。他无法开口说自己已经没家了，更无法说自己眼前除了机关宿舍，连一处安身之所都没有了……

电话里，大哥也沉默着。高中毕业后，大哥一直在一所乡村学校教书。他应该知道弟弟在上海的难处。静默片刻，听筒里突然传来嫂子的抽泣声，还有大哥的劝慰声，时轻时重、时隐时现……

一辆轿车在苏立夏身后突然鸣响喇叭，把他吓了一跳。他避到路边，对着尾灯，狠狠骂了一句。他自己也没意识到，他骂出的是一句家乡土话。他想，这时哥嫂他们一定在县城医院走投无路。苏立夏心里又浮起了苏家洼那个山区小村：逶迤的土路，低矮的屋子，长得很丑的老树；还有父亲那张布满皱纹的老脸，大哥永远擦不干净的近视镜片，嫂子永不停歇的双手……苏立夏一阵心酸，泪水模糊了双眼。

他朝着天空，深深透一口气，对着手机说："哥，你先不急，劝嫂子也不要急。你看这样好不好，你们暂时先不来上海。上海医院的床位也很紧张，爸来上海，万一住不进医院怎么办。你们给我一两天时间，容我把医院的事先落实了。这样爸一到上海就能住院。你们看这样好不好。"

大哥先不说话，拿着电话跟嫂子商量了一阵，然后一迭连声地说："好好，就这样办，这样靠谱！"挂电话前大哥又说："立夏，现在村里也能上网了，上海的新闻我天天看，知道你们上海人过日子也不易；爸的事，要叫你和小郭受累了……"苏立夏听着，两眼又一热，说："大哥，你这样说干什么……"

挂了电话，苏立夏没有马上回去。四楼那个熟悉的窗口虽然触手可及，却突然让他感到遥远无比。父亲的肺癌和接下来的一大摊事情，像淤泥一样塞满了他的脑子。他走了一段路，突然觉得右耳这里，有一片皮骨痛得厉害。他想，是不是刚刚在楼角摔坏了？摔成脑震荡了？他默诵了一下苏轼的"明月几时有"，还有"壬戌之秋，七月既望，苏子与客泛舟游于赤壁之下"，还好，都能背出来。于是他才放心了些。他轻轻按着痛处走出小区，来到对面八万人体育场外的广场上。

霓虹灯花花绿绿、闪闪烁烁。夜风在这灿烂光芒里，有一种令人昏醉的流质感。空气中混合着咖啡和炸鸡的香味。路边有大群女人跳着广场舞，震天价的乐曲声，在苏立夏听来是如此不堪。他想，上海的街头艺术实在低劣，跟老家那些最本色的民歌一比，真是差得太远了！他走离那片舞场已经很远，可依然觉得，风中的一阵阵脂粉气，是那样令人作呕。

苏立夏突然涌出一个念头：去一个高处，吼一支家乡的山曲。这些年，他唱过无数歌，可无论那些歌怎么流行，怎么疯狂，他都觉得，比不上唱家乡的歌那么叫人血脉偾张。他要登高放喉，像站在苏家洼后山顶上那样，好好地唱一支山曲！

苏立夏就想起了教他唱歌的下放干部老耿。他是文化厅的处长，省里派来扶贫的，就住在苏立夏家。老耿教立夏唱歌，"课堂"就选在后山顶上。每次教唱，老耿都把苏立夏拉上后山，教他唱山曲。他说，山曲是中国最好的民歌，比意大利拿波里民歌还要了不起。立夏问："老辈说，山曲能唱到人心里，这是真的？"老耿说："是真的！唱山曲，就是喊魂，喊先人的魂。山高水长、天高地远，只要你想着自己在喊魂，你就能把它唱到人心里。"……

想着老耿当年教的歌，苏立夏走过了两片足球场。天这么晚了，还有许多少年在踢球。他们的疯叫声，风一般灌进他的两耳。他想起自己在县中住读时，也曾这样疯跑、疯玩，也曾这样充满荷尔蒙，在飞奔中忘记疲倦、忘记忧愁。那时，他不知道世界上还有上海这样一个城市，也不会料到自己会在这样的城市里扎根生活，更不会料到自己会跟一个叫郭玉蕙的上海女人结婚成家；他跟这个女人糊里糊涂生活了几年，糊里糊涂生了个名叫山山的孩子，现在，又糊里糊涂的，跟他们生生扯开了。他回头看看那个熟悉的老楼四楼窗口，目光长时间地抚摸那一小片温暖的灯光。这一刻，他才感觉到，跟前妻和儿子生生扯开，心里留下的，竟会是那样的痛！那痛，无时无刻、随时随地，说涌就涌上来；它咬噬他的心尖，吞食他仅有的那些愉快。每当这样的痛刺过胸膛，那些日子，在老楼四楼度过的，就像断片，撕碎他的灵魂……

他走进一座大楼。这大楼空荡荡的，晚上没人看守。他乘电梯来到顶层，又爬楼梯登上露台。大楼不知有几层，反正很高，没二十层，也有十几层。苏立夏明显感到，露台上风很大，凉飕飕的，比地面上风大多了；往下看，马路上的汽车变小了；乱哄哄的市声，也变得模糊轻淡了。满城霓虹，把天穹映射得星月黯淡、云气迷离。苏立夏觉得，头顶上不是一张天幕，而是一池浑水。

十九层，二十层，是比后山低，还是比后山高？苏立夏又想起了老耿。那次他问老耿："我们在山下唱不好吗？天天爬山，气也短了。"老耿说："瞎说呢。爬山人气长。山曲这种歌，就要在山上唱。一人唱了万山应，这样唱山曲才有气势。"苏立夏说："走山汉子才那样唱哩。一去三五里，瞭不见一个人。我们这样对着村里吼，乡亲们怕要嫌烦。"老耿笑着说："你管它哩！嘴里一唱山曲，世界就是你的了。你把眼光放出去，只有高山，只有大河，只有先人的魂。唱吧！你唱了，心里就亮了。"

想到这里，苏立夏兀自笑了。他决定唱，站到最高的地方唱。他恍恍惚惚的，又爬上了露台上的一段围墙。往下一看，高楼到地面，悬崖峭壁似的。但他一点也不害怕。他要把夜上海看得更清楚，也让自己的歌声传得更远。冷风自下而上刮过来，吹进他的裤管，把他的衣襟打得啪啪作响。

这时，街角有人发现了他。那人指着他的身影，大声喊："大家看，大家看！有人站在楼顶上。伊要跳楼！"

行人们肯定都听见了，但他们只是往上看一眼，鼻子里哼一声，仍然匆匆忙忙往前走。他们穿过街道，穿过车流，走向自己的目的地。没几个人愿意停下脚步，注目大楼顶上。即使有人停下来，眼光往上空搜索一阵，也就不耐烦地转身，汇入人流而去。

街角上的发现者，也许是叫累了，也许觉着自己有些无趣，很快也就不叫了。他只是一手舞舞扎扎的，不断往大楼顶部指指点点；路上那些大小汽车，像要逃离这是非之地，嗖嗖地往前疾驶，未见有一点停下来的意思。

苏立夏索性解开衣扣，露出胸脯，听凭夜风把衣襟吹成了一对翅膀。他面朝西北，看着虹桥机场上空的天光，对着西北方向扯开了嗓子——

> 阳婆出来一点点红，
> 出门的人儿谁心呀疼。
> 月公出来一点点明，
> 出门的人儿谁照呀应。

歌声粗粝、高亢、悠长，像一阵带着沙砾的大风，一下子压倒了那些甜腻腻的广场舞曲。楼下那位发现者的手，不再往上指指点点；周围停下脚步的人，却很快多起来。他们看着楼顶，听着那被风撕成一片片的歌声，发出惊愕的议论。

"伊做啥啊？"

"唱呀！"

"唱啥啊？"

"唱魂！"

在苏立夏眼里，楼下的人们真称得上是一群"蚁族"，他们的身子太小了。他们对他的歌唱发什么议论，他也听不到。可是，从嗓子眼发出第一声"阳婆"起，苏立夏就被自己的歌声感动了。他胸腔里涌满了怀念、痛惜、愤恨、酸楚……他的歌声刮过楼顶，刮过树丛，刮过大街小巷，刮过上海迷乱的天空。在这被风鼓动、被风伴奏、被风吹扬的歌声中，夜空模糊了，人群模糊了，满城霓虹和香车宝马也模糊了，泪水挂满了苏立夏的双颊。他想起了老耿，想起了他说的高山、大河、先人魂……

　　　　羊肠小路九道道坎，
　　　　出门的人儿回家呀难。
　　　　天上星星九颗颗亮，
　　　　出门的人儿好恓呀惶！

6

　　像结束了一场梦游，苏立夏回到老楼402室时，已经很晚了。

　　郭玉蕙问："你去哪儿了？"苏立夏说："就在附近转转。"郭问："怎么花了那么长时间？"苏说："还好啊。"郭说："山山睡着了。"苏哦了一声。郭说："你还没有吃饭吧？"苏说："吃了。"郭说："你吃没吃过，我一眼看得出。"说着，她掀开蒸锅，说："锅子里有包子，还有汤，你吃吧。"苏问："你呢？"郭说："我不饿。我还有中药要吃。"

　　苏立夏就坐下吃包子。

　　郭问："你跟山山说要去郊区挂职，这是真的？"苏说："是真的。"郭说："以前没听你说过啊。"苏不吱声。

　　两个包子一碗汤，虽没吃饱，但苏立夏的身子很快暖起来。他像以前一样，吃完后就顺手收拾碗筷。这时他发现，厨房里的抹布，已经换了新的，炊具、盐罐、糖缸、筷笼……一一都已换过。他心里隐隐痛了一下。

　　郭玉蕙端来一杯热茶，看着他颈后，问："你耳朵这里怎么了？"苏举手一摸，黏糊糊的，都是血，赶紧掩饰道："没事没事。"郭说："怎么没事，血肿有那么大一块呢，是不是跟人打架了？"苏说："哪里，刚才下楼时摔了一下。"郭哦了声说："原来那么响的一声，是你摔的？"苏点头。郭说："什么重要电话，不能当着我们面接，偏要下楼去接。"苏说："都是烦心事，不说了……"郭问："是不是老家又出事了？"苏迟疑一下，说："老爸的病确诊了，也是肺癌。"郭问："是吗？怎么跟你妈一样，又是肺癌！是不是老家的空气食品有问题啊！？"苏道："说不准。"郭问："那怎么办？"苏道："大哥嫂子都在医院陪，他们说要送爸来上海治疗。我让他们先不要来。"郭问："为什么？"苏没吱声，只看着桌上的新花瓶、新杯垫，呆呆的。

邻居送客，楼道里滚过一阵脚步声。杂音沉入楼底后，又引发一阵狗吠，听得出，是两条狗相遇后的对吠，其间还夹着一个女人对狗的训斥。所有这些声音消失后，是一片令人怅惘的静寂。

郭玉蕙说："你是不是怕他们来了没地方住？"苏说："不，我让他们住旅馆。"郭说："你不是说他们住不起旅馆吗？"苏不说话。郭说："你是怕我不让他们进这门吧？"苏说："我已经不住这里了，就不连累你了。"郭说："你这是什么话，病人不是山山的爷爷吗？大哥大嫂不是山山的伯伯婶婶吗？"苏说："他们来了，怕又要把你烦死。"郭说："现在是说这话的时候吗？你爸都这样了！"苏说："这谁能想到呢。"郭说："不要多说了，人命关天，快叫你爸来吧。"

手机叮咚响了一下。苏看了看，说："大哥短信。医生催他早拿主意。"郭说："那你就回，让他们抓紧出发。"苏说："住院的事都没联系呢。"郭说："这个不怕，你找你的关系，我找我的熟人，这么大的上海，还怕住不进医院。"

苏就发回信。正写时，郭突然问："你的手机屏幕怎么碎成了这样？"苏说："就是刚才摔的。"郭说："手机都摔成这样，人肯定摔得不轻。你要不要去医院看看？"苏说："没事的，你放心。"郭转身就出了厨房，一会儿又回来，手里拿个纸盒，说："这是我刚买的苹果手机，你先拿去用。"苏说:"不要,这个可以将就。"郭说:"你去郊区,应该有个好手机,拿着吧。"言罢不由分说,把纸盒塞进苏立夏包里。

发完短信,苏喝口水,起身要走。郭问:"去哪儿?"苏说:"我回机关宿舍。"郭说:"今晚就不回去了吧?"苏不吱声。郭说:"明天一早,山山醒来看见你在,不知会怎样高兴呢。"

就在苏立夏洗漱时,郭玉蕙快手快脚的,在书房给他搭了一张简铺。他坐在铺上,看着满橱旧书,心里不断翻腾。这些书,多是他一直没舍得丢掉的大学教材——《古汉语》《汉语修辞》《当代文学选读》……还有一批,是他喜欢的小说、散文。当年为了买这些书,他从牙缝里抠出钱来。现在离开了,这些书又该怎么办呢?卖吧,三钱不值两的;搬走吧,又往哪里搬呢?

胡思乱想间,手机响了一下,是补兴补旺发来的短信——

　　立夏哥:在您家门口放了两箱水果,是给嫂子侄子吃的。时间很晚了,我们就不进来了。违章事今已处理,罚款也交了。谢谢立夏哥教育,以后不敢了!补兴补旺

见郭玉蕙还没睡,苏立夏就让她开门取水果。郭问:"他们怎么不进来?"苏就给她看短信。郭说:"这两人懂点事了。"苏一笑。郭说:"原来你忙成这样,还是帮他们把烂事办结了?"苏说:"那怎么办,我不帮他们,谁帮他们。"郭说:"你去找了'花炮'莫镇海?"苏说:"你这样反对,我还怎么去找?"郭问:"那你是怎么搞到那证的?"苏说:"我没去搞证。我想了,就是找到'花炮',他也未必答应帮我去搞证。毕竟,这是犯规的。"郭说:"你倒还有点理智。"苏说:"我后来干脆去找了一位公安领导,实事求是反映了情况。他们研究后说,补兴他们运的爆竹,在规定数量以下,可以只作罚款处理,但要接受教训。兄弟

俩今天交的罚款，就算了结了这事。"郭说："苏立夏，你听我一句，今后老家来人找你办事，你一定要有所选择，否则，你会被他们拖死。"苏下意识地想辩白几句，可一想，自己婚也离了，家也散了，辩也是白辩，遂咽了口唾液，说："我知道了。"沉默了一会儿，他又说："补兴补旺以后来这里，我们的事，你不要告诉他们；还有哥嫂老爸来了这里，你也不要告诉他们。我不想让家里人知道我们……"

说到这里，苏立夏喉头一紧，差点哭出声来；郭玉蕙听了，大颗的泪，终究滚落下来。

山山起来撒尿，见苏立夏睡在书房里，喜出望外，又大声叫起来。这一下他不安分了，先是吵着要跟爸爸睡，接着又说肚子饿，要吃点心。郭玉蕙想孩子恢复了饥饿感，说明病有好转，就手脚很轻快的，给山山下了鸡蛋挂面。她问苏立夏，要不要也来一碗。苏立夏说不饿。结果郭玉蕙下了一大锅，打了六个蛋，三人都热乎乎吃了个夜宵。

山山脸红红的，没一点病象，缠着苏立夏说，要跟爸爸睡。苏立夏未置可否。郭玉蕙说："不可以，爸爸这张床太小。"山山说："那我就跟爸爸睡大床，妈妈睡小床。"郭玉蕙说："那也不行，妈妈换了床，睡不好觉。"山山噘嘴想了一会儿，说："有办法了——爸爸妈妈都睡大床，我睡在你们中间！"郭玉蕙苏立夏都不吱声。山山欢呼道："爸爸妈妈同意了！"郭玉蕙这时莫名其妙的，眼中浮起泪光，没来由地拿起一包垃圾，默默出了门。

苏立夏就从柜子里抽出一本《阿富汗民间故事》，随手翻开了，给山山讲故事。心里却想，郭玉蕙等一会儿回来，不知她会怎样安排今晚的睡铺。他就把耳朵支向门口，听着楼梯走廊的每一下声响。

郭玉蕙终于回来了。山山说："妈妈别忙了，我们睡觉吧，都睡大床。"郭玉蕙说："不行，山山，你会把感冒传给爸爸妈妈的，爸爸妈妈得了病，明天就没法上班了。"山山说："不会的不会的，我戴口罩睡觉！"苏立夏郭玉蕙都笑起来。郭玉蕙说："不吵了山山，快睡吧，都这么晚了，你不要退烧了？不要上学了？"

哄了好一刻，山山才睡去。

这一夜，郭玉蕙在卧室睡，门敞开着；苏立夏在书房睡，门也敞开着。两人都知道对方没有睡着，都希望对方能起身，在黑暗中走到自己身边来。

可是，谁也没有迈开这一步。

7

苏补兴的电话被苏立夏挂断，隔手又打来一个。

兄弟俩这回遇上了大麻烦：居委干部上门宣布，十天内，要把他们家的违章搭建拆掉；而这个违章建筑里，住着补兴补旺两个老人三个孩子。补兴在电话里恳求苏立夏去找政府的人帮忙，说："这里的居委归莘庄镇管，莘庄镇又归闵行区管。哥你给区里打个电话，一句话保管解决问题。"

苏立夏心里说，家也散了，妻也离了，难不成还要我把官丢了？

补兴后两天又来了几个电话。一次说镇上也来人了，连警察也进了屋，问"你是自拆，还是我们派人强拆？"三天后又来电话，说居委在门口加贴了一张《限期拆违通知》。他说："立夏哥，您再不出手，我们家就毁了！"

苏立夏听到兄弟俩——还有女人——在电话那头哭，心乱得不行。思来想去，他终于拨通了闵行一位副区长的手机。副区长劝他趁早不要管这烂事。他问为什么，副区长说，区纪委有令：凡利用职权阻止"拆违"的，一律先免职，再予调查。

苏立夏听了，竟迸出一个字来：好！

瞿美娟正好撞进门来，问："好什么？"苏立夏吃一惊，问："你找我？"瞿说："把你爸的身份证号码给我。"苏问："怎么了？"瞿说：

"你老爹不是要来上海吗？郭玉蕙让我找医院。"

原来，郭玉蕙这天一早就找了瞿美娟，让她帮忙落实医院的事。瞿美娟一听苏立夏的名字就来气，对郭说："你已经不是苏家人了，还管他这事！"郭说："不要说了，快救命吧。你想想，两个老人都患绝症，世上还有谁比他家更倒霉的？"瞿说："这倒也是。"郭说："这一次，兴许是我为公公办的最后一件事了……"说着就落泪。瞿说："你也不要悲观，我们一道使劲。"郭说："你不是说有个闺蜜，她妹妹是肿瘤医院医生吗？"瞿一听又来气，差点脱口而出："这闺蜜是谁你知道吗？就是林一清，喜欢你前夫的那女人！"

刀子嘴豆腐心，瞿美娟隔手还是去找了林一清。林正校对《机关党委换届选举结果》，见瞿进来，随即把文件放进抽屉。

瞿问："什么东西呀，这么保密。"林说："说事吧。不该知道的不要问。"瞿就拉着脸说："我要找你妹妹林医生。"林抬头问："谁病了？"瞿说："你喜欢的人。"林一惊："苏立夏病了？"瞿说："看你急的。是他爸病了。"林问："什么病？"瞿就把事情说了一遍。林说："怎么搞的，父母双亲都是肺癌！"瞿说："老人很快就到上海，他大哥大嫂也陪着过来。叫你妹抓紧点。"林问："他家这么多人来上海，住在哪儿？"瞿故意拉长声调说："当然是住在苏立夏原来家里啰——"林问："他们不是离婚了吗？"瞿说："离婚了又怎样？他一个净身出户的光棍，还能在哪里接待老家人！"林说："你说话怎么这么难听呢？"瞿说："难听什么？苏立夏难道不是光棍一个吗？"林白她一眼，问："郭玉蕙同意他们住吗？"瞿说："这方案还是她定的呢。"林沉默片刻，说："那好，我抓紧办。"

瞿美娟走后，林一清马上找到妹妹林医生，托了苏父住院的事，然后接通苏立夏，说："你来一下好吗？我要跟你说一下选举结果。"

苏立夏说声好，随即起身往机关党委走去。他相信自己已被选为党委委员。在别人眼里，这个无职无权的委员算不了什么，但他，却把它看得很重。机关里僧多粥少，即使职级升半级，众人也要明争暗斗。苏立夏不愿跟别人争。他要找一条自己的路。他认定参选机关党委委员，是一条"曲线道路"。机关党委委员虽不是实职，业余还要干很多事，但苏立夏愿意。他相信，只要自己多多付出，人们就会了解他、喜欢他，久而久之，就会信任他、任用他；什么职级、职位，一切都会迎刃而解。

林一清把一杯热茶放在桌上。一股清香，随着袅袅热气，直透心脾。苏立夏闻出，这是龙井；他还知道，这不是公家的茶叶。

林一清说："我受李书记委托，找你谈一次心。"

苏说："你们机关党委办事，就是顶真。"林说："有件事情，需要跟你先通个气。"苏哦了声，见林态度这么严肃，心里浮起一种不好的预感。

林一清说："这次换届选举，你没有选上。"

苏立夏听着，思路在一瞬间出现了障碍。他唯一清醒的是：不能在这个时候失态。他看着杯子里的茶叶，随口问："是吗？"林说："李书记让我给你打个招呼，希望你能正确对待。"苏玩味"正确对待"四个字，觉得这老套的措辞还真管用，便说："差额选举么，总会有人落选。这很正常。"

林一清把茶杯往他面前推了推，目光里流露出的，显然是同情。苏立夏觉得，让一个女人用这种眼光看他，感觉实在不好。他脑子里升起一个念头：这些年来，从家到单位，不好的事情接踵而来，是不是自己太背时了？

他拿起那只茶杯，尽力不让自己的手发抖。他看看墙上挂的毛体书法"实事求是"，呷了一口茶，暗暗叮嘱自己：苏立夏，你得稳住了！十几年前，你不是背时背得更厉害吗？那时，你就是一个外地的穷小子；今天，你已经进了大上海，还进了政府机关，难道面前这道小坎，你也迈不过去吗？！

这样想着，他心里舒通了一些。他对林说："其他七位同事，党龄都比我长，各方面都比我强，这个选举结果，我觉得很公平。"林两眉一扬，问："这是你的心里话吗？"苏说："我入党有些年头了，这点子事情算什么。以后你们机关党委有事，还是叫我参与，我保证圆满完成。"林说："人有个好心态，真是太重要了。你这么冷静，对我也是一个教育。"苏说："你这是在安慰我。"林说："安慰一下不好吗？我也需要安慰呢。"

苏抬头看看林，有些惊异。

林故意不看苏的脸，只合上笔记本，说："党委改选的事说了，我们聊聊别的吧。"苏说："好。"林说："这两天，怎么不听见你唱歌呢？"苏没吱声。林又问："听说你爸的情况也不大好？"苏点点头，轻声叹了一口气。林说："瞿美娟正在给你联系医院呢。"苏心里一时塞满了父亲的呻吟、哥嫂的眼泪，竟没听见林在说什么。林又说了一遍，他才醒来似的说："哦……我要谢谢她。"林又问："去郊区挂职的事，你考虑得怎么样了？"苏说："我定了，决定去。"林问："真的定了？"苏说："定了！"林说："那你怎么不问问我去不去呢？"苏说："这不用问，你不会去的。"林说："错，我恰恰报名了。"苏说："你开玩笑。"林说："我不开玩笑。"苏问："你好好的，为什么要去呢？"林笑说："很简单啊，要跟一个歌手去学歌。"苏说："我就知道你开玩笑。"林突然敛了笑，说："不开玩笑了。说真的，我确实已经报了名。"苏惊诧道："是吗？你在机关党委不是干得很好吗……"林看着苏，欲言又止，过了片刻，眼圈却红了……

门突然响了三下。苏、林抬头一看，瞿美娟站在门口。林背身揄了揄双眼，起身问："有事？"瞿却招手要林出门。林延宕了一会儿，才走出办公室。瞿问她："老人住院落实了没？郭玉蕙又来电话催了。"林说："落实了。"瞿说："那我就给她回话了？"林说："回吧。"瞿问："怎么了，你在哭？"林说："没什么。你还有事吗？"瞿往门内努努嘴，问："听说他……落选了？"林说："这下你高兴了，是吗？"瞿还想说什么，林一转身，"砰"一声关上了门。

8

半年后，瞿美娟才得到机会，再次与林一清深谈。

林是和苏立夏同一批去郊区挂职的。他们这批共有6人，分了三个乡镇。林走后，组织上征求瞿美娟意见，要调她去机关党委工作。瞿听说李书记要退，估计自己有希望接任李的职务，职级上又能升半级，遂一口答应。

中秋前两天，瞿美娟以慰问团领队身份，去郊区慰问挂职干部。见到林一清苏立夏时，他俩正在镇政府礼堂，带着当地一批年轻人排练大合唱《在希望的田野上》；苏指挥，林手风琴伴奏。见瞿美娟突然出现在门口，林一清先是叫了起来。两人跟排练的青年们打个招呼，便兴冲冲奔下台去。林握着瞿美娟的手，像孩子那样跳了两下。

瞿美娟给两人送了慰问礼包，只寒暄一阵，就对苏立夏说："我有事要跟林一清谈谈，你先忙去。"苏立夏返身离开，心里却讨厌瞿的口吻，想，你还没当上专职书记呢，就这样官架子十足，神气什么呀？

林挽着瞿的胳臂，走出礼堂，在不远处的湖心亭坐下。

阳光和煦，碧波如银，一群群白鹭，聚集在对岸芦苇丛中，发出细碎的鸣声；偶或受到什么动静惊扰，三五白鹭就拍翅而起，贴着湖面飞翔，留下一路优雅的身影。

林对瞿说："你看，这里风光多好。"瞿环顾一周，说："确实不错。如果谈情说爱，这是个好地方。"林问："你什么意思？"瞿望着林说："听说你跟苏立夏……"林说："直说吧，不要吞吞吐吐的。我和苏立夏两个人，是处得很好。"瞿："'处得很好'什么意思？你们是不是……谈恋爱了？"林问："如果我们谈恋爱，不行吗？"瞿："我没说不行啊。你单身，他也单身，你们两人谈恋爱，合法。"林说："这就是了，你应该多多关心我们才是。说起来，我们都还是大龄青年呢。"瞿说："看你油嘴滑舌的，像变了一个人。"林说："你说得对。到了这里，我是变了一个人。"瞿问："是吗？我听不明白。"林说："那我就坦率地告诉你，我变得像一个人了。"瞿问："难道你以前不像人吗？"林说："对，以前我不像一个真正的人。"瞿问："那苏立夏呢？"林说："这要去问他。不过我可以说，他跟我感受差不多。"瞿说："那是因为你们两人在一起的缘故吧？"林说："也许。"瞿说："你一直盼着他当面唱歌给你听，这一下你满足了吧？"林说："那是，他在这里可以放开了唱。他在这里唱，比在机关里唱得好听多了！"

就在这时，礼堂里传来一阵歌声：

> 蜜蜂落在窗眼眼上，
> 想亲亲想在心眼眼上。
> 树芽开花顶顶上，
> 操心操在你身上。

瞿美娟说："这是什么歌啊！"林一清说："说不清，只知是大西北一种民歌，叫山曲。"瞿说："是苏立夏在唱吧？"林说："你现在耳朵好使了。"瞿反诘道："我什么时候耳朵不好使过？"林说："忘记当初在机关听他唱，你还说是电台广播的事了？"瞿笑笑，说："这小子，真是越唱越好听了。"林说："那是，比在机关唱不知上了几个台阶。"瞿说："这么说，他一直在唱老家的山曲？"林说："应该是吧。"

> 夕阳落在山耕地，
> 一桩桩心事想起你。
> 一对对蝴蝶绕天飞，

不想别人单想你……

瞿问：“他怎么还排练独唱？”林说："不，是合唱排到一半，大家拉他唱的歌。"瞿问："不拉你俩一道唱吗？"林说："也拉。"瞿问："那你俩一起唱什么歌？"林说："什么都唱，《想亲亲》《兰花花》《赶牲灵》《刘海砍樵》……"瞿开始脸上还有些笑容，听着听着脸就沉下来，说："林一清，你是不是给情歌冲昏头脑了？"林说："没有啊，我头脑清醒得很。"瞿说："苏立夏是个有孩子的父亲，你不会忘记这一点吧？"林一清说："我知道他有孩子。山山还来这里住过。要看看我们一起去海滩拍的照片吗？"

瞿美娟脸色越来越难看。她的视线，从湖中央慢慢转到不远处的岸边水草丛。那里有两只野鸭，体型瘦小，羽毛枯涩，与雪一般的小白鹭相比，形同乞丐，但它们喁喁低语，交颈相游，别有一番谐趣。

这天晚上，原来说好瞿美娟要留在镇里，跟林一清他们一道品尝农家菜，临时却变了主意。她在回程车上给郭玉蕙打电话，说回来经过徐家汇，要去一趟她家。

瞿美娟进门时，客厅有点乱，两个旅行箱放在地上，敞着箱盖，要出远门的样子。瞿见屋里没人，就大大咧咧叫："小郭，去旅游啊？"

闻声出来的，不是郭玉蕙，而是苏立夏的大哥大嫂。

苏家大哥问："您是——"瞿说："我叫瞿美娟。"大嫂说："哦，小郭介绍过，您是他们介绍人。"瞿笑笑，问："老人家身体好吗？"

一问老人，大哥马上示意大嫂关上书房门，说："老爹在睡觉呢。"瞿问："老人家出院了？"大哥一招手，把瞿美娟引到阳台上。

大嫂轻声说："出了个情况。"瞿问："什么情况？"大嫂说："医院说老爹这个病，要转院治疗。"瞿问："转院？转哪个医院？"大哥说："那医院，叫质子中子……"瞿道："我知道了，是质子重离子医院。"大哥说："对，对！就这个医院。可那个费用，我们负担不起啊，要三十多万呐！"瞿问："这怎么弄？"大哥说："老爹说不治了，回。我们就办了出院手续，准备回。"瞿问："小郭怎么说？"大哥说："她刚刚回来见老爹要走，脸都急白了，转身就出了门。"瞿问："她去哪里了？"大嫂说："谁知道呢，天都快黑了。"

正说着，郭玉蕙回来了。大哥大嫂遂腾出阳台，让两个女人说话。

瞿问："你去哪里了？"郭说："我去肿瘤医院找院长了。"瞿问："找院长干什么？"郭说："向他道歉，老人不该自说自话出院。最要紧的是，我跟院长提出，老人要去质子重离子医院继续治疗。一切费用，我会付清。"瞿问："你哪来这么多钱？"郭说："这你就不要管了。"瞿说："你以后日子不过了？"郭说："以后的事以后再说。"瞿压低声音说："你不要嫌我说话不讨喜，老人这么大年纪了，万一手术不成功……"郭说："不成功也要救。我说了，这是我为老爹做的最后一件事。"

挂钟响起来，一阵鸟鸣，接着才是六响。这钟是瞿美娟当年送给山山的生日礼物。她问："我家山山呢？"郭说："小东西躲在房里哭呢，爷爷要走，他伤心呢。"苏家大嫂过来说："要不让山山出来见见大妈妈？"瞿说："不了，让他一个人待着也好，出来也是一泡泪，白白惹老人伤心。"郭轻声道："老人也哭了几回了，他也不舍得孙子呢！"郭说着便想起，其实这个家，早已经破碎，老爹与孙子也好，与自己这个前媳妇也好，今后见面的机会不会太多了，心一酸，泪水便挂下来。

瞿美娟心里也不好受，问："老人的事，告诉苏立夏了吗？"郭玉蕙说："不告诉他了。他在郊区忙工作呢，我一手料理并不难。"瞿在心里说："呸，还忙工作呢，他跟林一清忙恋爱都来不及呢！"遂拿出手机，说："不行，我得给他打电话，老人这回治疗是大事，他应该回来。"

大哥咳了一声，走到瞿美娟身后，轻轻叫一声"瞿同志"，说："你慢慢打这电话，我跟你说个事。"

　　说着，大哥就把瞿美娟引到门口，回头看一眼客厅，说："瞿同志，有些话，不知我该不该说……"瞿美娟说："你是大哥，有什么不能说的？"大哥说："这么些日子待下来，我也看出些名堂来了，立夏跟小郭，是不是……"瞿说："是什么？"大哥说："是不是分开了？"瞿不吱声。大哥说："干部挂职我们那里也有，可像立夏这样大半年不回家的，也少见。我还听山山说，爸爸妈妈现在不在一起了。"瞿说："是吗？"大哥说："说句实在话，我老爹的事，多亏了小郭。有人说，上海女人毛病多，我看小郭不一样。"瞿说："大哥有眼光。"大哥说："立夏是我弟弟，我要说他一句，他要是跟这样的上海女人分手，那是他没福，也是我们苏家前世不修。"瞿见大哥说得痛心疾首，便说："我虽是他们介绍人，但有些事情也不清楚。大哥不要想得太多。"大哥说："不是我想得太多，而是我为我弟弟难过。你不要看我爸这样老态龙钟，他也看出名堂来了。"瞿问："是吗？"大哥说："所以，你不要给立夏打电话了。他要是回来，反而叫小郭为难。"

　　天色已晚。瞿美娟和郭玉蕙一道，好言劝说老人，并说好明天一早，就去办转院手续。商量之时，老爹不断地念叨："三十多万，三十多万呐。"郭玉蕙说："这事您老不用操心，我和立夏拿得出来。"老爹说："可这一步我迈不开啊。"郭玉蕙说："有什么迈不开的，小辈出钱给老辈治病，这是天经地义的事情。"老爹说："这条老命，不值这么多钱啊。"郭玉蕙说："快不要这么说。立夏妈来上海，最后没有救起来，我们都后悔死了；这回花再多钱，也要把你的病治好。"老爹只是抹泪，说："我们老苏家拼死拼活，也还不清这笔债啊。"郭玉蕙说："你把病治好就行，谁要你还啊！"说着双泪横流。大哥、大嫂，还有瞿美娟，也都在一边抹泪。

　　天晚了，安顿好一家人晚饭，郭玉蕙跟瞿美娟出了小区，进万体对面一家咖啡馆，要了茶点，坐下说话。

瞿说："还没有跟你说呢，今天我去郊区慰问了。"郭说："那你一定见到苏立夏林一清他们了？"瞿问："你怎么知道林一清的？"郭说："暑假我带山山去过啊。"瞿说："原来你是跟山山一道去的啊？"郭说："是啊，怎么了？"瞿说："怪不得林一清还要我看你们一道在海滩拍的照片呢。"郭说："去海滩那天，正好山山生日，小家伙玩得可开心呢。"瞿却白了郭玉蕙一眼，说："你让我怎么说呢小郭，你跟苏立夏怎么到现在还授受不亲！"郭说："你这是什么话，什么叫授受不亲？"瞿说："你现在做的，不就是授受不亲么！"郭问："离婚了，难道我们就不能再见面了吗？"瞿不说话，只是摇头、叹气。郭说："山山要去看爸爸，我有什么理由不送他去呢？"瞿说："那你送到后就回来啊，你还在那里留宿！"郭说："在你看来，我跟苏立夏永不见面，最好再当死敌，才是一个离婚女人应该做的，是不是？"瞿说："我也不是这意思。"郭说："那你是什么意思？林一清苏立夏诚心留我，山山也吵着要再玩几天，我怎么就不能留下来呢？"瞿说："苏立夏跟林一清成了一对，你是不是觉得自己很光荣啊？"郭说："你这人就是这么刻薄。人家怎么看他们，我不想知道；可我真心觉得，他们两人在一起，蛮好。"瞿说："真没想到，你竟然还跟他们一道去海滩疯玩！你算什么身份啊你？"郭说："我算什么身份？我是山山的妈妈，不可以吗！我倒是要问一句，你是什么身份，现在这样对我兴师问罪！"

两人声气都不由得高起来。正好服务生送来一盘蛋糕，郭玉蕙又要了冰淇淋，气氛才算缓和了一下。

瞿用小匙吃着蛋糕，又问："你去那里住了几天？"郭说："一个礼拜。"瞿说："整整一个礼拜啊，真有你的！你跟苏立夏住一个宿舍了？"郭说："看你想哪去了！我和山山住镇上的小旅馆，又干净又便宜。"瞿说："那林一清也跟你们一道进进出出吗？"郭说："是啊，我们天天在一道。每天三餐，我们都在镇政府食堂一道吃。你不会说我这又是授受不亲吧？"瞿冷笑一声，一副既不屑又无奈的样子。

郭说："不管你怎么说，我要说句公道话。林一清这人不错。跟我们山山也投缘。如果苏立夏将来真的要跟她成家，我是放心的。"瞿说："你还悲天悯人呢，郭玉蕙！跟苏立夏都离婚了，还这样。"郭说："可我们毕竟夫妻一场。苏立夏还是山山的父亲。山山今后好不好，跟林一清不能说没有关系。我有机会了解她，为什么不了解一下呢？"瞿说："你觉得林一清会对山山好吗？"郭肯定地点头。瞿问："何以见得？"郭说："从她的眼睛能看出来。"瞿问："你看出什么来了？"郭说："她比我温和，比我有耐心。她不仅会对山山好，也会对苏立夏好。"瞿说："你就这样放手了，对不对？"郭说："不放手又怎样？大家都要面对新的生活。不是吗？"瞿摇头道："你们这些人，我看不懂。只可惜了山山这孩子。"郭突然不说话了。瞿吃了几口冰淇淋，再抬头看，郭早已是泪流满面。

把瞿美娟送上车，已是八点多。两人商定，明天上午到医院再碰头。万一老人转院手续出现麻烦，瞿还可以再找林一清妹妹林医生帮忙。

回家一开门，郭玉蕙大吃一惊：不知什么时候，家里已经空了！

柜子上压着一张纸条，那是苏家大哥留下的——

　　小郭：

　　爸想前想后，还是决定回去。他的脾气你知道，我们拦不住。

　　不过我们可以向你保证：回老家后，我们决不放弃治疗。我们会立刻去县医院看中医门诊。

　　这段时间让你受累了。爸说，他看不得你头上的白头发。你和立夏的事，我们也多少看出了些。一说起这事，爸就止不住落泪。但这也是没办法的事。我们尊重你俩的选择。

山山睡着了。我们唯一希望的是，因为山山，我们跟你、跟上海，还能继续保持那么一点联系。

你让我们对上海，留下了难以言说的印象。

再见了，小郭；再见了，山山！

大哥、大嫂 即日

还没看完信，郭玉蕙的眼泪便扑簌簌滚落下来。她已很久没跟苏立夏联系，这时却迫不及待拿起电话，拨通了他的手机。她说她实在没招了，她问苏立夏，能不能马上回来一次。

苏立夏在手机里安慰郭玉蕙：回老家的火车，要明天早晨才开；他们三个人，依他估计，一定会在火车站里过夜。他马上给大哥通电话。如果他们还没离开上海，他立马就叫车回来。

半夜时分，郭玉蕙终于站在窗前看到：一辆出租车在小区门口停下，一个熟悉的男人身影先下了车；接着，一个并不陌生的女人身影，也跟着下了车。

他们一道抬头看四楼的窗口，又一齐朝她急急走来。

写于2017年初夏

铁皮蛊

1

苏雪青上午进机场还好好的，下午却给章西武发微信，说，我要出事。

这些日子，苏雪青常有些古怪想法。譬如种花时铲断一条蚯蚓，眼看蚯蚓在泥里扭曲打滚，她就想，这家伙再生能力这么强，如果活吃它，性能力一定会增强吧。她就把嘴张开，可一闻那腥味，她就恶心了。又譬如同事说，在高架路上看到一男子停车，突然打开车门，爬上护栏，纵身跳下……她听了，顿时两脚发软，却仍止不住想：这男子在空中飞行，会是一种什么感觉；如果后悔了，立即调整空中姿势，自救还来得及吗。

这些想法，会在她脑子里游荡好几天，不时出来骚扰她。她还会跟丈夫章西武不断提起这些事。章西武一听，就会不出声地骂她"神经病"；有时不小心骂出声，苏雪青就会对骂，要么你神经病。

此刻章西武收到微信，就下意识地骂了她一句。不过他还是很节制地问妻子：出差在外，能出什么事？苏雪青回写：警察来电话找我了，大概就为那事吧。章西武知道那是什么事，就怀着侥幸问：不会是骗子的电话吧？苏雪青回：社区民警田小珍我认识，怎么会是骗子。章西武问：那你准备回上海吗？

苏雪青没回。章西武就想，如果妻子回上海，那晚上的事情就白瞎了。他想着天黑后要见面的那女人，一边把食指往鼻翼处穷擦。妻子突来的微信令他满手是汗，写字也涩了，擦点鼻油，写起微信来可以滑溜些。

足有三四分钟，苏雪青没回一字。章西武憋不住又问：你到底准备怎么办？回来吗？苏雪青仍不回。章西武估计妻子方寸已乱，便换个角度再写：你回上海的航班还有吗？苏雪青这次回了，说：我不想回。章西武问，为什么？苏雪青回，这次出差是一笔大业务，我年终奖都在里面呢。章西武写：可你不听民警传唤，警方会强制执行。苏雪青回：难道他们会找外地来？不至于吧。章西武回：一切皆有可能，要不我代你去一趟派出所？苏雪青说，田警官说了，必须我本人去。

章西武看到这条微信，长长吐出一口气。

夫妻做长了，两人会有相同的感应。这个有点奇怪。章西武后来回忆，这次出事之前，他俩就有过同样的预感。

那天他俩一早就觉得事情不妙——

第一波起于苏雪青的一个习惯。她每次出差前，都要死缠章西武做一回。她一出差就是十来天，荒这么长时间，她说"是一种浪费"。她还说过，女人不在家，男人容易出墙。所以出门前，她要把男人掏空。

这就近乎女人的阴谋了。这天早晨，章西武被苏雪青弄醒。那一阵含香的鼻息特别烫，在章西武脖子间吞吐。章西武的身体就有了若干反应。苏雪青喜欢早晨做，这一点让章西武很是闹心，因为他喜欢晚上做。不过这些年来，他也认了，只是有时还是对不上苏雪青的节奏。

这天清晨想到即将小别，章西武进戏很快。相持一刻后他调整好气息，准备冲刺。可正当他要发力时，房门却被敲响了。夫妻俩都一惊。

儿子飘飘在外面叫：爸爸妈妈，你们在干什么啊，还不起床啊！

章西武吼道，急什么啊，来得及！

飘飘说：今天轮到我升旗啊，你们忘啦？

苏雪青猛一挺身，把章西武推到床下，自己抓起衣裤，胡乱套着，一头冲进厨房。

这一幕，直到车子开出小区，苏雪青还在埋怨。她对丈夫说：还没出门就这样不顺，是不是我的飞机要出什么事？

章西武大声说：你不要乱说好不好！

苏雪青说：你这么凶干什么？

章西武说：这不顺那不顺的，你怎么不从自身找找原因呢？

苏雪青反问：我自身能找什么原因呢？

章西武说起这个，气就不打一处来，仍大声问：你的生物钟就不能换一下吗？为什么总要早上做呢？

苏雪青道：你说什么呀，儿子在后面呢！

飘飘早就听进了，问：你们早上做什么呀？

苏雪青凶道：大人的事你少管！

飘飘就狠狠咬了一口肉包，朝母亲的背影哼了一声。

唉，怎么就把儿子升旗的事忘了呢？夫妇俩想起这事就叹气。儿子在学校当旗手，那是一件大事，按理说到了这一天，一家子都会起大早，绝不会出岔子的。可怎么这天就把这事忘了呢？这不就是中邪么？

因为晚了点，章西武的"斯柯达"刚下莘庄立交，就在沪闵高架前被堵住了。

望着车前车后长长的车流，飘飘绝望地叫，爸爸你看——。

章西武不吱声。苏雪青责怪丈夫道：叫你开我的车，你就是不听，非要开你的新车，这下麻烦了吧？

章西武狠狠看着前方，还是不应。他眼珠一转，从后视镜里看到了儿子泪汪汪的样子，心里一痛，当即就喝了一声：走起！

七点正，是外牌车禁上高架的时间。章西武的"斯柯达"，挂的正是外牌。他必须在七点前驶上高架；不然的话，走地面道路，飘飘旗手当不成不说，连第一节课都得迟到，而第一节课，正是全家备战多时的语文中考。

章西武咬着牙，将方向盘往外猛打。"斯柯达"拐出车流，驶上另一车道。苏雪青大叫，你神经病啊！章西武不应，踩足油门，一口气超出几十辆车。快到实心线时，才一个猛拐，插入车流。

如果没有这次碰撞，章西武逆袭就成功了。可他听到一声很闷的响声，伴随着车身的一阵震动。苏雪青拍着仪表台大叫：章西武，撞了，你撞人家车了！

车厢内外，突然有几秒钟静默。

飘飘突然爆发出大哭声。因为急刹车，他脑袋撞在前座上，肉包子滚得老远。

章西武握紧拳头，擂了两下方向盘，侧头猛撞一下窗玻璃，扑出门去。

一辆白色轿车歪斜着，被他的"斯柯达"顶住车门，撞出一个大坑，整个反光镜也被撞落在路上。章西武看那车标，是日本进口的"英菲尼迪"，车牌号"沪AA2000"。他不由得骂了一声。

苏雪青捧起儿子的脑袋，一看无甚大碍，也慌里慌张爬出门去。

"英菲尼迪"的车门——副驾驶那一侧的——很久才打开。车厢顶上冒出一个男子，戴一副墨镜，还戴一顶网球帽。章西武一见他，就有自惭形秽之感。这人气宇轩昂，比章西武高出一头。章本人虽不矮，可年纪轻轻已腆起肚子，不像这男子，结实修长，浑身笔挺，像来上海参加大师赛的网球健将。

男子下车第一件事，就是整一下帽檐，扶着门，往后看了一眼长长的车流。章西武觉得，他扶门后望的姿势也很好看。遂也随他目光，望了一下车后。事故阻起的车流迅速延伸，只见其首，不见其尾，喇叭声吵成一片。

男子收回眼光，推上车门。关门声很闷。章西武与苏雪青对视一眼，一个念头同时滚过两人心底：好车！只有好车，关门声才会这样闷。

车流越堵越长。少数几辆车子驶过他们身边，司机都用仇恨的眼光鞭打他们。章西武愈加觉得，自己不是肇下了一个交通事故，而是散布了一场瘟疫，身后无数瘫痪的车子，全像是被他毒倒的甲虫。

章西武遇到过多次事故，每次擦撞后开门下车，双方不是大打出手，就是大吵大闹。可这次不一样。戴墨镜男子下车后，只瞥了他一眼，久久不发一言，这倒是给了章西武一种别样的压力。

被堵的车辆在后面发出愤怒的喇叭声。戴墨镜男子擦过章西武身边，一股特别的香味随风飘过。这是男用香水味。章西武说不出这是什么香水。他从来没有用过香水。在滚滚废气中，这香味却给他带来一抹清凉，令他脑子顿时一清。他不由自主地跟着墨镜男子的脚步移动。这时他才发觉，墨镜男子的网球帽是全黑的，帽舌奇长，帽子上没一个字，不像一般网球帽，会印满英文；还有那副墨镜，如一对巨大的牛眼，令章西武看不清他面目。遇上了这么个男人，章西武明显觉得有个气场压在他头上。

苏雪青突然跺脚，说：章西武：你发什么呆啊？章西武一怔，说：我……没有啊。苏雪青问：你现在怎么办？章西武故作镇静道，没事呀，你只管把飘飘看好，其他事情我来应付。苏雪青晃晃手机说，我打110吧。章西武说：打110干什么，你傻啊？苏雪青说，怎么啦？章西武说，我变道撞的车，肯定我负全责。苏雪青说，要是交警作出另外的判决呢？章西武说，不可能，交警来了，见我们没有快速撤离，加重处罚倒有份呢。

说话间，墨镜已举起手机，围绕两车拍了照。章西武见了，像刚醒来一样，也拿出手机拍起照来。

墨镜走到"斯柯达"车头前，瞟一眼车牌，轻笑一声，说："白完"啊。

这是他说的第一句话。

章西武没听懂，苏雪青却听懂了。上海有的人很坏，故意把"皖"字读成"白完"，尽管苏雪青说不清"白完"两字究竟包含着何种恶意，但她总觉得，这是一个不小的侮辱，起码是一种亵渎。她想跳起来骂："白完"你妈个头啊！"白完"妨碍你什么了？"白完"怎么啦？不要说上海，就是美国，我们"皖"字车要去照常去，谁又能把我们怎么样。

可是，眼下自己理亏着，接着，还有事故处理、理赔申请等一大堆烂事等着，苏雪青不得不咽一口唾沫，把火压在肚子里。

墨镜男子脸上，始终挂着那一丝笑。他很快绕到车尾，对着车尾的"皖"牌，又咔嚓拍了一照。

苏雪青看着墨镜的网球帽，还有他车上那张"沪"字车牌，眼睛几乎迸出血来。她想，你神气什么呀，不就是一张上海车牌吗？我家过去也是上海人啊，我爹我妈还是响当当的上海工人阶级呢。要不是国家遇上特殊困难，我家哪会这样。那些年，国家号召上海支援"小三线"，我爹我妈把整个家，还有整座工厂，都搬去了安徽铜陵。现在，两老的身子早已弯成了两张弓，可他们还在那山沟里不声不响地待着。要不是当年他们这批老工人帮助国家渡过难关，上海能有今天吗？中国能有今天吗？要不是爹妈他们老实做了牺牲，今天我苏雪青不也是上海户口，挂着"沪"字车牌，跟你一样神气活现吗？

身后被堵的车队越来越长。车流最远端，有警灯亮起。戴墨镜的男子并不跟章西武理论，甚至连话也不说，只对章西武摊平手掌，说了第二句话：驾照。

章西武钻进车里，手忙脚乱翻驾照。车外，只留下苏雪青一个人。这时，她忽然发现，在那辆白色"英菲尼迪"后座，还坐着一个女人和一个女孩。女人跟苏雪青差不多岁数，女孩则跟飘飘年龄相仿，显然是母女。苏雪青发现，女人很漂亮，是一种清爽的、有气质的漂亮，不是那种美艳，咄咄逼人的。即使在这样突然的撞车之后，女人脸上也没有什么怨，没什么恨，只与女儿静静坐在车里，仿佛车外什么都没发生过，或者说，车外发生的一切，都与她无关。苏雪青透过车窗，看到那女人纹丝不动，只抬起头来，瞟了她一眼。瞟过这一眼后，复又低下头，跟女孩继续说着什么。母女俩合捧着一本书，女孩不时抬头看母亲的脸，很崇拜又很依恋的样子。这小女孩，对车外的一切也是无动于衷。这母女俩隔世般的平静与漠然，令苏雪青很是震惊。尤其是那女人透过车窗向她随意瞟来的一眼，更像一把雪亮的匕首，在苏雪青心上轻轻划了一刀；以后无论过去了多少年，这一瞟留在她胸中的痛，都还隐隐地在。

见了这对母女后，苏雪青禁不住又朝墨镜男子多看了几眼。他的冷静，他的麻利，尤其是他沉默时，脸上那两道峻刻的法令纹，使她相信，这一家所有的大事，都是由这男人承当着的。他是栋梁，是羽翼，是一道厚厚的墙；那对母女，则是栋梁下的宠物，羽翼下的雏鸟，大墙下的花草。无论发生什么事情，他都会挡在前面，不会让冷风吹到她们脸上，让脏水溅到她们身上。苏雪青尤其欣赏这男人挺直的腰板和颀长的身子。这样的身段，这样的灵捷，含着中年男人的老练与机敏，还有上海人所说的——功架，这都是苏雪青从懂得男人起，就一直在追求的。哪像她身边的章西武，身子臃肿，神情猥琐，撞车后，鼻子上的镜架都歪了，头发也乱了，有一绺还披散在额前，带着汗水；事故发生后，他一直是慌慌张张的，大祸临头的样子，脸色都和平时不一样了……

苏雪青瞥了一眼丈夫，一则以鄙夷，一则以可怜。在刺鼻的尾气中，她绕到"英菲尼迪"车头前方。这时她看到挡风玻璃后面放着的塑封纸牌"玫瑰苑"，上面还写着"东区36号"。她想起她去过的这个别墅小区……

飘飘人小，却也关心这场车祸，趁父母不留意时，就溜出车外。他走到苏雪青身边，摇着母亲的手，问：爸爸的新车撞坏了吗？我们要赔多少钱啊？……苏雪青不知怎的，心里涌起一股无名火，"啪"地一声，在飘飘头上猛拍了一掌，大声呵斥道，你出来干什么？回车上去！

飘飘哇地哭出声来。

墨镜男子把自己的手机号抄上一张黄色"即时贴"，交给章西武，一边对苏雪青说，大人间的事情，你凶孩子干什么。

苏雪青无语以对。对方这话，俨然长辈，莫名其妙的，就让苏雪青认错了。临走，墨镜男人还摸摸飘飘的头，笑着说，不哭啊小朋友，今天我们认识了，对吗？苏雪青看到，男人的手，皮肤白皙，手指修长，指甲圆润齐整，让人想到这一家子在"玫瑰园"里的优裕。出人意外的还有，他跟飘飘说话时，弓着腰、低着头，神态跟说"白完"时完全不一样，岂止文雅，甚至还有几分慈祥。这使苏雪青暗暗刮目相看。

拍完照上车，"斯柯达"还没有启动，苏雪青就问章西武，你说，这个男的会放过我们吗？

章西武用嘴努一努后座的飘飘，说，等会儿再说。

这次事故，也是章西武经历的处置最快的事故，既没耽误上高架，也没耽误飘飘升旗。他的"皖"字牌轿车在高架上开得飞快。毕竟是小孩，赶到学校门口见了同学，飘飘也早已破涕为笑。

路上有人对"斯柯达"指指点点。章西武脸上很有些挂不住。这还是一辆十足的新车，可前面的保险杠已经疲疲沓沓落了下来，右前灯也碎了，就像个新娘子，才跨进宴会厅，婚纱就被撕碎了。

章西武接着要送苏雪青去虹桥机场。可挂外省号牌的车这时已上不了高架。"斯柯达"只能在地面上行驶。两人脸色又暗了下来。

章西武说：千算万算，不如老天一算。

苏雪青知道他说的是什么。前些天买"斯柯达"，4S店小弟来推销车险，苏雪青对他说：我们除了交强险，其他险一律不买的。小弟说：你们胆子也忒大了吧？苏雪青一笑，说：我家又不是一辆车，我们一直是这样的。小弟说：现在路况那么复杂，你就不怕开车擦擦碰碰？苏雪青道：这是一个倒逼机制你懂不懂？不买保险，可以倒逼我们开车更加小心！小弟说：小擦小碰总是难免的吧？苏雪青说：你这是什么话！我开的那辆车，五年来就没出过一次事故，连小擦小碰都没有！小弟舌头一伸，吓得转身就走。

私下里，苏雪青也算过，什么防盗险划痕险玻璃险，购险人纯粹是给保险公司送钱。只要开车留神，拿这些钱来养车，其实绰绰有余。但早上这么一撞车，她后悔了。车到中山路内环下，她突然冒出一句：那天，我们应该买全险的。

章西武看了她一眼，发现一向很好看的妻子，此刻忽然显出憔悴相，心里就有些不忍，忙安慰道：这事谁能预料呢？赔偿的事你就不要管了，我去解决。

苏雪青说，你去解决，不也是用家里的钱吗。

章西武心里咯噔一下，想，刚才这话，说得太不严密了，等于把自己的小金库暴露了。遂调转话题，说，送你上飞机后，我马上去补买一个车险。

苏雪青说，现在买还来得及？

章西武说，我想跟"英菲尼迪"商量，看能不能通融下，把撞车时间改一改。

苏雪青问，改什么时间？

章西武说，当然购险以后。

车厢里出现一刻寂静。路噪的沙沙声，有点像车外在下雪珠。

苏雪青略有些失神。过了一会儿，她才说：这事恐怕商量不了吧？现场拍的照片，年月日分秒，都刻得清清楚楚的。

章西武说，这不是问题，只要"英菲尼迪"肯通融，其他我都有办法。

苏雪青扫了丈夫一眼，想，这话对头，他就是干这行的。又想了想，问：那"英菲尼迪"，不知是个什么角色？

章西武侧脸看了妻子一眼，说：他是什么角色，跟你有什么关系。

苏雪青吸口气，说：我只求他是个大佬，可以放过我们。

章西武说：你以为上海人会这样大方吗？他照片也拍了，手机号也抄了，这就是要跟我们索赔的架势。

苏雪青一副心事重重的样子，眼望前方，说：我也知道自己是幻想……

章西武道，你幻想幻想也好，可惜没用。等了一会儿，他又补一句：倒是我刚才说的办法，比你的幻想实用。

苏雪青问，你认为"英菲尼迪"肯通融？

章西武说，这个你不晓得，上海人很怪的。

苏雪青嘀咕道，上海人难道我不比你更了解。

章西武说，那不一定，虽说你也是上海人，但旁观者清。上海人啊，只要你给他好处，让他得利，他就会变得很好说话。

苏雪青说，嗤，这不是全国一样的吗？难道给你好处，你不好说话吗。

章西武强调说，上海人特别是这德行。

苏雪青沉吟数秒，说，那你就试试吧。等会儿你去把车险补买了，我出差回来，就去找"英菲尼迪"谈。

章西武略有些吃惊，问，你去找"英菲尼迪"谈？

苏雪青说，是啊，我就是干这行的。这是我的活儿。跟人谈交易，你比我差远了。

章西武想一想，说，也行。

苏雪青说，他的手机号呢，我抄一下。我到外地安顿好，就跟他联系。

章西武用嘴努了下仪表盘下的储物柜。苏雪青取出那张"即时贴"，用手机拍下那个号码，还有一个字——"英菲尼迪"的姓——肖。

她笑着说，我们倒可以给他起个名。

章西武说，起个什么名？

她说，英菲尼迪·肖。

章西武笑说，这个可以。

苏雪青眼前就浮起"英菲尼迪·肖"的样子：挺拔的身板，两条长腿，网球帽和墨镜，还有他扶门后望的样子。她又想起坐在轿车后座的那对母女。女人那一瞥目光，如一道冰凉的泉水，在她的心头凛冽了一下。她想，怎么会有这样的上海女人呢？狭路相逢，非常时刻，竟用这样的眼光看人，这才叫人另眼相看呢，这才是看不懂的上海人呢。

太阳很好。"斯柯达"沿着延安路一路向西。头上就是延安高架路。阳光下延绵不绝的高架巨影，把地面道路遮蔽得又清爽、又阴凉。

章西武嘀咕一声，上海真好。

苏雪青也想说，可她没说。这时已是上班高峰，但路上车辆意外稀疏，要是红绿灯争气的话，在地面开车，并不比高架慢。

章西武抚弄方向盘，打开了电台音乐频道。这时正播《土耳其进行曲》，章西武便跟着哼，左脚还一下下踩着节拍，手指头在方向盘上弹啊弹的。

苏雪青哼了一声，想，撞车才多久，骨头就轻了。连个高架都上不了，还高兴，活该当"白完"！

她用恨恨的目光，向上看延安高架路。她对上海所有高架路都充满怨恨。这是她的梦魇。每次她开车驶上高架匝道，那横七竖八的禁令牌，就令她心烦。这些牌子像一道道魔筛，轻易就能把她这个外牌车主从车流中筛出来，然后像扔一片枯叶一样，扔到高架路下去；而那些本地车辆，这时便嗖嗖驶过她身边，阵阵气流掠过她发际，就像小流氓对着一个女孩儿吹口哨……

2

章西武这些天特别注意打理自己的形象。他一下班就去理了发。理的是那种两边剃短、中间留长的"柿子盖"发型。当他顶着这个新发型踏进奇门酒店301房间时，糜来芳已经在洗澡。

糜来芳是苏雪青的大学同窗，两人住同一宿舍。当年苏雪青认识章西武，就是糜来芳做的介绍。去冬她跟女老板闹翻，跳槽求助的第一人，就是章西武。章西武帮她说了很多好话，还说动老总安排她去当江湾分公司财务经理。这个片区，正是章西武分管的；两人暗度陈仓，也就从这时开始。

章西武你时髦啊，糜来芳把头探出淋浴房，张口就说出了章西武的新发型名称：这个叫"莫西干"！

你怎么知道它叫"莫西干"？章西武问。

我也是听来的，糜来芳说，说是朝鲜传来的，有这事吗？

章西武说声"不知道"，夸张地吻了一下糜来芳，发出很大的声音。

这下你不回去了吧？糜来芳说。

还得回去一次，章西武说，飘飘作业还没做完。

让他早点睡吧，你赶紧过来。糜来芳说。

我也巴不得这样呢，章西武说，谁不知春宵一刻值千金。

糜来芳嗔道，嘴巴不要这么甜，快去快回。

章西武问，你身边那东西还有吗？

糜来芳一怔，道，有，不过今晚不用。

章西武问，怎么了？

糜来芳说，我要给你生个孩子。

章西武说，你想好了？

糜来芳说，想好了。我要做个单身妈妈。

章西武说，什么单身妈妈，不是还有我吗。

糜来芳不耐烦道，快哄你儿子睡觉去吧，早去早回！

女子飞个吻，人就隐去了。章西武一时收不回目光，身子燥热得不行。

糜来芳要孩子，这是一个新课题，章西武想，是让她要还是不让她要呢？他很为难。不让要吧，她会催得更紧，他知道她的脾气；要吧，生下后怎么办？能永远瞒着苏雪青吗？两个家庭两个孩子，这个挑战，自己承受得起吗？

　　章西武走出宾馆房间，随即按下电梯按钮。等电梯时，他放眼去看大街对面那幢楼的某一个窗口。他近视，看不清灯下坐着的飘飘。电梯来了，他一进门就看手表，想着怎么在一小时内把飘飘送进梦乡，然后再奔回跟麋来芳睡觉。

　　这就是章西武喜欢奇门宾馆的理由。"奇门"是一家干净的酒店，就在他家小区对面，还有免费早餐。苏雪青出差时他跟麋来芳过夜，基本上都在这儿。他不敢在家里跟麋来芳过；就是白天，他也不敢。有过那么一次，在留着苏雪青体味的床上，他抱着麋来芳，心里就是有障碍，做不了那件事。他也不知道自己怕什么。麋来芳与苏雪青是两种类型的女子，奇怪的是，只要跟麋来芳在一起，贴近着看，他就觉得，麋来芳的眼神跟苏雪青很相似……

　　选"奇门"还有个原因，那就是便于照看飘飘。苏雪青每次出差，都会给丈夫留条，强调要记住几点。有时，她还会在外省甚至外国，发微信来提醒，诸如"不要忘记给飘飘剪指甲""儿子袜子上有个洞，你给他换一双"等。极端的一次，苏雪青出差，飘飘发烧，他跟麋来芳两人又要得紧，半夜时，他记着苏雪青的叮嘱，把自己从热烘烘的被洞里拔出来，奔到对面去给儿子喂药，喂好了又奔回来，把麋来芳热烘烘的身子抱得更紧。不知多少次，他幻想在自己家窗口，跟"奇门"客房的窗口之间，装一根滑索，这样，哪怕苏雪青在家，他都可以借着滑索，像大鹏那样，披一身星光，在两个女人之间滑来滑去……

　　夜渐变深。章西武视觉差，嗅觉在这时却格外灵敏。数分钟内，他嗅觉的触角与其他神经末梢连在一起，在丹田深处搅起欢快而浑浊的浪头。麋来芳的眼神，送出潮湿炙热的气息；这迷魂气味还在鼻翼荡漾，走廊地毯的霉味就扑面而来；电梯降得有点突然，他的心往下一荡，闻到的是一种冷冷的铁腥；大堂灯火通明，摆满各式花卉，让他想入非非的，却是伴着音乐的咖啡香……

　　章西武家务能力特强。这是苏雪青难得赞赏他的优点之一。飘飘洗脚时，他已用洗衣机把两人换下的衣服甩干了；为了明天一早利索出发，他把书包拎到床前，与儿子一道检查还忘记什么东西；飘飘躺进被窝后，他还倚在床头，给他读《儿童散文》……

　　这时微信铃声一次次响起。他低头看，尽是糜来芳发来的短句——"怎么还不过来，在忙什么呢？""我肚子饿，带一串羊肉串上来"。

　　飘飘问，是妈妈来的吗？章西武说，不是。飘飘问，那是不是那位叔叔来催你赔车的？章西武说，也不是。飘飘看着天花板，想了想，说，如果我们家有上海牌照，你路上开车就不会这么急了，是吗？章西武心口一疼，说，你一个小孩子，想这些事干什么。飘飘说，我们班上同学说的，他们家都有上海牌照，只有我们家是外地牌照。

　　一说起这些，章西武心里就烦。上海车牌，一张薄薄的铁皮，他跟苏雪青两人，不知已为它动了多少脑筋。这时微信铃又响。飘飘问，又是谁来的？章西武说，还是同事来的。飘飘问，你们同事都说些什么啊，这么多微信。章西武说，读书啊，写作啊，交流面很广的。飘飘说，那游戏啊、暗斗啊、漂亮女生啊，你们交流吗？章西武说，爸爸和同事都是正派的人，不可能交流这些的。飘飘说，那我们同学里就有不正派的人，他们在群里交流哪个女同学漂亮，哪个女同学屁股大。章西武说，你不要学他们！

　　此刻，糜来芳又来微信，章西武一看，她写了一大段文字，说的正是很色的东西，明显是在撩拨他。章西武看得脸热心跳。飘飘问，还是你同事来的吗？章西武说，是。飘飘问，又说了些什么呢？章西武说，还是读书心得。飘飘说，他们怎么有那么多读书心得啊？章西武说，同事们跟爸爸正在读同一本书，你说心得会不多吗？飘飘说，是男同事还是女同事啊？章西武说，跟爸爸交流的都是男同事，没有女同事。飘飘说，那这本书妈妈读过吗？章西武说，也读过。飘飘说，那妈妈跟你交流过吗？章西武说，也交流过。飘飘说，你们是怎么交流的？是口头交流的，还是微信交流的？章西武啧了一声，说，飘飘，你问得我烦死了，爸爸头都晕了，你快睡好吗。

飘飘睡着后，章西武关上灯，轻轻退出。夜很静，耳边只有飘飘均匀的呼吸声。空气变得稠厚起来，有一种温暖的质感。他带上儿子房门，刚拉上，忽想起什么，又轻轻推开，把头探进房里，深深地嗅了一下。不知怎的，他嗅到了一股熟悉的、儿子从学校里带回来的汗酸味。这股汗酸味，差一点令他流泪。他沉默片刻，才接连拉上两道门，走下楼，迎着花草的暗香，朝小区外走去。

离大门不远处，新疆小伙子还在炉边吆喝。烤肉的青烟和孜然粉的香味，被他喊得弥漫满天。章西武用支付宝买了一把羊肉串，低头啃了几口。这时，他看到对面奇门酒店窗口，映着糜来芳披着长发的头影。他想她是饿了。

大上海交通管理的细节，有的地方还是不够好。这条斑马线上的红灯，时间设置得实在过长。章西武看着一辆公交车远远驶来，停站、下客、开走、驶远，那红灯就是不灭。章西武想，不能再等了，再等下去，糜来芳就要骂人了。

跟苏雪青相比，糜来芳有着另外一种魅力。苏雪青是属于那种身材出众的女子，体型高挑，大学读书时就是时装表演队模特，朋友圈里没人不夸她体型好的。不过只有章西武心里清楚，苏雪青骨骼清奇，突出的是骨感而非肉感；她在床上虽也不乏激情，但不是自己理想中的那种女人。而糜来芳就不一样，她身姿丰满，在外看，是一块温润的玉；上了床，就是一块烧红的铁。章西武觉得，自己只要跟糜来芳处在一起，就会被这块烙铁烧得吱吱发响。他迷恋这种被烫伤的感觉。

章西武走上斑马线，快步奔向酒店。步至一半，他忽然发现斑马线另一端，一个女人站着，一手拄着行李箱拉杆，一边冷冷地看着自己。

苏雪青！

一瞬间，章西武的心像一块坠落的石头，急速向深处沉去。但他已没有退路，只好迎着她走去。

他问苏雪青，你怎么回来了？

苏雪青说，田警官又催了我一次。

章西武说，你是在对我搞突然袭击吧？

她朝他手里的羊肉串看了一眼，问：你这给谁买的？

章西武说，给你啊。

苏雪青说，胡说八道，你怎么知道我回来？

章西武说，第六感觉告诉我的。

苏雪青说，我从来不吃这个，你知道。

章西武说，尝尝吧，我一片心意。

苏雪青回头看一眼奇门酒店，说，不会是什么人在等你吧？

章西武说，谁等我？神经兮兮的。

苏雪青说，不对，这么晚了，你一定是给谁买的。

章西武说，谁？要是有谁，那也就是飘飘。

苏雪青问，飘飘还没睡吗？

章西武说，睡了，我怕他醒来肚子饿。

苏雪青说，好了，不要再说了，你那点小伎俩，我还不知道。

章西武忽然泄了气，抢过旅行箱拉杆，说，那就不说了，走吧。

走进小区，马路上的嚣声一下隔远了。周围很静。两人都不说话。只有行李箱的轮子，在路上滚出闹人的噪音。章西武悄悄把手机拨到震动档。他很想回头再看看奇门酒店三楼的窗户，那披着长发的身影还在不在。他想，跟苏雪青在斑马线上撞见这一幕，不知糜来芳看到没有；如果看到了，她又会怎么想。

早已过了万家灯火的时分。哪家一直响着的钢琴练琴声，也终于安静下来。各栋楼里的灯光，一家家暗去。苏雪青进屋后，第一件事是轻轻推开门，看一眼儿子；然后洗手，在沙发坐下来，长长透了一口气。

屋子里满是慵懒而疲惫的气息。章西武的心，却一直吊在301窗口那长发披散的身影上。他脑子里又浮出一根空中滑索，架在自家和宾馆之间。从技术结构上来说，建这根滑索没有任何问题：只要在自家墙上和奇门301的墙上，各植入两个钢钩就可以；问题是架起铁索后，在空中来回滑动，滑轮动力怎么处理……

我洗洗睡了，苏雪青说。

章西武赶紧说，好，你累了。

苏雪青拉开旅行箱，取出洗漱袋，一边说，我一想到要去派出所，心里就烦。

章西武问，我弄不懂，警方是怎么知道这事的呢？

苏雪青说，谁知道。

章西武又问，"英菲尼迪"你联系上了吗？

苏雪青说，联系上了，约好明天谈。

章西武说，明天？

苏雪青说，对，明天下午。谈完后，我去学校接飘飘。

章西武说，你不是说要去见田警官吗？

苏雪青说，我不想太早去。田警官说，本周去就行。

章西武从背后望了妻子一眼，说，也好。

大灯都关了，只留下一盏微型台灯亮着。章西武目光停在书上，心里却一直留意妻子的动向。好不容易等她上床，又听她发出轻轻的鼾声，他才拉开门，蹑手蹑脚潜入夜色。在街上，他又重新买了一把刚烤好的羊肉串，奔着进了奇门301房间。

糜来芳问，搞什么啊，这么晚！

章西武这才知道，刚刚横道线上的一幕，糜来芳没看到，遂说，公司出了点意外情况，我在做紧急处理。

糜来芳说，等死人了，我都快睡着了！

她说着，掀开被子一角。一股温暖的体热，朝章西武扑面腾起。羊肉串在桌上纹丝不动，黑暗里，发出异样的香气。章西武闻着这香味，把自己飞快脱光。

他不会知道的是，自己刚出家门，苏雪青就一骨碌爬起来，拉开窗帘一角，把目光盯住他，一直看他消失在小路尽头。

3

苏雪青收到通知，说她到市中心来工作已没有问题。

天空在她眼里整个儿亮堂起来，连平时看上去满是灰尘的小区绿地，似也变得清爽了许多。她像风一样卷过超市，满载而归。回家进了厨房，她把一袋"上海青"青菜倒进水池，哗哗地放水冲洗；就在戴上围裙的间隙，她响亮地唱起歌来。

飘飘奔到厨房门口，问，怎么这样高兴啊，妈妈？

苏雪青说，妈妈高兴了吗？

飘飘说，你唱这样的歌还不高兴吗？"幸福的花儿心中开放"。

苏雪青笑着说，快做你的功课！

她想，下面这句——"爱情的歌儿随风飘荡"——你还没听见呢。

章西武下班回家，苏雪青故意让炊具发出忙碌的碰击声。她处心积虑地要让眼前的一切变成迷雾，以遮蔽她的眼神。平时，她总是让章西武布菜、摆碗筷，今晚，她一切都自己来。每端上一只菜，她都会跟儿子做一个夸张的怪脸，那种母子间的亲密情意，简直让章西武感到不解。

他问妻子，今天情况怎么样？

苏雪青不看他眼睛，反问，什么情况？

当然是谈赔偿的情况了，章西武说，"英菲尼迪·肖"有什么说法吗？

苏雪青"哦"了一声，也以丈夫常用的腔调，用嘴努努飘飘，说，等会儿再说。

飘飘却叫起来，说，我也想知道么，那叔叔到底要我们赔多少钱。

章西武说，大人的事，小孩子不要掺和。

趁父子俩在小厅里顶嘴，苏雪青又踅进厨房。她要避开章西武的眼神。她总觉得他瞳仁里有一束拷问的光。她望了望楼下散乱的灯火，又以黑暗的窗玻璃为镜，照了照自己的身影。她发觉脸颊有些烫。这样烫的脸，应该会泛出潮红来，于是，她又把两颊，埋进湿漉漉的手掌中。

她想着自己这双手，和"英菲尼迪·肖"的那双手……

过去好几天了，苏雪青一直不敢相信，自己怎么会变得如此大胆：撞车那天，章西武驾着"斯柯达"刚离开机场候机楼，她就拨通了"英菲尼迪·肖"的手机。一个小时后，他们在肖所在的大楼里见了面。

哈哈，怎么是你来，不是你先生来啊？"英菲尼迪·肖"在公司办公室里向她伸出手时，也显得有些惊讶。

就这一刻，苏雪青发现"英菲尼迪·肖"的眼里，漏出一道异乎寻常的光来。在这光芒闪烁不定片刻，她有预感：自己跟这个男人间，会有些事情。

后来几天里两人的癫狂，证实了她的预感。在这段不算短也不算长的时间里，苏雪青觉得自己整个人都变了，变得顺从、随波逐流，但内心的各种欲望膨胀到无以复加的程度，甚至可以说，她还暗暗做着某些努力，推着自己朝这预感的方向走去。

那些天，苏雪青多少次在房间，在卫生间，在一切装有镜子的地方，只要周围没人，她就会对着镜子里的那个人说：你这女人胆子真大！人人都知道你在出差，你却撕碎了机票，回头留在这座城里，做着这样的烂事……

这诅咒，她不知重复了多少遍。她骂自己最多、后来几乎成为她心语的就是：你这女人胆子真大！

她昏了头了。她无法抵挡"英菲尼迪·肖"的魅力。她从少女时代起就在寻找这样的男人——身材颀长、腰板挺拔、体面、性感，当然，还得有钱。她一直期待嫁给这样一个人。现在她遇上了，她不能放手。

她清楚地记得，那天他第一次进入她身体时，她避开他的眼睛，问过他一句："你妻子知道了，会跟你闹吗？"

她无法忘记撞车那天，坐在英菲尼迪轿车后座的那对母女，尤其是那女人清奇至纯的美丽，还有那一道向她瞟来、让她无法忘怀的目光。

肖没有回答。他处于亢奋之中。她也很久没有说话。直到他俩用同一种搏斗的姿态，酣畅淋漓地把事情做完，她才听见他说："你刚才问了我什么？"

他这时额上有汗，气有点喘，头发也有点散乱，脸色是白里泛青……所有这些，虽在苏雪青看来有些失态，却并没影响他的风度。他仍然抚摸着她，温和地说："我要洗个澡。你要不要先去洗？"

苏雪青默默起身，用衣服遮住身子，小跑着进了淋浴房。

当她吹干头发、整好衣裙出来时，一股浓郁的咖啡香扑鼻而至。窗下小桌上，已放好饮料和甜点。她贪婪地吸了一口气。

肖说："有不错的咖啡，喝吗？"

苏雪青轻声答应着，再次仔细打量眼前的一切。这是市中心一幢三十多层高的酒店写字楼，有一个很好的名字——天宇广场；低层是公司办公区，中层以上则是酒店宾馆。"英菲尼迪·肖"在这里，既有自己的公司办公室，也有长租的酒店客房。

他去洗澡前，先为苏雪青的咖啡倒了点牛奶。他一边倒，一边看苏雪青的眼睛，直到苏雪青说出一个"行"字，他才像个训练有素的侍应生那样，优雅地竖起牛奶壶，轻轻放回桌上。他起身时，苏雪青闻到了一股含着雄性气息的男人香。这香味把苏雪青的神经末梢，拨动得像低音琴弦那样颤抖起来。她在一瞬间意识到：章西武真的差远了。如果没有这番遭际，她还真没见过"英菲尼迪"们的生活是一种什么样的品位。肖的出现，像是专门为压垮章西武而来的。她脑子里一再想起，那天在撞车现场，章西武站在"英菲尼迪"一边，那鲜明的落差：他身材矮一头不说，那神情、气度上的猥琐，简直让人丢脸。在"英菲尼迪·肖"走向淋浴房的时候，苏雪青的目光一直跟着他的背影。她忽然想到：今后章西武的一切，也许她都会觉得看不上眼了。人们说，压垮骆驼的是"最后一棵草"，而此刻压垮章西武的，她觉得不是一棵草，而是肖身上那种说不清道不明的东西。

延安高架路，就横亘在天宇大楼脚下，向东，可以看到它直指外滩黄浦江；向西，可以看它插入虹桥机场甚至更远的郊区。一想到这条高架路——还有其他快速路——禁行外牌车给自己带来的屈辱，她就能掂量出自己跟这座城市的距离。这种掂量，何其清醒，又何其无奈。在那些混蛋时段——上海每天都在重复这些时段，自己开着一辆外牌车，在它的大街小巷狼奔鼠窜，那种仓促、焦虑和自卑，简直是她心灵深处的一段黑色淤血。尤其是有一年夏天，她记得很清楚，自己穿着那条心爱的碎花长裙，在禁行时段偷偷驶上了延安高架，恰恰给交警逮了个正着。交警责令她把车停到斑马线上，当场接受处罚。那几分钟，是她这一生最屈辱的时刻；那场面，也是她最不愿意回忆的场面。因为叫停了她的车，整个路段的车速都慢了下来；无尽的车流，像凝滞的河水，漫过她身边；几乎每辆沪牌车的司机，这时都摇下车窗，看她受罚；那眼光，有冷淡的，有开心的，有厌恶的，有烦躁的，最多的，是幸灾乐祸的。有几个司机，甚至把脑袋伸出车窗，大叫："罚得好！""这条裙子真漂亮啊！"。苏雪青在那几分钟里无地自容，她真想跳起来，把那交警大骂一顿，再狠狠踢他几脚，然后冲到路中央，让千万辆沪牌车的车轮，在自己身上碾过……

"英菲尼迪·肖"冲好澡，又以西装革履的样子，出现在苏雪青身边。他坐到她对面，突兀地问："你还没有回答呢——刚才你问我的是个什么问题？"

苏雪青一笑，把视线投向车外。

正是傍晚时分，晚高峰中的延安高架路，迎来了沉重而辉煌的时刻。无数车灯，组成两道没有尽头的光河，一道红，一道白，装饰着这条大动脉。两道光河在流动，缓慢、寂静、沉重，既没有欢歌，也没有吼叫，只是长时间的沉默。坐在窗下的她却能感受到，这两条光河如同两股热流，正穿越城市的腹部，再造它的精力和生气。就在这一刻，她感到了自己的渺小和无力，像一只虫豸，爬行在森林的一枝潮湿藤蔓上。

问你呢。"英菲尼迪·肖"在一边催道。

苏雪青又笑了起来。她觉得重提那个问题有点煞风景，遂说，我也忘记问的是什么了，我们说点别的吧。

肖说，不行，你把你那个问题给我重复一遍。

"给我"两个字很霸道，她有点反感。

他直视着她，眼里有一股威严之气。苏雪青不知这目光的深浅，轻声说：我当时问的是，如果你妻子知道我们这样，会不会跟你闹。

肖一笑，反问道，你说呢？

苏雪青说，我怎么知道。我问的是你。

此刻的肖，目光温热，却又含着一种居高临下的优越。他用那根细长有型的食指点着苏雪青，说，你这人有点狡猾。

两人都笑了。笑声中，肖抓住苏雪青的手腕，把她腕上那块手表小心除下，又把她的手放在自己手掌里，把手指一根根掰开，把整个手掌摊平。苏雪青温柔地看着他，随他像欣赏什么艺术品那样，细看、抚弄、亲吻、摩挲……

你的手、你的身材，跟别人就是不一样。他说。

有什么不一样？她问。

耐看。他说。

他的狎昵，使苏雪青身体深处的潮水，又隐隐涌动起来。她很想问一句："难道我的手比你妻子的手还要耐看吗？"可她没问出来。她趁对方全神贯注地看她手的当口，也悄悄地细看他的脸廓和颅顶。他的肤色极好，颈后直至后背，白皙如雪；而强劲的筋骨，又如雪下的岩石；耳下与两鬓，须根刮得发青；整张脸，没有一处赘疣和黑斑；那一头浓密的黑发，衬着干净的头皮，光亮匀称，散发出好闻的香气。她想起章西武的脸和头发，髭须永远刮不干净，白发也已经乱乱地滋出；他的枕巾，总是比她那一块先脏，还常常逸出一股味道，让人想起那个恶心的称呼——"油腻男"……

有电话打进来。肖把苏雪青的手又看了看，才不舍地放下，然后点开手机。电话里说的显然是公务，"英菲尼迪·肖"神态变得庄重起来，声音也严肃许多，那节奏和声调里有一种不容违抗的权威。整个电话，从接通到收线，一分钟不到就完事。

苏雪青听着肖的说话声，突然想起大学时代，她和许多女生做过的那个梦。那时，她们都想嫁一个富人，而且确实有几个获得了成功。她也想过要走这条路，做一个不需要工作、也不生孩子的家庭主妇；有用不完的钱、享不光的福、周游不尽的世界。但后来，她渐渐放弃了。因为有几个她认识的年轻富妇，婚后命运都不怎么样。那两句唐诗——"以色事他人，能得几时好"——在那些女人身上都得到了验证。她这时才意识到，一个女人来到世上，如果仅仅为了几个钱，就把自己一切都掏空，不值……

肖放下手机，又端正坐姿，把目光聚焦在她脸上。

苏雪青说，为什么这么看我？

肖说，因为你好看，经得起看。

苏雪青笑起来，心里很是受用。隔了我一会儿，她又问，你知道撞车以后，我们都叫你什么？

肖问，叫我什么？

"英菲尼迪·肖"。

肖大声笑起来，说，这名字不错啊，像哪部小说的主人公。

苏雪青说，你也觉得好？

肖说，是啊，以后你们可以这样叫我。

苏雪青就说，"英菲尼迪·肖"，你的下属见了你都有点怕吧？

肖说，你怎么知道？

苏雪青说，你刚才打电话我听出来的。

肖问，难道我很凶吗？

苏雪青说，你自己心里清楚。

肖啜了口咖啡，摇摇头。

苏雪青说，你的凶，别人看不出，可我看得出。

他说，是吗？

苏雪青说，你的凶，是凶在骨子里的。

肖说，我对你凶了吗？

苏雪青说，现在没有，将来会。

肖说，你很厉害。

苏雪青再也止不住，问了一句，难道我比你妻子还厉害吗？

肖两眉抽动了一下，没有回答。

那个坐在后座的女人，还有那道扫向车外的目光，一直在苏雪青面前挥之不去。问出这句话后，苏雪青自己也吓了一跳。

"英菲尼迪·肖"呷了一口咖啡，说，聊聊你的工作吧。你公司在哪儿？

苏雪青想，他为什么要回避刚才那个问题呢？是不愿意谈及妻子呢，还是不愿意跟我谈及妻子？

他看着她，目光平静，嘴角还留有一丝微笑。苏雪青发现，这目光跟他当初在路上摸飘飘头时一样，有一种长辈式的慈祥在。这不经意间流露的慈祥，使她觉得温暖，又使她觉出彼此的距离。

苏雪青开始介绍自己的公司。在一阵没有起伏的声音里，她发现自己对那份工作已经有些倦怠。

肖静静听完，说，原来你是名牌大学毕业的，还是硕士生。

苏雪青说，你以为呢？在你看来，我应该是三流学校毕业的吧？

肖问，为什么这样想？

苏雪青说，因为我傻啊。

肖说，可我没有说你傻啊。

苏雪青大声说，我还不傻么？！

肖抬头与她对视，两人间的目光，在一种莫名的心灵靠近中，足足对峙了十来秒钟。

苏雪青伸出一根手指点着对方，说，你在装傻！

肖突然笑起来，这回是大笑，放肆地笑。笑完了，他才认真地说，怎么样，到我这里来吧。

两人又一次对视。一方是吃惊后的沉默，一方是带着考验意味的等待。

苏雪青到上海后，一直想象自己应该是一个出入市中心豪华办公楼的白领。可她的公司在浦东，还不是著名的地段，连一幢像样的高楼也没有。看在收入不错的份上，苏雪青认了。但公司离家几十里路，每天奔波在高速环路上，这让苏雪青觉得累，更让她感到，自己的灵魂一直在都市周边游荡，而从来就没有进入过真正意义上的大上海。这是她的心病。她开一辆"皖"牌轿车，早晚两头都要接送飘飘。就在她最需要赶路的时段，高架环路恰恰禁止外牌车通行，这是她最不能忍受的。她一直在设法与这个禁律搏斗。她不相信自己一个硕士生，"会让大上海的尿憋死"……

"英菲尼迪・肖"又问，你没听见我在说什么吗？我让你到我这里来。

苏雪青转脸往窗外看了一会儿，忽然回身，把手中的咖啡杯往桌上一放，说，到你这里来干什么？当你的小三么？

肖一怔，惊诧地看了看她，没有吱声。隔了一会儿，他才说，你经历不错，工作性质也合乎我们公司需要，我会量材录用。

苏雪青说，虽说是在浦东工作，但我薪酬不低。

肖说，不要跟我说钱的事。

又一种霸道之气，虽然看似隐性，其实更蛮横，让苏雪青感到了羞愧的压力。

他续了一点咖啡，重新坐下，把杯子端在自己眼前，不喝。苏雪青发现，他在杯沿上方那双眼睛，变得生硬、冷漠，甚至有些愠怒。

但她已经像一汪拔开了塞子的起泡酒，情绪的膨胀已无法抑制。她继续说，你的算盘真是不错，把我叫来，手下就可以多一个精明的职员，另外，还可以添一个情妇。像我这样的角色，你身边大概不止一个吧。

肖放下咖啡杯，脸色一下子阴沉起来。他一言不发，甚至连一眼都不看她，就霍然起身，朝门口走去。

一阵冷风掠过苏雪青脸庞。随之扑来的，是一片空白。空气变得凝滞发沉。一种被鞭打后的肿胀感，像火炭一样滚过她全身。

她有些后悔，但更多的是对自己的愤懑与不满。她对着他背影吼道，你走吧，你走了我也走！

但她没有马上走，而是把自己关进淋浴房，把花洒开到最大，用急流来鞭打自己。水像瀑布一样狂泻，她一边仰脸承受，一边嚎叫。她不知道自己哭了没有。但嗓子的嘶哑，她是感觉到的。在这瀑布中不知淋了多久，直到听见有人敲打淋浴房门，看到水帘外那个她已熟悉的身影。

她对着这身影叫道，走开，我不要看见你！

肖拉开门，淡淡一笑，说，我喜欢你这样子。

她继续跺脚，嚎叫。

肖关上花洒，把浴巾递给她，说，擦擦吧，我们出去走走。

4

他开了一辆"奔驰"，一直把她带到东海海滨。一路上她没说话。车厢里响着的，一直是94.7频道播放的一次"星广会"录音。

直到停车，看见一片浑黄的大海，她才问：你怎么开这辆车？撞坏的那辆"英菲尼迪"呢？

他说：不谈这事好吗？

她说：损失多少，你告诉我。

她想起他说的那句话——不要跟我说钱的事——又狠狠一咬牙，说，不管多少钱，我会赔你的！

他似乎已经适应了她的脾气，不再惊诧，只笑着看她一眼，便自顾走上了海堤。海风随着浑浊的浪潮，在暮色中愈发猛烈起来，掀起他的风衣下摆，吹散了他的头发。苏雪青在他下方。在她看来，肖此刻的风度，正令所有女人迷醉。

你上来啊，他向她招手道，看这多有气势的晚潮！

她拾级而上，海风把她的长发吹得像一把野草。

肖环视着海湾，说，许多人都以为上海有一片真正的蓝色大海，可谁想得到，就是这么一片浑泥汤。

苏雪青冷笑一声，说，人们还以为大上海真的是海纳百川呢，可谁能想到，就是这个地方，排外最厉害。

肖说，是这样吗？怎么我们公司那些外省同事，情况都不错？各人凭本事吃饭，没人挤兑他们。

苏雪青哼了声，说，就像你的凶是在骨子里的那样，上海人的排外，也是骨子里的。除了人与人个体间的排挤，还有大上海对外地人的总体排挤。你那些外省同事，我可以负责地代他们说句话：他们心里有苦说不出。

肖说，是吗，你还有一套理论。

苏雪青继续说，如果不排外，为什么外地孩子和本地孩子中考待遇不一样？为什么外牌车和沪牌车待遇不一样？如果不排外，你又怎么会对着我们说"白完"？

肖不吱声，依然看着海洋尽头。暮色四合，大海的风起云涌之势愈发强劲。

苏雪青说，你没话了吧？ 我家本来就是上海人，我还深入研究过上海史，所以我知道，在上海滩，外地人和上海人从来都不是一样的国民待遇。

风更大了，"英菲尼迪·肖"的风衣下摆，在风中发出旗帜飘扬般的声音。他把手举在额上，极目海天一线处，又站立一会儿，才转身走下海堤。

他们坐进车厢。风浪的呼啸声霎时静去。温暖的空气一下子把他们紧裹起来。空间暖了，她的心也似乎柔和了许多。

她问，把你的"英菲尼迪"撞成那样，修一下一定很贵吧？

他看看手表，说，肚子饿了吧？我们吃饭去。

苏雪青后来才知道，他常常摆脱或转移话题，这是他的一个手段。他惯用这个手段，占领对话的主导权。

苏雪青说，我话还没说完呢。

他拨弄着导航仪，说，我听着。

苏雪青说，我们那天补买了一个车险，想跟你商量一下，我们双方能不能统一口径，把撞车的时间改一下。

他停下手里的动作，侧脸看着她，说，改成购险后某一天，是吗？

苏雪青屏着呼吸，不说话。

"奔驰"在海滨公路上疾驰。车外的风越来越大。穿行在海风中的"奔驰"，车尾竟有摆动飘浮的感觉。天色愈暗，苍茫雾气在海天弥合处越涌越厚。车速极快，轮胎在公路上碾出粗粝而急躁的嚣声。肖打开车灯，还不时在会车前闪烁远光灯。由于专注地盯着前方，苏雪青发现他眼球突出，脸上竟显出狰狞相。

驶近开阔处，肖靠边停下，用力推开车门，站在车外脱下风衣。

这车畔的身影，让苏雪青想起那个撞车的早晨。那天，他很长时间才从车里出来；她第一眼看到的"英菲尼迪·肖"，戴着网球帽，还有那副镜片很大的墨镜……此刻，她很想问他：那天你为什么那么久才从车里出来？是不是你们夫妻在车里商量什么？你妻子对我们是不是很生气？她是不是很看不起我们这样的外牌车？

许多问题涌上来，一时壅塞了她的思路。

海边风这么大，你怎么还脱衣服？不怕感冒吗？她最后问出的，却是这个问题。

肖不回答。他的脸廓在暮色中，显出铁一般的灰色。他把风衣扔在后座，重新坐上驾驶椅，揿下引擎按钮。驶过一个小镇后，他突兀地说了一句：你们这样做很不好。

苏雪青心口一紧。他说话声音很冷，冷得让人战栗，以致苏雪青不得不慢慢侧过脸，重新看了他一眼。

希望以后不要再提这事，肖说，我那辆车，本来就想换了。

苏雪青看着车外闪过的点点灯火，听到了自己的心跳声。

但我还是要给你，特别是给你丈夫一个忠告，他盯着长路远方，平静地说，一个人，尤其是一个男人，不要把聪明才智花在这种事情上。

苏雪青觉得车厢内空气重得异样，压得她透不过气来。她按了一下车窗按键。才打开一道缝，夜色与狂风便扑进车厢，尖厉的啸声把她吓了一跳。

晚餐时，"英菲尼迪·肖"选了一家西餐厅。他说这里的法国蜗牛特别好吃。

他们挑了一个火车座。焗蜗牛上来时，苏雪青两眼发亮。可当她把蜗牛肉挑出薄壳时，不知怎的，却想起种花时要把一条蚯蚓生吃下去的情景，一股腥冷的黏液感顿时泛出，竟让她恶心起来。

肖放下餐具，问，怎么了？

苏雪青捂嘴奔到屋外，迎风做了几次深呼吸，回来说，没事。

他吃完两个蜗牛，问她，味道怎样？

苏雪青说，还是铺底的土豆泥好吃。

他取出蜗牛，把盆子推到她面前，说，那这些土豆泥都是你的。

苏雪青用竹叉小口吃着土豆泥，突然问，在你看来，我是不是很贱？

肖问，是指口味吗？

苏雪青未置可否。

他说，各人口味不同，这很正常；从口味本身来说，并没有什么高下贵贱之分。

苏雪青很想问："那你妻子口味怎样？你俩口味相近吗？"但她还没问出一句，就对自己厌恶起来。她想自己怎么变得如此不堪了呢？那么想打听他妻子的一切，分分秒秒都想，随时随地都想，有时想问的，还是一些难以启齿的问题……这是怎么了？她突然为自己的不可救药着急起来。英菲尼迪轿车后座上那女人的清丽，那冷冷的目光，还有那对母女与世隔绝般的平静……是不是已经成了自己更大的心病？为什么时间过去愈久，那情景会像一张网那样，把她笼罩得愈紧？

上甜品前，苏雪青又去了一次卫生间。在镜子前，她看到了一张灰暗的脸。她对这张脸看了许久，居然想不出自己该对它说些什么才好。她失神地望着它，想哭。这时有人进来。她换一口气，补一下妆后才出去。

坐上"奔驰"，车外又是一个星辉之夜。虽然还没几天，但苏雪青觉得，她跟肖已在一起走过很长的路。她对他懂了很多，他也该读懂了她。这天在西餐厅的黄昏里，他俩都喝了不少酒。肖是叫了代驾，把两人一起送回市中心的。他俩坐在后座，十指相扣，紧紧依偎，了无一语，但两人心里，仿佛都已认定，彼此不会再分开。

车到市中心天宇大楼，办公区早已空无一人；中上层的酒店区里，则弥漫着一贯的矜持与静谧。旅途虽短，但两人的心路延伸出很远；途中的食物，搅拌了酒精，在彼此眼神的浸泡下，暗暗发酵，以致血液一次次沸腾。两人来到客房，一进门，甚至来不及插上取电卡，就扑进了对方的怀抱。

5

章西武问道："英菲尼迪·肖"有什么说法吗？

他们在狭小的厨房里，一个洗碗，一个准备明天的早餐。在苏雪青看来，此刻这里的水声火声、锅碗瓢盆，似乎已庸常到了俗不可耐的地步；干这样的活，对自己来说，差不多已是一种沦落。

章西武咳了一声，却没有重复问题。

苏雪青清楚丈夫的意思，但她不想回答。不是没有答案，而是她当着丈夫面，竟有一种不敢提起"英菲尼迪·肖"的感觉。这个男子，现在不再是交通事故的一方，而已成了她生活中最新鲜、最重要的部分。尽管她把这部分竭力压缩，压缩到身心最隐秘的角落里，但是，它依然会不时膨胀，有时还会膨胀到让她心神不宁的地步。

要命的还有，现在每次与丈夫在一起，她都会对照着，想起"英菲尼迪·肖"，想起他的眼神，他的低语，他的笑，他的手、他的肌肤、他的身体……即使在此刻如此匆忙的时分、如此狭窄的空间，她仍会无数次想起；而且一旦想起，就会觉得魂魄的战栗。那句自我咒骂——"你这女人胆子真大！"——像恶魔一样跟随她，在她心底一次次。即便如此，她仍毫不后悔。因为她多次验证，只要一想起天宇广场，思绪一回到肖的身边，她就觉得天开地阔，内心感到无比欢欣，就连走路的脚步也会变得富有弹性；而印象中所有的不快，全都会一扫而光。这一切归结为一个简单的感受：仅仅几天工夫，在"英菲尼迪·肖"这里得到的愉悦与快感，就已远远超过章西武十年来所带给她的总和。这个陌路邂逅的男人，既是她的荣耀，也是她的耻辱；既是她的成功，也是她的失败；既是她的幸福，也是她的痛苦；既是她想大声唱出的憧憬，也是她不敢透露的记忆……

对于苏雪青来说，最清晰的一次意识到自己已陷得很深、不能自拔，是在去过玫瑰园别墅小区以后。

那天上午，肖随口说了一句要回家一趟，她便也在午后，悄悄要了一辆出租车。她认识玫瑰苑，那是上海西南郊的一个别墅小区，糜来芳跟她前夫曾在那里住过，她和章西武都去过。东区36号住宅，正离小区会所不远。她坐在会所咖啡厅一角，隔窗望着36号，心里想着"英菲尼迪·肖"和那个女人。

36号庭院门户紧闭，却有一阵阵长笛声，从二楼窗口飘出。苏雪青一听就听出，那是安德森的练习曲作品。她想，一定是那个女孩在练习长笛吧？她吹得已经很不错了！那母亲呢？她在亲自教女儿吹长笛，还是另外请了家教，她在一边陪着？抑或，女儿独自吹着长笛，她和肖在……

长笛独有的悠扬与空灵，令苏雪青心有戚戚。对于长笛，她并不陌生；岂但不陌生，甚至听到后就有泪奔的感觉。小时候她也练过长笛，而且练了不少年。一样是上海人、说上海话，苏雪青却是在"小三线"安徽铜陵的山沟沟里，跟父母学会说上海话的。这一口上海话，让她从小就跟当地同龄人有了鸿沟。初一那年暑假回上海探亲后，她就一直怨恨父母，怨他们当初，不该离开上海到这小地方来。父母对女儿似也有天生的愧疚，在生活上百般娇宠，在教育上更是不惜工本。他们自己虽然拮据而闭塞，却愿意一掷千金，恨不得女儿样样都学会、样样都拔尖。长笛就是在这种情况下，高价请来老师教的。那时，苏雪青的身体尚未发育，但纤纤十指，已有了模样；亭亭玉立的身姿，小荷初露，显示出一种鹤立鸡群的信息。长笛老师是一位中年女性，也是从上海迁去的，过去在乐团演奏，现在是一个中学音乐教师，她说苏雪青条件不错，有悟性，乐感也好，于是，科勒、安德森、帕格尼尼……一路学过去，几乎没有什么障碍能挡住苏雪青。她每次在家吹长笛，父母都屏声静气、小心翼翼，甚至炒菜时连脱排油烟机都不开。他们宁可蒙在油烟里，也不愿机器声吵了女儿，让她拿了长笛来骂"你们烦不烦啊"。

苏雪青每每想起这些，就觉得对不起父母。时间过去愈久，那愧疚感就愈尖锐，刺得她心尖愈痛。多少年后她才清楚，自己往前走出的每一步，都是以父母的隐忍和煎熬为代价的。中考时，她各科成绩本来就不错，加上长笛、舞蹈、艺术体操三项"特长加分"，很轻松就进了省重点中学，这等于为她进大学、读研究生铺平了道路。

女孩的笛声，已经把安德森30号练习曲转为33号。她母亲呢？那个目光平静到冷漠的女人呢？她怎么那么久没有出现？还有"英菲尼迪·肖"……

半小时后，一辆黄色的小货车停在36号门口。一阵吆喝后，底楼大门打开，苏雪青看到，肖第一个走出门口。他穿着运动衫，浑身洋溢青俊之气；紧接着，长笛声戛然而止，女人和女孩奔出门来。她们的身影，让苏雪青想起春天在花丛翻飞的蝴蝶。货车的侧门被翻开，一批白色的铁柱子露出来。这些铁家伙被卸下后，工人们一阵敲打，不出半小时，一座漂亮的秋千架，就在36号院子里竖立起来。

女孩的惊叫声，女人的掌声和笑声，肖充满磁性的指挥声……邻居和孩子们纷纷聚来，36号庭院滚出一阵阵欢乐的声浪。不知为什么，看着这一幅水彩画，苏雪青内心竟会隐隐作痛，眼前竟浮起一层泪雾。

当天，在回天宇酒店路上，苏雪青就涌起了悔意。她悔自己不该心血来潮，鬼鬼祟祟赶去玫瑰苑偷看人家。这一趟走得，人矮去一截不算，那场原本异常明亮的梦，也一下子黯去许多。幸亏深夜时分，"英菲尼迪·肖"意外回到她床前，左手捧一束暗红色的玫瑰，右手还有一包炙热的蛋挞……

就在这一夜，他告诉她：他想把她先送去英国的工商学院进修半年，然后，把设在新加坡的分公司交给她。苏雪青听到后问的第一句就是，那我儿子怎么办？肖说，我早替你想好了，华东师大在浦东办了一家实验学校，九年制，学生全部住宿，还是双语教育，师资全是高年资的退休高级教师。苏雪青听了很有些动心，也很感激，却说，这事我现在不能答应你，因为儿子不是我一个人的……

章西武洗碗动静很大，水溅得到处都是。苏雪青看一眼他的胖手，便油然想起肖的那双手——白皙、干净、手指纤长、温润如玉。他的手和她的手，这些日子里有了那么多的缠绵，且在不断的厮磨中，毫不掩饰彼此的欣赏与赞美，这事放在以前，是何等地不可思议。她就不记得自己跟章西武恋爱时，是否欣赏过他的手，或他身上的其他部位。她现在只觉得他虚胖、臃肿，那肌体发肤，让她看一眼就有反胃的感觉；还会记起，多年前章西武第一次要了她，曾忘情地说过这么一段话：你手也好看，脚也好看，不愧是高校模特表演队的高手，我何德何能……话未完，两眼已隐隐有泪。

苏雪青这晚做了三份番茄方腿三明治，一人一份，放进各自的食品袋里。取酸奶时，她决定不再回避"英菲尼迪"的话题，于是面朝冰箱，背对丈夫说，刚才飘飘在，我没有说，那件事我跟"英菲尼迪·肖"谈了，情况不错。

章西武问，怎么个不错？

苏雪青说，他放过我们了。

章西武说，真的？

苏雪青说，那还有假的。

章西武说，说详细点，放过我们是什么概念？

苏雪青见丈夫那半脸浮起的笑，就止不住心生厌恶，说，放过我们就是放过我们，哪有那么多废话。

章西武问，他是不是放弃赔偿了？

苏雪青不想多说一句话，只点了点头。

章西武关了水龙头，也不擦手，看着嵌在墙上的一块印花瓷砖，呆呆地想着什么，两手的水珠，就顺着指尖一颗颗滴在地面上。

水壶里的水吱吱地响起来。嘶嘶的燃气声和这烧水声交织在一起，荡漾在温暖的厨房空气里，让人在心底生出无限宁静。

章西武自言自语道，那他一定是个有钱的主儿！英菲尼迪跟BBA是一个档次，车门被我撞成那样，该陪多少钱呐。

苏雪青说，人家不在乎这个。

她还想说，人家可能连这辆车都不要了呢。她又记起肖在海边公路上说的那句忠告，很想马上转告丈夫，让他以后不要再做这种事。可一想，说了也没用，反而惹他疑神疑鬼，遂把话头咽了下去。

章西武得了大便宜，来了谈兴，说，在乎不在乎，其实是一种境界。我们闯了这么大的祸，他能放过我们，这不是一般人能做到的。

苏雪青说，这话在理。

章西武脸上突然浮起笑意，凑近了对苏雪青说，老婆，你眼光不错啊。

苏雪青问，你什么意思？

章西武说，那天你说了"大佬"这两个字，我就印象特别深，这是你们上海人说的话吧？这个"英菲尼迪·肖"果然是个大佬！

苏雪青笑笑。

章西武又问，你们是在什么地方见面的？

苏雪青说，在静安寺一家星巴克里。

她说完，就在自己腿上暗暗拧了一把，她越来越憎恨自己，内心在用很刻毒的话痛骂自己：贱货，你现在越来越下作了，连随口撒谎都学会了！而且撒了谎，脸不红，心不跳……

章西武问，是你请的客？

苏雪青反问，你说呢？

章西武一笑，说，你不愧高手啊苏雪青，连"英菲尼迪·肖"这样的上海男人，都被你花倒了。

苏雪青把三个分装好的食品袋排在冰箱一角，"砰"地关上门，转过身，背靠冰箱门，又一次问，你什么意思？

章西武说，没什么意思。我佩服你。

苏雪青说，你佩服也好，不佩服也好，结果就摆在那里：人家就是放过我们了，不要我家赔一分钱了。

章西武摇了几下头，说，我这次失算了。

苏雪青说，这话怎么说？

章西武说，我低估了上海人。

苏雪青说，你还有个失算。

章西武说，什么失算？

苏雪青说，你还低估了我。

她走出厨房时，回头望了丈夫一眼，顺便还掠了一眼他脚下的那滩水渍。放在以前，她一定会嘟哝着拿一块干布，跪在那里，咕吱咕吱把水渍擦掉，现在，她觉得自己没有这个动力了。

虽然有些小，有些乱，但这个家，在她心里一直是热乎的，而这一刻，莫名其妙的，变凉了。隔着黑色的窗户，苏雪青只觉得"英菲尼迪·肖"在高天远处望着她；前些天肌肤相亲时，他带给她的冲击和新鲜感，一直在黑暗中发酵；他的热力，也一直在燃烧她的器官，让它们发干发烫。离开天宇广场那天，她曾回首仰望他们度过数夜的那一楼层和那扇窗口。边望边问自己：才几天时间，就跟"英菲尼迪·肖"走到这一步，你凭的是什么？运气？缘分？模特式的身材与姿色？还是"窈窕淑女，君子好逑"，这颠扑不破的人间至理？与他走下，将来会是一种什么样的结局？貌似，他会改变自己的命运，可是最终，他到底会把自己带向哪里呢？是幸福和辉煌，还是另一端？

她坐下，借着看一本服装杂志，沉淀一下自己的心绪。但她静不下心来：四壁都是"英菲尼迪·肖"的影子，还有他飘忽的笑声和说话声；厨房里，则断断续续传来章西武整理锅碗的杂音，还有飘飘房间里的读书声。这一切混合在一起，让她心里特别烦躁，继而，就有一阵耳鸣，从她大脑深处迸出，搅得她冷汗直下。她想，这是怎么了？这样的耳鸣，一天里已经出现好几回了，是灵魂向自己发出了预警，还是身体已经崩溃？她想起自己这些天与肖在一起的出格与虚妄、紧张和疯狂，还有无节制的兴奋与透支，所有这些，她现在悟出，都是需要付出代价的……

她的手指在杂志上来回摩挲，纸面很滑，指尖感觉很舒服。她翻开几页，画面正好是贝克汉姆和妻子维多利亚的吻照。她眼前一下子浮起了肖的嘴唇和眼睛。她想，古人说得好，人生如白驹过隙啊，自己残存的青春已那么短暂，即使向天借得二十年，能保证自己还会遇上肖这样的男人吗？还能再遇到这样的人生十字路口吗？她问自己：你是要做个经历丰富的人，还是要做个苍白无趣的人？如果是前者，那就得把人生看得更开阔一点、更浪漫一点！婚姻当然是手铐，是脚镣，可带着手铐脚镣，也可以跳舞，而且可以跳出更加摄人心魄的舞蹈；身体是你自己的，命运也是你自己的，你要是不想把人生过得那么精彩，那你现在就可以向耳鸣投降，向你老公坦白！

苏雪青忽而振奋起来，思维也通透了许多。

章西武走出厨房，解下袖套挂在墙上，瞄了一眼正在做作业的飘飘，轻声问苏雪青，你辞职了？

苏雪青吃了一惊，问，你怎么知道的？

章西武说，你的辞职报告不就在桌上吗？你决定了？

苏雪青不敢正眼看丈夫。她总觉得自己眼底有一个空洞，丈夫会从这个空洞里发现一切。桌上的这份辞职报告，其实只是一份草稿；正式的那份，在接到"英菲尼迪·肖"通知的当天，已经交给单位。

没听说你要跳槽啊，章西武说，怎么连商量都不跟我商量，就轻易辞职了呢？浦东那里不是挺好吗。

苏雪青说，浦东太远了，每天上下班都要遇上高架禁行，我受不了。

章西武说，有什么受不了的？高架禁行的，又不是你一个人。

苏雪青忽然跳起来，说，我跟你们不一样，我原来就是上海人，我不是"白完"！

章西武咬着牙，却冷笑一声，说，那你找到新工作了吗？你能保证这个新工作可以不受高架禁行限制吗？

苏雪青很想把"英菲尼迪·肖"的通知告诉他，却又担心他会从这份通知上发现疑窦，进而追查他与肖的关系，便很有节制地说，说，凭我资历，我相信我能在市中心找到工作。那时，单位离飘飘学校近了，我也不必天天受高架禁行的气了！

章西武还想再说什么，飘飘拿来一本连环画，问苏雪青："妈妈，什么是'回避'？什么是'肃静'？"苏雪青也答不利索，正要查百度，忽然手机响了。

派出所女警田小珍在话筒里说，小苏，你不守信用啊，今天我又等了你一天。

苏雪青一惊，说，田警官，我们约的是今天吗？

田小珍说，小苏，我提醒过你两次，你说你在出差，但本星期肯定会来。今天是最后一个工作日，我等你整整一个礼拜了。

苏雪青脑子里泛起天宇广场那幢高楼，还有"英菲尼迪·肖"的俊朗身影，一星期来的迷乱图像，落叶般飘过眼前。她问田警官，我是这样说的吗？

田小珍说，苏雪青，你过去不是这样无赖的吧？

苏雪青说，我不是这个意思……

田小珍说，要不要我把当初的通话录音拿来放一遍？

苏雪青想，警方厉害，什么电话都录音，便说，田警官对不起，我这两天事情特别多，把这事给忘了。我现在就过来，你看可以吗？

田小珍说，可以。我在派出所等你。

章西武把飘飘推进小房间，回头问妻子，怎么了？

苏雪青说，这回你舒心了，警方来找我麻烦来了。

章西武说，你这是什么话，我是这样的人吗。

苏雪青把飘飘叫出来，让他依偎着自己，直到教会他怎么查"百度"。整个过程中她脑子里浮着的，一直是英菲尼迪车内那对母女依偎读书的景象。

放下电脑，她对儿子轻松地说，妈妈出去一次，很快就回来。

6

苏雪青没有理由沉重。她一路还在想，一个小警察，难道还对付不了吗？不论你问什么，我一问三不知还不行吗。

可一到派出所，一看到那块挂在门口的"讯问室"小牌子，她的脚就有些软。

里面不止田小珍一人，还有一个男警，跟田小珍差不多年纪，也坐在桌子边，脸色冷峻，桌上还放着讲义夹之类。苏雪青头皮紧了一下。

你是苏雪青吗？田小珍用普通话问。

明明认识，平时还用上海话打招呼，可这时却开起国语来，这让苏雪青感觉很不好。对方从年龄、籍贯、家庭地址，到工作单位、担任职务、配偶姓名……一一都问到了家。苏雪青才回答三四个问题，就发觉嗓子涩得厉害。

她忽然想到，自己这时的脸色肯定不好看，甚至还想，如果"英菲尼迪·肖"看到她坐在这里，会向她投来什么样的眼光？他还会再说她漂亮吗？还会把温暖的手掌放在她膝盖上，再说你这两条长腿可以征服世界吗？

一瞬间，她心里充满伤感。她想如果他此刻出现，她会害怕见到他的眼睛，不管他目光里含着的，是怜悯还是鄙夷。刚刚过去的那礼拜，像色彩斑斓的花瓣，在她眼前零乱飞舞。那日子还新鲜着呢。她人生第一次过到了贵妇人般的生活。那些天，上海天空湛蓝，阳光明媚，空气难得这样清新。春宵苦短日高起，她觉得自己成了杨贵妃再世，再也不必早早起床，慌慌张张进厨房，慌慌张张为全家准备早餐，又慌慌张张开车出门，慌慌张张上高架……精力充沛的肖，整宿整宿地拥着她，温暖的气息一直吹拂着她的耳颈。每天上午他去楼下上班，苏雪青才起床洗漱，去餐厅吃早饭。那里的自助餐，不是一般的丰盛，她往往吃了早餐，就不再吃午餐；最多，午间喝咖啡时，再加一块点心。她得保持身材。她知道他迷恋自己的身材。他去上班后，一整个白天，看似互不来往，但两人微信频频，联系自是不断。苏雪青能记清，自己在这栋大楼里住了几天几夜，但她记不清，他们之间在这段日子里，已有过几番云雨。苏雪青一直觉得，她那些天常常唇焦口燥、耳热脸烫，但她的内心却无比滋润、无比舒畅。她想，自己一定是偷欢过了头，现在，轮到苍天来惩罚她了……

知道我们为什么找你吗？男警问。

不知道。苏雪青答。

男警翻开讲义夹，抽出一张照片，放到苏雪青面前，说，这辆车你认识吗？

苏雪青两眉一跳，说，是我的车。

男警出示第二张照片，又问，这是你的车牌，对吗？

苏雪青说，对。

男警问，你在这张车牌上做过什么手脚吗？

只这一个问题，苏雪青脑子里已砌好的一座碉堡，便在瞬间崩塌。她看着照片，很长时间没说话。

又是一桩汽车引出的灾祸！苏雪青不能不想到那次撞车事故，也不能不想到"英菲尼迪·肖"的慷慨大度。她想，肖就是上帝送给她的礼物。免去事故赔偿，只是一个开头；接着，他将改变她的人生，让她成为一个真正的白领。他是她的贵人。她多想跟着他一步跨进大上海啊。如果因为自己的愚蠢，暴露了过去的下贱，让他瞧不起，被他唾弃，那么，今后的日子还有什么光彩，活着还有什么意思……

男警合上讲义夹，说，苏小姐，你是自作聪明，你以为这样做，别人看不出，也不知道，是吗？

苏雪青不吱声。她还沉浸在对肖的念想中。

田小珍说，小苏，群众的眼睛是雪亮的。可以告诉你，你这违法行为，就是群众举报的；他们发现得比我们快，警惕性比我们高。

举报？苏雪青大吃一惊。她脑子里飞快闪过一群群人的面孔，有邻居的，同事的，也有"驴友"的、周围熟人的……

男警又说，你说说，你这一招是怎么想出来的？

苏雪青答非所问，道，淘宝上有卖的。

你指的是那块"沪"字小铁片吗？男警问。

苏雪青点头。

男警问，多少钱一块？

苏雪青说，两块铁片加两块磁铁，一共30元。

男警说，买到小铁片后，你就把它贴在车牌上，冒充上海车牌？

苏雪青不吱声。

男警问，小铁片现在在哪里？

苏雪青说，在车上储物格里。

男警问，你的车现在哪里，你知道吗？

苏雪青说，在小区地下车库里。

男警说，不对，我们已经用拖车把它拖进指定停车场了。

苏雪青霍地站起，愤愤道，这怎么可以呢？得到过我同意吗？

男警说，你的车是一辆违法车辆，警方完全有权依法处置。

田小珍抬高声调说，苏雪青，你态度好一点！为什么要贴住那个"皖"字，你意图还没说清楚呢。

苏雪青说，意图，什么意图？我没什么意图，就是不想做"白完"，上高架把车开得快一点。

田小珍说，可没人阻止你上高架啊，你早晨早一点，晚上晚一点，不都可以上去吗。

苏雪青狠狠白了她一眼，心里响着一连串反驳的声音，只是没有说出来。

男警说，你这样做是什么性质，你清楚吗？

苏雪青看看他，又看看田小珍，咬着嘴唇，不答。

男警说，你是不想说，还是不清楚？

苏雪青说，不清楚。

男警说，那我告诉你，你这事性质十分严重。准确地说，你是变造而且使用变造的机动车号牌，这个违法行为，按规定要处以行政拘留。

在苏雪青耳道深处，接近脑仁那个地方，耳鸣又莫名其妙地响起来，而且一阵紧似一阵，有点像九一八那天响彻全市的警报声。她突然想起一件事情，自己正参加落户上海的积分申请，积满120分，就可以拿到在上海落户的资格。眼看经过多年努力，这户口就快到手了，可要是这次真的被公安来个行政拘留，那就得一下子减去50分，这好几年的辛苦，就白瞎了……她单位里，小区里，朋友圈里，许多人都聚在这积分圈里，人数之多、热情之高，像在跑一场马拉松比赛。在这场比赛里，她苏雪青是跑在最前面的人，她是硕士，基础分高么！论名次，她不是跑在第一集团，就是第二集团。如果这回行政拘留被扣掉50分，那她就会从第一集团一下子掉到后面，人们就会问：怎么了？苏雪青怎么了？她犯了什么条款，被扣分扣得这么厉害？

苏雪青还想到一件事：如果她被公安拘留的消息传到飘飘学校，将会造成什么样的严重后果。那时，别说全校三好学生，就连班级国旗手，飘飘也当不成了。一个妈妈被公安拘留的孩子，怎么还能当国旗手呢？这样一来，孩子的自尊和自信都完了……想到这里，苏雪青就觉得心口被什么东西揪住似的，有一阵陌生的痛，在身体深处游走、冲撞。继后，她又似进入了梦游状态，眼前现出一个黑洞，很陡很深，无数彩鸟在洞口盘旋；周边有许多人在围观，还对着她大声唱歌；她想随歌起舞，但两脚一滑，就往黑洞口坠去……一声古怪的声音从她胸腔里滚出来。两个警察吓了一跳。

男警问，你怎么了？

苏雪青咳嗽起来，咳得很凶，咳得脸色发青。

田小珍倒了一杯温水，递给苏雪青。苏雪青喝了几口，镇住咳嗽。

她说，你们说的这事，不能怪我。

田小珍问，这话怎么说？

苏雪青说，这事是你们逼的。

男警吃惊道，什么，是我们逼的？

田小珍说，笑话，我们平时跟你都没什么接触，怎么逼你？

苏雪青喃喃道，你们没有逼？你们还没有逼吗？为什么建了那么多高架路不让我们上，造了那么多好学校不让我们进，连中考也不让我们参加……

田小珍说，你说的这些，都是上海的紧缺资源，上海是超大城市，资源有限，人又多，紧缺资源先满足上海人，这个没错。

苏雪青说，可我也是上海人。

田小珍问，你是上海户籍吗？

苏雪青说，我父母是上海人，祖辈也是上海人，当年国家遭到困难，他们响应党的号召，才去了三线。

田小珍说，那又怎样呢？

男警也说，是啊，又怎样呢？

苏雪青与两个警察面面相觑，两眼泪花闪烁。

田小珍又为苏雪青续了点水，站在她身边，说，你推出父辈祖辈来，这能说明什么呢？他们在上海住得再久，又能帮你什么呢？

男警说，就算你在上海生活了一辈子，祖祖辈辈也都是上海人，但只要你没有上海户口，政策上你就不是上海人。

苏雪青抬起脸，说，两位警官，放我一马吧，我一个硕士生，都走投无路了！

她的嗓音带上哭腔，两个警察的面目，也在她眼前变得模糊起来。

男警和女警笑起来。

田小珍说，苏雪青，你又来了，硕士生怎么了？要法律对你网开一面吗？在我们这里，不要说硕士生，就是博士教授学者，各种各样的高级人才有的是！可他们个个知法守法，有哪个像你……

对女警说的话，苏雪青忽然变得无动于衷。她对着墙角高处的摄像头，呆呆的，似乎在望什么，又似乎在想什么。许久，她才问了一句，行政拘留，这是真的吗？

男警翻开讲义夹，正眼看定苏雪青，说，我正式通知你，苏雪青：你因伪造、变造，并且使用伪造、变造的机动车号牌，根据《中华人民共和国道路交通安全法》规定，决定给予行政拘留15日、并处罚款5000元的处罚。听清楚了吗？

苏雪青左脸颊一抖，突然笑起来。

田小珍问，你笑什么？

苏雪青一惊，笑声戛然而止。仅仅过了几秒钟，她又笑起来，而且笑得更响。

田小珍又一次与男警对视。他们发现苏雪青有什么地方不对了。

章西武接到田小珍电话时，飘飘已经睡着。

田小珍问，你是章西武吗？他说是。田又问，苏雪青是你妻子吗？他说是。田说，你给她准备一下日常洗漱用品和换洗衣物，马上送到派出所来。

章西武一下子掂出问题的严重性，问，怎么了，田警官？

问出声来，他才发觉自己音量太大，赶紧走出几步，把飘飘房门关上。

田小珍说，你妻子因为涉嫌变造和使用变造的机动车号牌，被处以行政拘留15天，罚款5000元。

章西武说，什么什么，你再说一遍！

田小珍说，你先把生活用品准备下，马上送来派出所。关于你妻子的处理情况，我们会当面给你书面通知。

章西武说一句"不会吧……"，对方已挂了电话。

房间毕静，只有电子钟轻微的时针移动声。章西武没有马上着手整理物品，而是打开门，走到楼下小花园里，点燃了一支香烟。

这是小区居民的体育锻炼点，平时有许多老人，在这里用那些铁家伙，一边说着闲话，一边舒筋活血。此刻无人，夜色为四周铺上一片静谧。章西武在一条长椅上坐下，朝天猛吐长烟。

他扔下烟头后做的第一件事，就是取出手机，接通糜来芳，说，你今晚过来吧。我有空了。

糜来芳问，怎么？苏雪青又出差去了？

章西武说，她出事了。

糜来芳问，出事了？出什么事？

章西武说，公安来通知，说她伪造变造车牌，要处她行政拘留。

糜来芳夸张地叫道，还有这种事啊，真的假的？

章西武说，具体怎样还不清楚，要我去了派出所后才知道。你过来吧，等会儿我们在奇门酒店301见。

他挂了手机，又掏出一支烟来。他平时不抽烟，但身上会备着。烟是好烟，宴会桌上拿的，一旦遇到伤脑筋的事，他就会习惯性掏烟。此刻，他在黑暗中看着烟头，努力思考苏雪青出事后自己该怎么应付。

他绝没想到的是，苏雪青这次出事，毛病正在糜来芳身上。

那天他开车送糜来芳回家，随口说了一件事，说苏雪青真是冰雪聪明，只用两坨小磁铁，就解决了上高架的大问题。糜来芳问了几句，忽然就有了举报的念头。她想起多少年来，自己都被苏雪青压着一头，在大学考研究生是这样，进上海工作是这样，婚姻上也是这样……拨通举报电话那一刻，她只是想治治苏雪青的骄气；没想到，这一次下手重了，可怜这美人要到班房里去受煎熬了。糜来芳想，自己又害了闺蜜，又占了她男人，这事做得是不是太不地道了？

可一跨入奇门酒店大堂，一泡进温暖的浴池，糜来芳很快就释然了。"她不是说自己是正宗上海人吗？那就让她尝尝上海辣火酱的味道。"糜来芳看着天花板上的水珠，恨恨地说，"太目中无人了，给她个警告，也让她清醒清醒!"

章西武赶来时，糜来芳叫的两份外卖也刚送到。是云南过桥米线，还很烫。来不及尝一口，糜来芳就问，你派出所去了吗？

章西武坐下，低头看着食袋说，去了。

糜来芳问，怎么样？苏雪青还好吗？

章西武依然低着头，不吱声。

糜来芳说，问你呢，苏雪青好吗？

章西武抬起脸，糜来芳第一次看到，这大男人两眼噙满泪水。

糜来芳说，怎么了？你怎么了？

章西武叹一声，说，我把东西送进去，想安慰她几句。哪知她一句话也没有说，只是对着墙壁发呆……

糜来芳想着苏雪青的模样，后悔自己下手太狠了，却又没勇气向章西武坦白，一股复杂的情绪涌上心头，视线不觉间也模糊起来。

7

在这里相遇，他们双方都没想到。

天宇酒店的海鲜自助餐全上海闻名。不过"英菲尼迪·肖"很少吃。他进餐厅，总是拿点蔬菜、几块面包，再加一块牛排、一份罗宋汤，坐在固定角落对付一顿。倒是他喝咖啡的工夫，常常不少于正餐时间。

这天中午，他取了一杯现磨Americano（美式咖啡），回到角落，却意外发现，一对男女已坐在那里，男方还是他认识的：撞过他车的章西武！

后者也随即认出他，惊讶地伸出手，说：是曾先生？

小章！"英菲尼迪·肖"伸手与他一握，又瞥一眼旁边女子。

章西武有些尴尬，因为身旁的女子不是苏雪青，而是糜来芳。在肖意味深长的目光里，他自我解嘲地对糜来芳说，我忘了给你说个事，我和苏雪青最近闯了一个祸，把这位先生的"英菲尼迪"豪车给撞了。

糜来芳夸张地叫起来，是吗？撞得厉害吗？

章西武说，撞得车门都打不开，连反光镜都飞了，你说撞得厉害不厉害。

糜来芳说，肯定是你这冒失鬼开的车！

章西武笑笑。

"英菲尼迪·肖"平静地说，这位女士，我们好像见过。

糜来芳想了想，说，你是住玫瑰园小区的吧？我也在那里住过几年。

肖说声"怪不得"，伸手与她握了握。显然，这女子的手型和容貌，很容易让他拿来与苏雪青相比。

章西武一边脱下外套，一边说，天宇自助餐果然全上海有名，把你老兄也请来了。

肖说，我公司就在楼下。

章西武哦了声，趁糜来芳去取菜，赶紧努着她背影，说，她是我同事糜小姐，也是我太太的大学同学。

"英菲尼迪"一笑，说，我不关心这个。

章西武说，谢谢曾先生宽宏大量，免去我们一大笔赔偿费……

肖皱眉道，不提这事好吗。你太太好么？

章西武抬头看了对方数秒钟，阴郁地说，不好。

肖问，怎么了？

章西武就把苏雪青被处行政拘留的事叙了一遍，说，像她这样娇纵惯的人，能在里面待15天吗？我怕她再待两天，就要……唉，不说了。

肖说，那你怎么不想想办法呢？

章西武说，我收到警方通知，头都晕了，哪里想得出什么办法。

肖说，碰到这种情况，你可以先申请行政诉讼。警方一般都会应诉；他们一应诉，行政拘留就会暂停执行，你太太也就暂时不会进去。

章西武说，暂时不会进去，不是以后还得进去吗？

肖说，你这是什么话，能拖一天就是一天。行政拘留就是进班房，能不进就不进，你争取到了暂停时间，不就可以去找人吗。

章西武说，听君一席话胜读十年书，曾先生不愧老上海。

肖说，这跟老上海有什么关系。你们这些人比上海人强多了。考场里，上海学生考试考不过你们；商场里，上海老板做生意做不过你们……

章西武说，可是在情场里，我们总是输给上海人。

肖脸上浮起一丝笑，说，你输了吗？

章西武说，不开玩笑了曾先生，你是老上海，路子一定很广，快帮帮我们吧。

见肖沉吟着，章西武又说，主要是儿子，整天哭着要妈妈，看了让人伤心……

"英菲尼迪"说，可我看你不像伤心的样子，你很开心啊。

章西武说，哪有啊，我是伤在心里。

肖说，那你还有心思来这里。

章西武脸刷地红了，讪笑着说，曾先生开玩笑了……

肖却冷着脸，说，你去看过她吗？

章西武说，没有。

肖说，这么好的女人，你不珍惜。

章西武呆呆地看着他，满面羞惭。

肖说，你早就应该去找人了。

章西武说，所以求你曾先生帮助……

肖问，她关在哪里你知道吗？

章西武说，只知道拘留所在浦东，具体哪条路，忘了。

肖沉默，摇头。摇一次，停一下，又摇一次。

糜来芳远远地走来。肖见了，取来的食物一叉没动，就起身离去。

接到章西武电话的时候，肖的奔驰车已越过闵浦大桥，正飞驶在浦东土地上。

章西武在电话里问，曾先生，你说话方便吗？

肖打开音箱音量，道，说！

章西武说，公安刚来电话，说苏雪青犯病了，已经送往医院。

肖问，哪家医院？

章西武说，精神病院。上海市精神病院颛桥分院。沪闵路颛桥镇那里。

肖说，你确认，是精神病？！

伴随章西武的肯定回答，是一声刺耳的啸声。肖的奔驰车急刹在路边。

他打开车门，车外正是新建的浦江郊野公园。清水河边，白鹭振翅轻飞，河面上滑过它们敏捷的身影，偶尔还点出一串涟漪；一队少先队员唱着《我们的田野》，走在林荫道上；割草机轰轰作响，新鲜的青草气息，弥漫在晴朗的天空下。

肖打开后备厢，里面放着他准备送给苏雪青的礼物。他看着礼盒，不免有些犹豫。原来，这礼物是去拘留所送给犯人的，现在突然改为去医院送给病人，而且是精神病人，这礼还合适吗？

他思索着要不要把礼换一下再去，考虑再三……

一个小时后，他在精神病院会客室见到了苏雪青。

她穿着病号服，条形纹把她的身材衬托更加瘦长，脸庞也更加苍白、瘦削。他见她走来时，步履缓慢，小心翼翼，有点不敢进门的样子，心口不由得痛了一下。

你好吗？他迎上去问。

他以为她会激动，见了他会像孩子一样哭起来，甚至大声喊叫，可是没有，她仿佛不认识他，只是麻木地一笑。

他的心又痛了一下。他拉住她的手，轻轻拍了两下；继而，把她的手紧紧焐在自己的大手中。这时他才发觉，她的手冰凉，关节尖凸，骨感更加明显。他以为她的手会像过去那样，从他的紧握中摆脱出来，与他的手顽皮地交缠厮磨，可是没有，她的十指在他掌中纹丝不动，像一掬枯干的枝梗。

他从桌上取过礼盒，对陪在她身边的护士说，我想送她一件礼物，不知道可以吗？

护士说，只要不是危险品，可以。

他把礼盒轻轻放在她手上。

她望着他，似乎在问，可以拆开吗？

这时他才发觉，她的美还在，只是埋在眼底，有点旧了。

他鼓励她说，拆开看看吧，相信你会喜欢。

她把礼盒放到桌上，轻轻解那根十字形的红色绸带。她手有些抖，但细长的手指又显出了轻巧与灵活。他和护士，都看着她的手。

纸盖被揭开，盒子里是两块蓝色铁皮，躺在鹅黄色的绸面上。

正是他那辆被撞的"英菲尼迪"车牌——"沪AA2000"。

她笑了，目光一时很亮，埋在眼底的美，仿佛被刷新了一下。

"太好了，我有上海牌照了。"她说。

写于2019年2月